LE VRAI MONDE

poust

DU MÊME AUTEUR

Disparitions
Éditions du Rocher, 2002
et 10-18, 2004

Out
Seuil, 2006
et « Points », n° P1726

Monstrueux
Seuil, 2008
et « Points », n° P2063

Natsuo Kirino

LE VRAI MONDE

roman

TRADUIT DE L'ANGLAIS (ÉTATS-UNIS)
PAR VINCENT DELEZOIDE

ÉDITIONS DU SEUIL
27, rue Jacob, Paris VIe

COLLECTION DIRIGÉE
PAR ROBERT PÉPIN

La première édition de *Le Vrai Monde*
a paru sous le titre リアルワールド
chez Shueisha, Tokyo.

La présente édition a été traduite depuis l'édition américaine,
parue sous le titre *Real World* chez Knopf,
a division of Random House, INC., New York.

ISBN 978-0-307-26757-3

ISBN 978-2-02-098127-9

www.editionsduseuil.fr

Au Japon, l'année scolaire débute en avril et s'achève en mars de l'année suivante. Elle s'articule en trois trimestres séparés par de courtes vacances au printemps et en hiver et des grandes d'un mois pendant l'été. Les élèves passent six ans à l'école élémentaire, trois ans au collège et trois ans au lycée.

1

NINNA HORI

Sous la pointe du crayon mes sourcils prennent forme quand soudain la sirène d'alerte au smog retentit. C'est arrivé tous les jours depuis le début des grandes vacances, donc ce n'est pas étonnant.

« Votre attention, s'il vous plaît, traîne la voix de femme relayée par un haut-parleur. Un bulletin d'alerte à la pollution vient d'être émis », et la sirène continue de s'éloigner en grondant comme un vieux dinosaure débonnaire.

La plupart de ces bulletins d'alerte sont émis le matin, en général pile à l'heure où je m'apprête à partir pour mes cours intensifs. Personne ne réagit vraiment en entendant la sirène. Tout le monde se dit plutôt : « Oh ! encore ! » Ce que j'aimerais savoir, moi, c'est où sont cachés les haut-parleurs. Pour moi, c'est ce qu'il y a de plus flippant et de plus bizarre dans le smog.

J'habite à Tokyo, dans une zone résidentielle surpeuplée aux confins de l'arrondissement de Suginami. Avant, c'était un quartier sympa, tranquille, et puis toutes les grandes maisons anciennes ont été démolies et remplacées par des pavillons individuels et des appartements. Quand j'étais petite, plusieurs immeubles, pas laids mais minuscules, ont poussé sur ce qui était jusque-là des champs et des vergers pleins de prunes. On leur a collé un nom bien ronflant – le *Domaine* de je-ne-sais-quoi –, pour que les lots se vendent mieux. Des familles plutôt chic se sont installées et, les week-ends, on les voyait promener leurs chiens ou conduire leurs grosses berlines étrangères. Mais les rues qui sillonnent le quartier et qui, dans le temps, n'étaient sûrement que des chemins fermiers en terre, sont tellement étroites que les gens installés à deux maisons de la nôtre avaient paraît-il tellement de mal à faire rentrer leur Mercedes au garage qu'ils avaient fini par s'en débarrasser.

La sirène sonne encore. Mais là, juste entre deux grondements, j'entends un grand bruit, quelque chose qui se casse chez les voisins. Nos maisons sont tellement proches qu'en ouvrant une fenêtre on peut entendre les parents qui s'engueulent, ou le téléphone qui sonne. Je me dis qu'ils ont peut-être pété une vitre. Il y a sept ans, le gamin qui vivait en face, dans la maison en diagonale de la nôtre, a envoyé un ballon de foot à travers une fenêtre de la pièce où on conserve notre autel bouddhiste. Il a fait celui qui n'a rien vu et, plus tard, on l'a transféré dans une école du Kansai. Je me souviens que le ballon abandonné est resté une éternité sous l'auvent de chez moi.

Bref, le bruit que j'entends est exactement le même. Il n'y a pas de petits enfants à côté, alors c'est un peu bizarre d'entendre quelque chose voler en éclats avec une telle force et, dans l'ensemble, plutôt inquiétant. Peut-être qu'un cambrioleur est entré par effraction. Le cœur battant à tout rompre, je tends l'oreille, mais n'entends rien de plus. Silence total.

Les voisins ont emménagé il y a deux ans. On n'a guère eu affaire à eux depuis. Des fois, quand je leur apporte la brochure de l'association de quartier, je sonne à l'interphone et c'est la mère qui sort avec un sourire de pacotille collé aux lèvres. Tout ce que je sais de sûr, c'est qu'il y a là un père, une mère et un garçon de mon âge. Des fois la mère est dehors, à balayer avec un balai en bambou. Elle a des lunettes à montures argent et un rouge à lèvres vermillon qui doit sûrement laisser des traces sur tous les bols à thé dont elle se sert. Enlevez-lui ses lunettes et son rouge à lèvres et je ne pense pas que je la reconnaîtrais.

Un jour qu'elle me voyait dans mon uniforme scolaire, elle m'a demandé : « Tu es au lycée ? » Quand je lui ai répondu que oui, elle m'a dit : « Notre fils aussi », avant d'annoncer avec un sourire radieux le nom du prestigieux établissement qu'il fréquentait. Quand j'ai raconté ça à ma mère, elle a fait claquer sa langue en prenant un air dégoûté. Cette bonne femme se vantait manifestement de son fils et Maman a dû se dire qu'elle nous insultait parce que j'étais inscrite dans un établissement pour jeunes filles au niveau pas franchement brillant. Moi, j'ai juste pensé qu'elle était un peu simple et naïve, et j'ai eu de la peine pour le garçon qui avait une mère aussi embarrassante.

Son fils est un grand maigrichon aux épaules tombantes, avec des petits yeux sinistres. On dirait un lombric. Il a une démarche traînante et avance la tête penchée de côté, zéro style. Même quand nos chemins se croisent par hasard à la gare, il évite de me regarder et s'éloigne furtivement vers les coins sombres du bâtiment. Comme si, en entrant dans l'ombre, il pouvait se cacher du monde. Dans ce sens, il est exactement comme son père, qui ressemble à un employé de bureau lambda. Lui, il fait comme si je n'existais même pas. Une fois, j'étais sortie chercher le journal du soir au moment où il rentrait chez lui. Je lui ai fait un signe de tête, mais il a regardé au loin comme si j'étais invisible.

– Je me demande bien dans quoi il travaille, celui-là, a dit ma mère un jour. Il a l'air plutôt coincé, avec son nœud pap'.

Comme si un nœud pap', c'était important! Ç'a été ma réaction. Pour moi, les gens sont séparés en deux groupes: les classe et les pas-classe. Et la famille d'à côté se range très clairement dans la seconde catégorie. Si ma grand-mère était encore en vie, elle dénicherait tous les ragots possibles sur leur compte, mais ma mère s'en fiche royalement, et donc tout ce qu'on sait d'eux, c'est que leur fils ressemble à un lombric, que la mère met du rouge à lèvres rouge et le père un nœud papillon.

En tout cas, je n'arrive pas à comprendre ce qui a pu faire ce bruit. Un cambrioleur pourrait bien être entré chez eux, pour ce que j'en ai à cirer, mais j'ai pas envie qu'il débarque chez nous. Je commence à paniquer. Mes parents sont au travail tous les deux, je me suis levée tard et comptais me préparer un *ramen*-minute avant de partir pour l'institut où j'ai mes cours de gavage – je suis en dernière année au lycée – et la dernière chose dont j'ai envie, c'est de voir un cambrioleur en fuite débouler dans la maison. Papa m'a toujours dit qu'il n'y a rien de plus dangereux qu'un voleur pris au piège et qui devient violent.

J'entends un autre fracas, plus fort que le premier. Il retentit à mes oreilles et je sursaute, massacrant du coup mon sourcil gauche. Je devrais peut-être le refaire, pensé-je en m'examinant dans le miroir, quand le portable posé sur mon bureau commence à vibrer.

– Yo ! (Ça ne peut être que Terauchi.) Hé, cousine, c'est moi.

– Je viens d'entendre un bruit bizarre dans la maison d'à côté. C'est peut-être un voleur. Qu'est-ce que je dois faire ?

Mais elle ne m'écoute pas du tout.

– La dissert' qu'on doit faire sur Mori Ogai ? Bon, j'ai déjà pondu une centaine de pages, tu vois ? Non, je déconne… mais je me dis qu'au final ça devrait être pas mal, tu vois ce que je veux dire ?

Elle jacasse comme ça pendant environ une minute.

– Terauchi ! Écoute-moi ! Il y a peut-être un cambrioleur chez les voisins.

– Yoooo !

Terauchi s'étonne enfin et son salut habituel se transforme en interjection. C'est une fille plutôt mignonne, mais elle a une voix ultra grave et cool. De toutes mes amies, c'est la plus intelligente et la plus intéressante.

– J'ai entendu un bruit de verre cassé. Peut-être que quelqu'un s'est introduit chez eux.

– C'est probablement juste une dispute entre le mari et sa femme. Ça doit être ça. Tu sais, un jour ma mère s'est disputée avec mon père, elle a pété un câble et a jeté leurs deux bols et leurs assiettes par la fenêtre du premier étage.

– Ta mère est un peu extrême.

– Là, t'as raison ! Elle les a balancées dehors comme ça, tranquillement, en visant les pierres de l'allée. Tu vois, c'est parce que mon père mangeait dans une assiette que Yukinari utilisait quand elle était bébé. Enfin bref, Toshi-chan, je voulais juste savoir comment tu t'en sortais avec ta dissert'.

Toshi-chan. Je m'appelle Toshiko Yamanaka, les caractères de mon prénom veulent dire « dix et quatre », parce que je suis née le quatrième jour du dixième mois, octobre. On ne s'est manifestement pas beaucoup foulé pour me trouver un prénom, mais vu que j'ai jamais croisé personne avec les mêmes caractères, il ne me dérange pas tant que ça. Le prénom de Terauchi est Kazuko, et elle ne le supporte pas. Apparemment, c'est son grand-père d'Akita qui le lui a donné. Mes copines s'appellent toutes par leur prénom ou leur surnom, sauf Terauchi qui tient absolument à ce qu'on l'appelle par son nom de famille.

– Le truc, c'est que je l'ai pas encore fait.

Quand nous sommes arrivées en dernière année, notre prof de japonais nous a donné un devoir à faire sur le roman d'Ogai, *La Danseuse.* Terauchi a toujours été douée pour les examens et les devoirs à la maison. Chaque fois qu'on doit rédiger une fiche de lecture, elle recopie des passages d'un ouvrage paru sur le livre en question sans jamais que les profs s'en aperçoivent. Je suis un peu trop honnête – trop honnête pour mon bien, pourrait-on dire – pour m'essayer à un coup pareil. Donc, malheureusement, ça me prend un temps fou pour boucler mes devoirs et je n'ai jamais d'aussi bonnes notes qu'elle. Je n'ai jamais pensé que ce qu'elle fait est malhonnête ; je suis plutôt vaguement inquiète qu'un jour son ingéniosité finisse par lui créer de sérieux ennuis. Je suis inquiète parce que, vraiment, je l'adore.

Elle continue en marmonnant de sa voix grave :

– Je pensais, genre, faire une analyse de caractère du personnage principal.

– Élise ?

– Nan… pas elle. Elle, son nom s'écrit en *katakana.* Comment il s'appelle… Oda ?

Je n'ai pas la moindre idée de ce dont elle me parle.

– C'est pas ça, répond une autre voix. (Maintenant, c'était Yuzan au bout du fil.) Elle va faire un profil psychologique à partir des caractères chinois du nom du personnage. T'imagines qu'elle va s'en tirer comme ça ?

– Yuzan ! Je savais pas que t'étais là.

J'ai dû lui sembler un peu déçue. Je ne suis pas vraiment heureuse de découvrir que Terauchi et elle traînent ensemble sans moi. J'ai l'impression d'être mise à l'écart. J'aime bien Terauchi, mais avec Yuzan, j'ai plus de mal. Elle a des passions et des haines tellement extrêmes ! Elle déteste violemment les fumeurs, par exemple. Des déchets humains, dit-elle. Ce qui est plutôt injuste du point de vue du fumeur. D'un autre côté, si elle aime bien quelqu'un, elle est prête à le soutenir quoi qu'il arrive. Extrême et difficile à cerner – c'est tout Yuzan.

– Terauchi voulait qu'on fasse nos devoirs ensemble. Je lui ai dit qu'on n'était plus à la petite école. Franchement !

– Je suis sûre que c'est toi qui as eu l'idée, lui dis-je pour la contrer.

Yuzan rit. Sa voix est plus grave encore que celle de Terauchi et, dans son uniforme d'écolière, on dirait un mec qu'aurait voulu se travestir, mais qu'aurait loupé son coup. Sa personnalité comme sa façon de parler sont exactement celles d'un homme ; pourtant, son nom, Kiyomi Kaibara, est très féminin. Son surnom, Yuzan, vient bien sûr de Yuzan Kaibara, le personnage du père dans le manga *Oishinbo.* Quand elle était au collège, sa mère est morte après un long séjour à l'hôpital. Depuis, elle vit avec son père et ses grands-parents. Yuzan et moi sommes filles uniques, les seules de la bande. Après la mort de sa mère, son comportement est devenu encore plus excentrique, encore plus masculin. Terauchi dit que Yuzan doit être lesbienne, mais ça ne me saute pas vraiment aux yeux. Même si elle l'était, je suppose que je ne le saurais pas, vu que je serais pas son genre. Je change mon portable d'oreille et entends un bruit de mains sur le combiné tandis que Terauchi reprend la ligne.

– Ben voilà, quoi.

– Bon, comme tu veux… mais est-ce que je dois vraiment faire comme s'il se passait rien à côté ?

– C'est leurs oignons, pas les tiens. Tu crois pas ?

Cool, Terauchi, ça me réconforte.

– T'as sûrement raison. Bon. Faut que j'aille en cours. On se rappelle plus tard.

– À plus.

Elle raccroche. J'arrête la clim et vérifie encore une fois mon sourcil dans le miroir. Je n'aime pas ce que je vois, mais comme j'ai pas le temps de recommencer, je me mets en route. J'enfile un jean et une chemisette noire. Un look plutôt passe-partout, mais je me sens bien dedans.

Il fait une chaleur terrible. Je me glisse dans les sandales que j'ai achetées au magasin de chaussures dégriffées à deux minutes à pied de la maison et je retire le cadenas de mon vélo, que j'ai laissé près de l'entrée. Le guidon et la selle ont cuit au soleil et ma main brûle quand je les touche. Juste à ce moment-là, la porte de la maison des voisins claque et le portail de leur jardin s'ouvre en grinçant. Quelqu'un sort. Angoissée mais curieuse, je me retourne. C'est le lombric, en jean et T-shirt bleu marine. Il a une minuscule virgule Nike blanche sur le devant de son maillot, au niveau du torse. Dans son dos, un sac noir que je me rappelle avoir déjà vu. Ouf ! Ce n'était pas un cambrioleur, finalement. Le lombric était à la maison à ce moment-là. Soulagée, je l'observe et nos regards se croisent. Il semble bizarrement joyeux et exalté, comme s'il avait rendez-vous avec une fille. Ce genre d'attitude ne lui va pas bien, et je me détourne rapidement. C'est un sentiment étrange, comme si je voyais quelque chose que je ne suis pas censée voir.

– Fait drôlement chaud !

C'est la première fois qu'il m'adresse la parole. Je hoche vaguement la tête. Donc, le lombric est ce genre de gars. Le genre qui parle météo – et à quelqu'un comme moi, du même âge que lui. En fredonnant un air, il lève la tête vers le soleil et plisse les yeux. Il a l'air tellement enjoué que son surnom, « le lombric », ne semble plus lui convenir.

– J'ai entendu un grand bruit chez toi il y a quelques minutes, ça m'a fait sursauter.

Il fallait bien que je dise quelque chose.

Les yeux scrutant toujours le ciel, il penche la tête de côté.

– Ah oui ? Tu dois faire erreur.

– Désolée.

Il s'éloigne en sautillant comme s'il partait pour une sortie scolaire. Un peu gênée, j'enfourche mon vélo, fourre mon sac dans le panier devant moi et, sans un regard en arrière, je commence à pédaler vers la gare. Je dépasse vite le lombric, mais sans lui faire signe.

L'institut de gavage que je fréquente se trouve près de la sortie sud d'une grande gare sur la ligne de Chuo, à quatre arrêts de la station la plus proche de chez moi. Je pense encore au lombric, ou plutôt au bruit que j'ai entendu chez les voisins, quand je me fais harponner par une de ces personnes à planchette plastique qui veulent qu'on remplisse des questionnaires. Normalement, je fais bien attention à laisser une dizaine de mètres entre elles et moi, mais cette fois j'ai raté mon coup. Le type au questionnaire a une tenue qui lui donne l'air sérieux: chemise blanche et pantalon noir, avec le genre de lunettes à montures noires que tout le monde porte en ce moment.

– Vous êtes étudiante? me demande-t-il.

– Je suis pressée.

– Ça ne prendra pas longtemps. Vous êtes à l'université?

– C'est ça.

– En maîtrise ou dans une école spécialisée?

– En maîtrise. À la faculté de pédagogie de l'université de Tokyo.

Je reste plantée là avec l'air de m'ennuyer ferme. Le type paraît étonné l'espace d'un instant, puis il note: « Université de Tokyo » d'une écriture infâme. Un sourire lui monte aux lèvres, comme si peut-être, il pense que je me vante. Ou a percé mon mensonge à jour.

– Vous voulez bien me donner votre nom?

– Ninna Hori.

– Comment vous l'écrivez?

– Hori, c'est le caractère pour « fossé », et Ninna, ça s'écrit comme le *ninna* du temple Ninna à Kyoto.

– Le temple Ninna? murmure-t-il, et je profite de cette seconde d'hésitation pour lui fausser compagnie.

C'est la première fois que je me fais passer pour une étudiante de l'université de Tokyo. En général, je dis aux gens que je suis secrétaire dans un bureau, mais vu mes fringues douteuses et mon humeur agressive, étudiante semblait mieux coller. Quand on vous demande d'écrire vos noms et adresse sur un questionnaire, une carte de fidélité, ou dans un magasin, il vaut mieux donner un faux. C'est Terauchi qui m'a appris ça. La première fois que je l'ai fait, j'étais un peu angoissée à l'idée de mentir, mais, après m'en être servie quelque temps, Ninna Hori a commencé à m'apparaître comme un vrai deuxième nom. Dans notre groupe de quatre filles, tout le monde a un deuxième nom inventé dont on se sert quand on loue un box de karaoké. « Faut faire bien gaffe, nous dit toujours Terauchi, sinon on va finir dans une base de données. Et après, les adultes nous contrôleront. »

La prochaine personne à tenter de m'attraper est une femme qui fait peur à voir. Tandis que j'accélère pour la dépasser, elle, à l'affût de la moindre occasion d'interviewer quelqu'un, se précipite sur moi et manque de s'étaler. Elle a une touffe de cheveux noirs grossièrement taillée au bol, et pas de maquillage. Sa lèvre supérieure dégouline de sueur. Des taches blanches de transpiration pointent sous les aisselles de son chemisier noir délavé. Avec cette canicule, je ne peux pas lui en vouloir, mais il fait tellement chaud et moite que je ne pense plus qu'à l'écarter de mon chemin.

– Excusez-moi, dit-elle. J'étudie la voyance et je me demandais si vous pourriez m'accorder quelques minutes de votre temps.

Des voyants. Y en a partout. Aucune chance que ça soit gratuit. J'adopte la mine impassible que je répète souvent devant le miroir.

– Je suis pressée.

– Veuillez m'excuser.

Devant mon air déterminé, elle se détourne et se met en quête de sa prochaine victime. Ce n'est pas facile pour une jeune fille de se frayer un chemin sans incident à travers la faune qui traîne devant les gares. Quand j'en parle à ma mère au souper, elle dit : « Ce n'était pas pareil de mon temps. Il y a tant de dangers dans les rues, aujourd'hui. » Et elle a raison. À Tokyo, aujourd'hui, les jeunes filles sont considérées, au choix, comme des proies faciles pour les vendeurs, ou comme des « prescripteurs marketing » qui aident les entreprises à se faire une idée des nouveautés qui s'arracheront bientôt. Ils veulent avoir notre opinion gratuitement. Ce qui fait de nous un autre genre de proie facile, j'imagine.

Sans parler de tous les dragueurs et des pervers, tous ces hommes en manque, jeunes et vieux, qui nous lancent des : « Hé, chérie, c'est combien ? » Personnellement, je ne suis jamais tombée sur un pervers, mais la rumeur dit que Terauchi a des problèmes avec eux depuis le primaire – elle tombait dessus dans le train qui l'emmenait à l'école. Terauchi est totalement unique, d'une intelligence presque effrayante, mais comme elle est aussi très jolie, tout le monde, des adultes aux étudiants, la sous-estime et lui fait du rentre-dedans. Je me dis que ces pervers sont la raison pour laquelle elle ne manifeste aucun intérêt pour les hommes, prend parfois un air morose, parle de cette façon et a tendance à déprimer. Il faut s'y faire : le monde est tordu. Et dégueulasse.

J'entre en trombe dans la salle de l'institut où se tient le cours d'anglais pour les grandes universités privées. Je suis un peu en retard, donc pressée. L'école a une règle comme quoi ceux qui arrivent en retard n'ont pas le droit d'entrer en classe.

Quatre personnes qui ressemblent à des étudiants sont debout devant le tableau noir et sourient aux élèves assis en face d'eux. Au premier coup d'œil, je vois que ce ne sont pas des professeurs ni des élèves de l'institut. Les profs sont plus vieux et moins bien sapés, les élèves plus jeunes et moins sûrs d'eux. Il leur manque, aux professeurs comme aux élèves, une seule et même chose : de l'affection pour les autres. L'affection n'a pas sa place en institut de gavage. Mais ces quatre garçons et filles devant nous affichent des sourires imperturbables, comme s'ils étaient l'âme chaude insufflée à ce champ de bataille sanglant. L'une des filles, dont le col de chemise blanc dépasse d'un tailleur gris à épaulettes, a pris la parole.

– Déjà les vacances d'été. C'est le moment de donner le

meilleur de soi-même et de ne pas se laisser décourager. Vous avez encore le temps. On n'est qu'au début du mois d'août. Donc, fini les jérémiades, maintenant il faut vous y mettre à fond. Sans ça, croyez-moi, au printemps prochain vous rigolerez moins. Le printemps où je suis entrée en dernière année de lycée, on m'a dit de faire une croix sur l'université où j'espérais aller. Mais, sans exagérer, cet été-là, j'ai craché mes tripes. Je n'avais jamais travaillé aussi dur de toute ma vie. Et j'ai été admise à l'Université des arts de Tokyo. Ça donne une confiance en soi incroyable, une confiance sur laquelle on peut bâtir toute sa vie. Alors je veux que vous donniez tout ce que vous avez pour réussir. (Elle marque une pause et balaie la salle des yeux.) Nous allons venir vous voir individuellement, alors n'hésitez pas à nous poser toutes vos questions.

L'institut a mis en place un programme appelé « Mon Tuteur », en vertu de quoi des étudiants viennent se promener dans la classe. À les croire, ceux-là étaient d'anciens élèves passés par le gavage, mais je ne suis pas dupe. Pendant nos courtes pauses, ils font le tour de la classe en dispensant des petits laïus de motivation. L'idée, c'est que d'avoir des étudiants en chair et en os parmi nous devrait nous aider à nous focaliser sur nos concours d'admission. Nous remonter le moral. Pour moi, au contraire, ils ressemblent à des poupées Disney, avec leurs grands sourires plaqués sur le visage.

Je me suis à peine glissée sur ma chaise que la fille au tailleur se faufile vers moi.

– Vous devez être… Mademoiselle Yamanaka, je me trompe ? dit-elle en jetant un œil à sa liste. L'anglais n'est pas votre fort, à ce que je vois. Vous avez une moyenne de cinquante-deux sur cent. Il va falloir travailler plus si vous voulez que ça passe. Est-ce que vous travaillez dur ?

Ça m'ennuie que tout le monde ait entendu ma moyenne.

– Je m'appelle Ninna Hori.

Elle me jette un regard soupçonneux.

– Vous êtes bien inscrite à ce cours ?

– Oui, j'ai signé la feuille.

Jouant le sérieux jusqu'au bout, je pose mon dictionnaire électronique sur la table.

– Vraiment ? Hmm. Bizarre. (Elle est prise de court.) Il va falloir que je corrige ma liste. Quelles universités espérez-vous intégrer ?

– Sophia, ou Keio.

– Alors, il va falloir progresser en anglais. Quelle est votre moyenne ?

– Environ cinquante-huit.

– Il faudra faire au moins cinq points de mieux, dit-elle en me regardant de près. (Je vois des lentilles de contact plaquées sur ses yeux légèrement globuleux.) En tout cas, ne laissez pas tomber. Si vous bûchez comme si vous alliez mourir, ça passera. Vocabulaire, vocabulaire ! Mémoriser le vocabulaire, il n'y a que ça.

Ça veut dire quoi « bûcher comme si j'allais mourir » ? Elle prétend avoir craché ses tripes, mais est-ce vraiment le cas ? Les études valent-elles vraiment la peine qu'on en meure ? Je n'arrive pas à l'accepter ; c'est un de mes points faibles, j'imagine.

L'un des autres tuteurs, un type en chemise blanche et cravate, se penche au-dessus du garçon prématurément chauve qui occupe la chaise devant moi et lui tapote l'épaule.

– Il va falloir remonter un peu votre moyenne, dit-il. Je sais que vous en êtes capable.

Le mec dégarni, gêné, donne une réponse vaguement positive.

– J'ai révisé douze heures par jour et ma moyenne a augmenté de dix points.

– C'est vrai ?

Il faut trimer douze heures par jour pour augmenter sa moyenne de dix petits points ? Épiant malgré moi leur conversation, je suis soudain déprimée. Pendant ce temps, celle qui m'a prodigué ses conseils s'approche de la gamine silencieuse assise derrière moi. Toute cette mascarade est dégueulasse. Ça ne vaut pas mieux que de se faire attraper dans une gare par quelqu'un qui vous plante un questionnaire sous le nez ou essaie de vous lire l'avenir.

Ils sourient comme des fous, mais, au fond, ils n'en ont rien à faire de moi. Ils font ça pour le fric. Ou alors ils sont là pour emballer. Contrairement à Terauchi, personne ne m'a encore ouvertement draguée, mais je peux comprendre l'impression d'être prise pour cible. Si on mord à leur baratin, nos sous y passent et ça finit toujours dans la souffrance. Un peu comme quand, faute de se contrôler et de faire profil bas, on se fait emmerder. Le monde se marre sur le dos des perdants. Mais ceux qui prennent les autres pour cibles et les tyrannisent ont-ils raison pour autant ? Des clous ! Sauf que tout le monde semble l'avoir oublié.

L'impression de danger que nous ressentons toutes est quelque chose que ma mère ne peut pas comprendre. Sa génération croit encore à de belles idées comme la justice et la considération pour les sentiments des autres. Elle a quarante-quatre ans et a monté avec une de ses amies un service d'infirmières à domicile. Elle se déplace elle-même chez les gens, donc elle s'intéresse à des choses comme la sécurité sociale et les problèmes du troisième âge. Venant de moi, ça peut paraître bizarre, mais je la trouve plutôt classe. Elle est intelligente et sait se battre pour ce qui est important. Elle est sincère et ce qu'elle dit tombe presque toujours en plein dans le mille.

Papa travaille pour une boîte qui crée des logiciels, et même s'il est souvent dehors à boire des coups, il est sérieux et c'est un bon gars. Mais même une mère sympa et un père comme lui ne peuvent vraiment ressentir l'agression mercantile que leur enfant subit depuis le berceau, la peur permanente qu'elle a d'être dévorée vive par les abrutis qui l'entourent. Ils pigent tout simplement pas.

Maman m'assène en permanence que je ne dois pas avoir peur de souffrir, mais tout ce qu'elle peut imaginer, c'est les souffrances qu'elle-même a connues. Elle n'a aucune idée des dangers qui menacent les jeunes de nos jours, de la tyrannie dont on est victimes et des dégâts que ça cause.

Par exemple, depuis qu'on est tout petits, on est assaillis par les gens qui appellent pour nous faire embaucher des profs particuliers, ou les boîtes à concours qui veulent nous enrôler après des séances d'orientation gratuites et bidon. On croit peut-être que ça va améliorer nos scores aux examens nationaux ? Tu parles ! C'est quelque chose qu'on doit faire pour soi-même. Quand on se balade dans Tokyo, tout ce qu'on voit, c'est des gens qui essaient de nous vendre des trucs. Dites-leur oui une fois et, avant de comprendre ce qui se passe, vous avez acheté quelque chose. Faites l'erreur de leur donner un nom et une adresse et vous atterrissez sur une liste de diffusion. Un vieux vous donne une petite tape sur l'épaule et, avant de comprendre ce qui vous arrive, vous vous retrouvez dans une chambre d'hôtel. Les victimes des tordus, celles qu'ils tuent, sont toujours des femmes. Quand les médias se ruent sur les histoires d'écolières qui se font entretenir par des vieux croûtons en échange de sexe, on peut dire que les petites lycéennes comme nous atteignent leur cours le plus haut en tant que marchandise.

C'est puant. Totalement et absolument puant. C'est pour ça que je suis devenue Ninna Hori. Autrement, je n'arriverais pas à tenir en un seul morceau, je pourrais pas survivre. Ce n'est pas grand-chose, mais c'est le moins que je puisse faire pour me protéger.

Toutes ces idées me trottent dans la tête tandis que je m'évente avec le manuel étroit et mince.

Je réussis, je ne sais comment, à rester éveillée jusqu'à la fin du cours. Je cherche mon téléphone en me disant que je vais appeler Terauchi pour bavarder un peu, mais il n'est pas dans mon sac. On s'est parlé juste avant que je sorte de chez moi, donc je l'ai peut-être oublié sur la table. Je suis déçue, mais pas inquiète. Je me joins à la horde d'élèves pressés de rentrer qui se déverse dans le couloir quand quelqu'un m'appelle dans mon dos.

– Toshi-chan !

C'est Haru, une fille de ma classe. Elle appartient à l'un des trois ou quatre clubs de Barbies du lycée. Maintenant que les vacances d'été sont arrivées, elle est encore plus bronzée que d'habitude, les cheveux décolorés presque entièrement blonds, ses ongles manucurés vernis d'un blanc enjôleur. Elle a une épaisse couche de fard bleu sur les paupières et des faux cils géants, plus une robe spaghetti rouge à pois roses. On était plutôt bonnes amies au collège, avant qu'elle devienne une Barbie. Pendant notre première année de lycée, elle m'a même invitée à aller chanter au karaoké avec des garçons de la fac.

– Tu es venue jusqu'ici depuis Hachioji ?

– Ben oui, dit-elle en triturant la sangle de son portable (avec ces ongles qu'on ne s'attend pas à trouver chez une lycéenne qui prépare les concours d'entrée en fac). Il paraît qu'ici, le stage de révision intensive est pas mal.

Un petit gros du cours nous dépasse, le front ruisselant de sueur, et a un rictus ouvertement dédaigneux en direction d'Haru. Imbécile, me dis-je. Tu ne sais pas à quel point Haru est courageuse en vérité.

– Je suis en cours d'anglais et d'écriture dans la section Grandes universités.

– Bonne chance, me dit-elle. On se voit plus tard.

Haru descend l'escalier de l'institut en vacillant sur ses sandales à semelles compensées. Les garçons de l'école s'écartent sur son passage. Comme une reine ingénue, elle descend à pas feutrés au milieu des marches et, en arrivant sur le palier, elle me fait un signe de la main. Comme pour les faux noms dont on se sert, mes copines et moi, son arme à elle, c'est son déguisement. En devenant une *Kogyaru*, ou une *Yamanda*, peu importe le nom qu'on leur donne, je crois qu'Haru a trouvé un endroit où elle peut être totalement acceptée. Les Barbies, Haru comprise, vont s'exposer aux UV dans des salons de bronzage pour que leur peau vire au brun clair, elles se font le contour des yeux au crayon gras et fixent leurs cils à la glu pour qu'ils restent courbés en permanence. Ce sont elles, plus que toutes les autres, qui jouent de leur corps.

Mon second point faible est que les tenues et le maquillage outranciers me rebutent. Moi, je veux juste porter des fringues ordinaires et ne pas me faire remarquer.

Mon visage dégouline de sueur. Dans le parking à vélos, je ne trouve le mien nulle part. On a dû le voler. Pourtant il n'a rien de spécial, alors pourquoi, de tous les vélos du monde, choisir de voler le mien ? En plus, je l'avais attaché. Je fais le tour de l'immense parking en courant, sans succès. Furieuse et terrassée par la chaleur, je me réfugie dans un supermarché pour me rafraîchir. J'achète une bouteille plastique de thé Oolong et reprends mon chemin dans les rues bouillantes. Pendant les douze minutes qu'il me faut pour rentrer à pied de la gare, mes sandales me filent une ampoule terrible. Je suis excédée quand j'arrive enfin à la maison.

La fenêtre du premier étage de la maison d'à côté reflète l'orangé du soleil couchant. C'est bizarre, me dis-je, aucune des fenêtres n'a l'air cassée. Je me rappelle le bruit que j'ai entendu plus tôt et reste sur place, interloquée. Je récupère le journal du soir dans la boîte aux lettres, appuie la bouteille de thé frais sur mon front brûlant et mon regard s'arrête à nouveau sur la maison des voisins. Les panneaux coulissants de la pièce de style japonais au premier étage sont entrouverts. C'est plutôt étrange, sachant que la voisine est très à cheval sur l'ordre et la propreté. Ses carreaux sont toujours étincelants, et il n'y a jamais l'ombre d'un papier gras devant sa maison. Rien à cirer, me dis-je, crevant de soif. J'entre dans ma maison transformée en sauna, je mets en marche l'air conditionné dans toutes les pièces, et vide la bouteille de thé d'un seul trait.

Je rince la bouteille vide, la jette dans la poubelle des emballages et, d'un coup d'œil vers la table, constate que mon téléphone n'est pas là. J'ai dû l'emporter et le faire tomber. Je me remémore calmement tout ce que j'ai fait depuis que j'ai quitté la maison. Je l'ai embarqué avec moi et rangé dans mon sac au moment de monter sur mon vélo. Que j'ai rangé au parking avant d'aller au gavage, où j'ai assisté à deux cours. C'est là que je me suis rendu compte que mon téléphone avait disparu, donc j'avais dû le faire tomber soit à la gare, soit à l'école. Ou alors il est resté dans le panier de mon vélo. J'appelle l'institut pour demander si quelqu'un a retrouvé un téléphone portable, mais on me répond sèchement que non. J'essaie d'appeler mon numéro, mais personne ne décroche. Mon vélo et mon portable. Quelle merde! Je suis crevée, alors je me traîne jusqu'à l'étage et la chaleur étouffante de ma chambre, m'écroule sur le lit, pousse la clim' à fond et ferme les yeux.

Je somnole jusqu'à sept heures du soir. Et là, j'entends la sirène d'une voiture de police ou d'une ambulance, mais elle s'arrête en passant à proximité. La façon dont elle s'est tue, d'un seul coup, est un peu angoissante, mais ça ne m'inquiète pas. Il y a un petit vieux du quartier qui a une maladie chronique, donc des ambulances déboulent régulièrement dans notre rue étroite. Je ne peux pas trop m'attarder pour y réfléchir. Maman sera bientôt de retour et il faut fermer les volets et mettre le bain en route. J'imagine déjà le ton désagréable de sa voix quand elle s'apercevra que je n'ai fait aucune de mes tâches ménagères, donc je me sors tant bien que mal de mon lit. C'est là que le téléphone de la maison se met à sonner.

– Yo.

– Terauchi, j'ai perdu mon portable.

– Ouais, je t'ai appelée et c'est un mec louche qui a répondu.

– Quel genre ?

– Un jeune. Quand je lui ai dit « Yo » il s'est mis à crier : « Arrête de délirer, pauvre cruche ! » Ça m'a trop mis les nerfs !

Je lui raconte comment j'ai perdu mon téléphone, et aussi qu'on m'a volé mon vélo.

– Il a dû trouver ton téléphone à côté du vélo. Tu devrais faire fermer la ligne tout de suite. Et pour le vélo, oublie, ou alors essaie de le revoler.

Elle a raison. Je raccroche et cours au rez-de-chaussée avec l'intention d'appeler l'opératrice pour faire bloquer ma ligne. Tout ça me fout en rogne. Tout d'un coup, j'entends un tintement de clés et la porte s'ouvre en grand. C'est ma mère. Elle a un pantalon blanc et un de mes vieux T-shirts bleu marine, plus le sac aux airs de cabas qu'elle aime trimbaler en bandoulière pendant l'été. Elle n'est pas maquillée et son visage est rouge et moite.

– Ah, tu es là. Dieu merci !

Elle paraît soulagée. Mais elle a aussi l'air pâle et inquiète.

– Qu'est-ce qui se passe ?

– Tu ne sais pas ? Il y a une voiture de police devant la maison des voisins. Apparemment, la femme d'à côté a été assassinée. C'est son mari qui l'a trouvée en rentrant du travail. J'avais tellement peur qu'il ne te soit arrivé quelque chose, à toi aussi !

Depuis le matin, j'ai eu un mauvais pressentiment et je me sens toute drôle maintenant qu'il s'est effectivement matérialisé en quelque chose. J'ai envie de me vanter devant tout le monde de mon incroyable sixième sens.

– Les policiers m'ont dit qu'ils passeraient bientôt pour nous parler. C'est terrifiant ! Comment une chose pareille a-t-elle pu arriver ? Et dans notre quartier ! Qu'est-ce qu'il faut faire ? Il ne faudrait pas appeler ton père ? Je suppose qu'il vaudrait mieux le prévenir.

Maman garde toujours son sang-froid, mais là, manifestement, elle est ébranlée. Je me pose sur le canapé du salon et commence à réfléchir à l'impression désagréable que j'ai eue en entendant la sirène d'alerte à la pollution, puis ce grand bruit qui venait d'à côté. Est-ce à ce moment-là qu'on a tué la voisine ? Est-il possible que le lombric ait fait le coup ? Je me rappelle comme il m'a paru enjoué quand il a penché la tête pour regarder le soleil en fredonnant.

– Toshiko, les policiers veulent te parler.

Je lève le nez et là, devant la porte, il y a un monsieur d'un certain âge en polo blanc et une femme, la quarantaine environ, tailleur noir, tous deux fouillant des yeux l'intérieur de la maison. Je n'aime pas l'éclat de leur regard. Je décide de ne rien leur dire de ce que j'ai vu et entendu.

Leurs questions me paraissent sans fin. Je leur dis que je suis sortie de la maison vers midi pour aller à mes cours intensifs et que je n'ai rien entendu, ni vu personne. Leurs questions laissent penser que, pour eux, c'est à peu près à cette heure-là qu'on a tué la voisine. Autrement dit, il semble que mon témoignage soit capital. Une dernière question, me disent-ils. Il est évident qu'ils soupçonnent le lombric.

– Avez-vous vu le garçon d'à côté, aujourd'hui ?

– Non.

Je revois son expression. Son visage épanoui, transporté. C'était quoi, ça ? Est-ce qu'il se sentait libéré d'avoir tué sa mère ? Ou bien est-ce qu'il est complètement malade ? Je n'ai pas franchement peur de lui, disons que je suis plutôt curieuse de savoir ce qu'il pensait. Je suis sûre qu'il ne dira jamais à des adultes ce qu'il a ressenti à ce moment-là. Peut-être qu'il ne saurait même pas comment le leur expliquer. Ou alors que, s'il essaie, ce serait tellement simple qu'il hésiterait à se lancer.

Je crois savoir ce qu'il ressent. Probablement qu'il trouvait que sa mère était une emmerdeuse. Une emmerdeuse de première. Mais allez expliquer à des adultes que c'est pour ça que vous avez tué votre mère, ils ne voudront jamais vous croire. Même si c'est vrai. Le monde entier fait chier. Mais à un point, vous n'imaginez pas ! Sauf que partir en vrille comme il l'a fait, c'est débile. Quand des lycéennes dans notre genre flippent à mort, quelqu'un arrive toujours à nous maîtriser avant qu'on fasse une connerie, comme prendre un bus en otage, ou courir dans tous les sens avec un couteau. C'est d'ailleurs pour ça que les filles se blindent par avance, pour éviter de s'embarquer dans des histoires pareilles. Les garçons ne sont probablement pas aussi forts pour se protéger de l'extérieur.

– Vous étiez amie avec le garçon d'à côté ?

– Pas du tout. On ne se dit même pas bonjour quand on se croise. C'est comme si on était, genre, des inconnus. Comme si on vivait dans deux mondes différents.

– Des mondes différents ? Comment ça ? me demande l'inspectrice au tailleur noir.

Elle a un fond de teint anti-UV blanchâtre et les cheveux relevés en chignon, comme quand on porte un kimono. Ils sont attachés par-derrière avec un élastique de petite fille en ruban rouge et violet avec des millions de fleurs minuscules dessus. Elle a l'air un peu bête, mais son regard est perçant, comme si elle voyait clair dans mes bobards. Je commence à être nerveuse, persuadée qu'elle va piger que je mens.

– Je ne sais pas…

Je ne veux rien savoir du monde du lombric. Je vis dans un univers où je pense avoir raison, un univers qui m'effraie, et je n'ai, depuis toute petite, plus jamais été assez naïve pour croire que le monde des autres est le même que le mien. Quand, un jour, j'ai osé dire que tout le monde devrait tomber d'accord avec moi là-dessus, on m'a engueulée comme du poisson pourri. Les gens ne supportent pas que les autres soient différents. Et comme je suis un peu différente, j'ai compris ça assez tôt. À l'école, les gens forment des cliques de quatre ou cinq personnes, mais je n'ai jamais voulu en faire partie ni faire leur connaissance. Ou plutôt, j'en ai toujours été incapable. Dans ma classe, il y a toutes sortes de gens : des Barbies comme Haru, des grosses têtes, et d'autres qui sont dans des catégories faciles à reconnaître parce qu'ils appartiennent à des clubs. Heureusement pour moi, je suis tombée sur des filles avec qui je peux m'entendre et j'arrive à peu près à supporter la vie au lycée, mais ça doit être terrible pour ceux qui ne s'entendent avec personne. On est différents de nos parents, et carrément d'une autre espèce que nos professeurs. Et les élèves qui ont un an d'écart avec nous vivent dans un monde totalement différent. Autrement dit, on est tout simplement cernés par l'ennemi et on ne peut compter que sur nos propres forces.

– Dites-moi, puisque vous êtes tous les deux lycéens, vous le trouvez comment, le fils des voisins ?

– Qu'est-ce que vous voulez dire ?

– Est-ce qu'il est mignon ? Le genre qui plaît aux filles ?

L'inspectrice sourit, et j'aperçois deux incisives blanches qui se chevauchent derrière ses lèvres rouge vif. Elle a les dents barbouillées de rouge à lèvres. Je repense à la voisine avec ses lèvres vermillon et, même si elle ne m'inspire aucun sentiment dans un sens ou dans l'autre, brusquement je panique à l'idée que le lombric l'a assassinée. Je n'arrive pas à comprendre pourquoi il a fait un truc pareil et j'en éprouve un sentiment étrange et glaçant.

Je suis là, assise sur le canapé, le regard perdu dans le

vide, quand soudain l'inspectrice me pose une main sur le genou.

– Alors?

Je sens, chaude et infâme, la main de quelqu'un d'autre sur moi, et m'écarte pour qu'elle tombe de mon jean.

– Pour vous dire la vérité…

– Je vous en prie, ne vous gênez pas. C'est le fils de la victime, alors autant ne rien nous cacher. On oubliera que vous nous l'avez dit.

Si vous allez l'oublier, à quoi ça sert de me demander? me dis-je. Mais ma mère m'observant, le front plissé d'inquiétude, et l'autre inspecteur prenant l'air tout sérieux en griffonnant ses notes, je finis par lui répondre.

– Ben, il est plutôt répugnant. Un air d'intello, et puis un peu sinistre, genre on n'arrive jamais à savoir ce qu'il pense. Comme un solitaire coupé du monde qui passe sa vie à bosser ses cours.

« Un solitaire coupé du monde qui passe sa vie à bosser ses cours. » Apparemment, ça leur rappelle quelque chose. Les deux inspecteurs échangent un coup d'œil et se lèvent. Mon commentaire semble leur avoir permis d'étiqueter le lombric comme un petit intello avec des parents qui ont trop poussé leur gosse pour qu'il réussisse… d'où son coup de folie.

Ils interrogent aussi ma mère qui est restée assise, immobile, à un bout du canapé. Quel genre de femme était la voisine? Semblait-il y avoir des conflits au sein de la famille? Aucun signe de violences domestiques? Je remarque qu'avant même de démarrer les policiers avaient une liste de questions bien arrêtée. Il est neuf heures passées quand, enfin, ils arrivent au bout. Dans la maison d'à côté, toutes les lumières sont allumées; ils doivent toujours passer l'endroit au peigne fin pour trouver des indices. J'imagine le père du lombric, sous le choc, en train de conduire les policiers de pièce en pièce. Je pousse un profond soupir. Il a toujours fait comme si je n'existais pas, mais il me paraît quand même effarant que ça soit tombé sur lui.

– C'est épouvantable, dit ma mère. Les policiers n'ont rien dit, mais c'est assez évident qu'ils soupçonnent le fils. Ils m'ont appris que le père est médecin dans un hôpital. Nous sommes voisins et, pourtant, je n'en savais rien. Je me demande s'ils forçaient leur fils à travailler jour et nuit pour entrer en médecine.

Je suis en train d'étudier le programme télé dans le journal et je ne réponds pas.

– Comment peux-tu être aussi décontractée dans un moment pareil ? me crie brusquement ma mère.

– Ça n'a rien à voir avec nous.

– D'accord, mais tu la connaissais, la voisine, non ? Et maintenant, elle est morte ! Que ce soit le fils qui l'ait tuée ou non, j'ai de la peine pour lui, et pour sa mère. J'ai même de la peine pour le père, ce coincé, là, avec son nœud papillon. Son propre fils qui tue sa femme, t'imagines ? Comment ont-ils pu se voiler la face au point d'en arriver là ?

– Et puis quoi ?

Je ne sais pas pourquoi je m'en prends à elle. Ce qu'elle dit est sensé, seulement il y a quelque chose là-dessous qui ne colle pas, et ça m'énerve vraiment.

– Tu ne devrais pas parler comme ça.

Elle a le regard fixe. La porte d'entrée s'ouvre et Papa se pointe. Il a une veste beige informe et une mallette noire sous le bras. Son polo bleu marine est plein de sueur. Ses yeux ont le même éclat apeuré que ceux de Maman. Elle a dû l'appeler et il est rentré ventre à terre. Il prétend toujours qu'il a des choses à faire, mais s'il le faut il est capable de rentrer tout de suite à la maison.

Il se tourne d'abord vers elle.

– Dis donc, quel choc ! La police vient de m'interroger dehors. Je ne savais rien. Ils étaient stupéfaits quand je leur ai dit que je n'étais même pas au courant qu'ils avaient un fils de l'âge de Toshiko.

Maman le regarde d'un air, genre : T'es toujours fourré dehors à boire des coups et tu ne rentres jamais à la maison, voilà pourquoi !

Toutes ces histoires, c'en est trop : je jette le journal sur la table et commence à monter vers ma chambre. Papa pose un regard plein de reproche sur le journal éparpillé.

– Toshiko. Qu'est-il arrivé à ton vélo ? Il n'est pas dehors.

– Ah oui, ce qui s'est passé, c'est que... je l'ai laissé au parking, à la gare, mais on me l'a volé.

– Pourquoi tu ne vas pas porter plainte ? C'est un vrai poulailler, dehors.

Il s'amuse de sa petite blague, mais reprend vite son sérieux.

– Pas la peine. On ne le retrouverait pas, de toute façon. Parfois les gens se servent, et ensuite ils les ramènent au parking. Celui qui l'a pris finira par le remettre.

– J'imagine que tu as raison.

Papa n'a pas l'air de s'en soucier plus que ça. « Tu es vraiment irresponsable ! » m'aurait crié Maman en temps normal, mais elle est trop occupée à faire bouillir des nouilles, à couper du jambon, à nous préparer un dîner malgré l'heure.

En montant l'escalier, j'entends mes parents qui discutent, à voix basse, dans l'espoir que je ne distingue rien de la conversation.

– Apparemment, c'est un vrai chantier dans la maison, dit Papa. La porte vitrée de la salle de bains a explosé quand la femme a été projetée à travers, elle était couverte de sang.

– Je n'en doute pas. Ils disent qu'on lui a défoncé le crâne à coups de batte de base-ball.

– Qu'est-ce qui a bien pu le pousser à faire ça ?

– Il doit être devenu fou. Il a enlevé son T-shirt plein de sang, d'après eux, et l'a mis à la lessive. Il a dû se changer calmement avant de sortir. Je n'arrive pas à y croire, il faisait tellement mauviette !

– Les garçons sont solides. Il n'est peut-être pas très épais, mais, à cet âge-là, les garçons sont plus costauds que tu ne l'imagines. Et ils ne savent pas se contrôler. Je suis bien content qu'on ait eu une fille.

– Arrête donc de dire des horreurs ! C'est plutôt égocentrique, tu ne crois pas ?

Penaud, mon père bredouille :

– Tu as sûrement raison. Pardon.

Je me pose sur mon lit et j'appelle mon téléphone portable de celui de ma chambre.

– Salut, me répond un homme jeune.

Ça alors ! me dis-je. J'entends en fond sonore des grondements de trains qui passent. Le type doit être dehors.

– C'est vous qui avez retrouvé mon téléphone ?

– Je ne suis pas certain que « retrouvé » soit le mot qui convient.

Il a l'air d'hésiter. Sa voix est semblable à celle qui m'a dit : « Fait drôlement chaud. »

– Où l'avez-vous trouvé ?

– Dans le panier du vélo.

Est-ce là l'énergumène qui m'a volé mon vélo ? Mon sang se met à bouillonner.

– Vous m'avez volé mon vélo ?

– Volé, ou emprunté... je ne sais pas ce qu'il faudrait dire.

– C'est mon téléphone et je veux le récupérer. Si vous ne me le rendez pas, vous ne pourrez plus vous en servir de toute façon, parce que je ferai bloquer la ligne. Et je veux que vous me rendiez mon vélo, j'en ai besoin.

– Je suis désolé.

– Une chose encore. Est-ce que vous êtes le fils des voisins ?

Tout à coup, clic, la ligne est coupée. J'appuie sur la touche rappel, mais il ne décroche pas. Je rappelle encore et encore, les genoux tremblants. Je commence à me douter que le gars qui m'a volé mon vélo et mon portable n'est autre que le lombric. Finalement, je laisse un message.

– C'est Toshiko Yamanaka. Je veux que tu me rendes mon vélo et mon portable. Le numéro de chez moi est sous « Maison » dans le répertoire, alors appelle-moi là. Entre neuf heures et midi, je suis toute seule, ne t'en fais pas. S'il te plaît, appelle-moi. Je vais te dire autre chose parce que je crois que tu es le fils des voisins : les flics te cherchent. Je pense que tu sais pourquoi. Je n'ai rien à voir là-dedans, mais j'ai été choquée quand j'ai appris pour ta mère. J'ai de la peine pour elle. Je ne leur dirai probablement rien, mais je ne sais pas vraiment ce que je dois faire. »

Tel est le message que je laisse et, après coup, ça me file le cafard.

Cette nuit-là, je n'arrive pas à bien dormir. Je commence à somnoler et fais des rêves bizarres. Celui dont je me souviens le mieux est celui-ci :

La voisine est chez moi, en train de préparer le dîner. Le lombric et moi, on est au salon devant la télé, et on se marre jusqu'à ce que les larmes ruissellent sur nos joues. Lui et moi sommes frère et sœur, apparemment, et la voisine est notre mère. Au loin, très loin, une sirène d'alerte au smog sonne. Le lombric me dit : « Il fait chaud, on pourrait manger du riz sauté… du riz sauté, ce serait pas mal. ». Je vais à la cuisine et je tanne la dame pour qu'elle nous en fasse. « Maman, dis-je, fais-nous du riz sauté, d'accord ? » Elle me dévisage derrière ses lunettes à monture argent, puis elle sort un wok et me montre du doigt la porte de la salle de bains. « Il m'a poussée contre cette porte-là, me dit-elle, alors je ne vais pas faire la cuisine pour vous. » « Mais, Maman, la porte de la salle de bains n'est pas en verre, donc tout va bien. Il doit y avoir une erreur. » Ça semble être un rêve dans lequel je sais ce que le lombric a fait, mais où je m'efforce de la raisonner quand même.

Je me réveille en sueur et regarde autour de moi en essayant de me rappeler où je suis. Il fait jour depuis un moment, apparemment. Le soleil s'est levé comme d'habitude et un nouveau jour commence. Il semble qu'une autre journée de canicule se prépare. Une journée comme toutes les autres, sauf que depuis la veille mon monde a volé en éclats. Le grand fracas que j'ai entendu au moment où sonnait la sirène se répercute encore et encore dans ma tête. Je n'ai pas vu le visage ensanglanté de la voisine, mais je peux imaginer l'horreur de la scène, les lunettes qui s'envolent, le… Le rêve que j'ai fait devait être suggestif… il me dit que j'ai aidé, et consciemment, le lombric dans les suites de son « matricide ». Peut-être qu'on me jugera objectivement complice du meurtre. L'idée me rend folle de peur. Si le lombric se fait attraper, ne dira-t-on pas que je lui ai prêté mon vélo et mon téléphone pour l'aider à s'enfuir ? J'ai soudain le sentiment qu'il a placé de force entre mes mains une chose abominable. Et cette chose s'est liquéfiée et s'écoule lentement entre mes doigts. Je suis terrorisée – par la police et le monde des adultes. La chaleur de la main de l'inspectrice me revient en mémoire et je frissonne.

J'aurais dû tout raconter à mes parents avant que ça dérape complètement. J'ai quasiment pris ma décision quand j'entends Maman en bas qui prépare le petit déjeuner. Elle est en train de moudre du café. Le monde tourne comme toujours. Soulagée, je sors de mon lit. Ma mère ne voit peut-être pas les choses comme moi, mais au moins elle fait tampon entre la police et moi, entre le monde des adultes et moi. Je suis heureuse d'avoir une mère et un père comme eux.

Soudain, j'entends des voix devant la maison et je vais ouvrir la fenêtre pour jeter discrètement un œil dehors. La rue étroite qui longe notre maison est noire de monde. Des gens qui trimbalent des caméras de télévision, des reporters, une femme qui a l'air d'une journaliste télé, et des policiers. La journaliste présente une des grandes émissions de faits divers à sensation. Je descends à la cuisine en courant.

– Bonjour. Tu es levée bien tôt.

Ma mère, les traits creusés, bat des œufs.

– Maman, tu as vu tous ces gens dehors ?

– Ils sont là pour une émission de faits divers, me répond-elle, le visage grave. J'ai horreur de tous ces gens qui grouillent partout. Ils espèrent sûrement que le fils finira par rentrer. Vraiment, c'est d'un goût ! Je veux dire, pour l'instant, ils ne savent même pas si c'est lui le coupable. D'autant plus qu'il est mineur. Tout ce boucan me rend folle. Pardon, mais tu pourrais aller dehors pour chercher le journal ?

Je n'ai pas de soutien-gorge, juste le T-shirt et le short qui me servent de pyjama, mais j'accepte. Je suis curieuse de voir comment les journaux couvrent l'incident et, aussi, de voir à quoi ressemblent les gens de l'émission à scandale.

Dès que je pose un pied dehors, la rumeur des conversations stoppe net. Je m'approche de la boîte à journaux, à côté du portail, lorsqu'une journaliste me plante un micro sous le nez.

– Excusez-moi, juste deux ou trois questions sur les gens qui habitent à côté. C'était quel genre de famille ?

Alors c'est ça, un reporter ? Les autres, figés sur place, retiennent leur souffle en attendant ma réponse. Je suis habillée comme ça, sur une chaîne nationale ! Je me sens soudain toute fébrile et commence à reculer lentement, journal en main. Dès que j'atteins la porte, je me jette à l'intérieur. L'émission de faits divers passe sur la télé du salon. Papa, qui est collé devant, le visage gonflé, ricane tout seul.

– Hé, je viens de te voir à la télé !

L'écran montre la rue devant notre maison avec un bandeau « En direct des lieux » écrit en blanc. On voit notre maison et celle des voisins dans la lumière du matin. Elle a l'air à la fois étriquée et tape-à-l'œil. Voilà, me dis-je, médusée, c'est trop tard. Maintenant que les médias s'en sont emparés, je suis obligée de m'asseoir sur ce que je sais. Le bruit suspect, ma rencontre avec le lombric juste après, l'air béat qu'il avait, le fait qu'il m'a volé mon vélo et mon portable. Je ne veux plus parler de ces choses à qui que ce soit. Le mot « complice » me traverse à nouveau l'esprit.

Mon père replie le journal et dit :

– Je me demande pourquoi c'est arrivé. Quand j'étais jeune, il y avait des jours où j'avais envie de tuer mon vieux et certains de mes profs, mais ça ne m'est jamais venu à l'idée de tuer ma mère. C'était comme si elle faisait partie d'un monde totalement distinct du mien. Je n'ai jamais pensé que ma mère cherchait à régenter ma vie ni rien. Tu as déjà pensé ça, toi ?

– Jamais.

Là, je mens. J'y pense chaque fois que je me dispute avec elle, et il y a des tonnes de gens que je hais tellement que je ne serais pas fâchée de leur faire la peau. Même Terauchi et Yuzan, des fois je les déteste et j'ai envie de les tuer. Sauf que les tuer ne me mènerait à rien : c'est la conclusion que je tire à chaque fois. Si je dois le payer en fin de parcours, autant les laisser vivre.

– Apparemment, le monsieur d'à côté travaille à l'hôpital Kanto-Fukagawa. En médecine interne. Le pauvre. À propos… comment s'appelle le fils ? Ils ne le disent pas dans le journal.

– Évidemment. Il est mineur, lui réponds-je, déprimée.

Papa vide sa tasse d'un trait et soupire en répandant son haleine de café dans toute la pièce.

– Ça va probablement faire les gros titres pendant un moment.

De la cuisine, Maman lui lance :

– Ces gens vont rester dans les parages jusqu'à ce que le garçon revienne. Comment on va faire ?

– On ne change rien à nos habitudes.

– Si on pouvait, il n'y aurait pas de problème.

– Il faudra bien s'en accommoder. Nous ne sommes pas en cause.

Mais ta fille l'est ! J'essaie d'imaginer l'ampleur de sa stupéfaction s'il savait.

Une fois mes parents partis au travail, je regarde quelques-unes des émissions de faits divers. Elles sont toutes pareilles. « A-t-il participé au meurtre de sa mère ?… » « Le fils lycéen disparu… La mort en été : qu'est-il arrivé à ce jeune homme de dix-sept ans ? » Pendant que je regarde la télé, nous avons deux vagues de visiteurs. Les premiers sont un couple d'âge mûr qui dit être le frère aîné et la belle-sœur du voisin. « Nous sommes vraiment confus de vous causer tant de désagréments », disent-ils en s'inclinant plus bas que terre avant de me tendre une lourde boîte de sucreries. Je l'ouvre et trouve trente carrés de *mizuyokan* à l'intérieur.

La seconde vague de visiteurs est composée des deux policiers de la veille. Le vieil inspecteur, tout en s'épongeant d'un mouchoir surdimensionné, me lance :

– Concernant le garçon d'à côté… nous avons un témoin qui l'a vu hier, aux environs de midi, dans la rue qui mène à la gare. Vous nous avez dit être partie vers la gare à peu près au même moment. Vous ne l'avez pas vu ?

– J'étais à vélo.

Merde ! Dès la fin de ma phrase, je comprends que j'aurais mieux fait de me taire. Ils vont bien voir que mon vélo n'est pas là. Inconsciemment, je baisse les yeux.

– Justement, vous ne l'avez pas dépassé ?

C'est sa partenaire qui a posé la question. Cette fois, elle a un chemisier blanc et une lourde broche en émail cloisonné près du col. Comme la veille, ses cheveux sont vaguement arrangés en chignon. Il y a cinq tons d'écart entre la couleur de son visage et celle de la peau de son cou. Je hoche la tête.

– Je ne l'ai pas remarqué.

– Vous n'allez pas en cours, aujourd'hui ?

– Si.

Le téléphone sonne. Les inspecteurs me font signe de décrocher. Le cœur tambourinant dans la poitrine, je vais répondre. Ça pourrait très bien être le lombric. Mais la personne à l'autre bout du fil ne répond pas.

– Allô ? Allô ? (Les deux inspecteurs, debout dans le vestibule, me jettent des regards soupçonneux. Je détourne les yeux et commence à parler.) Oh, Terauchi ? Tu as vu l'émission à la télé ? Je suis désolée de t'avoir causé du souci. Il y a des invités à la maison en ce moment, je te rappellerai plus tard.

L'inconnu au bout du fil se décide enfin à parler.

– Les flics sont là, hein ? Je rappellerai plus tard.

C'était le lombric. Je raccroche comme si de rien n'était. On se croirait dans un film.

– Pardon de vous avoir fait attendre.

Je retourne auprès des deux inspecteurs. L'homme, apparemment presbyte, est penché sur son calepin.

– Le témoin qui a vu le jeune homme a déclaré que celui-ci portait un T-shirt bleu marine et un jean, ainsi qu'un sac à dos noir. La personne qui l'a vu est une femme au foyer qui habite derrière chez vous. Elle emmenait son bébé en poussette dans un parc du quartier. Elle nous a dit qu'elle passait devant chez lui chaque fois qu'elle allait à la gare et que, par conséquent, elle l'avait croisé à de nombreuses reprises. Cette femme au foyer a également déclaré qu'elle avait vu quelqu'un qui vous ressemblait la dépasser à vélo. Êtes-vous bien certaine de ne pas avoir vu le garçon ?

– Vraiment ? Eh bien, il devait être tout juste midi, parce que j'ai pris l'express de midi cinq.

J'ai l'air détendue en disant ça, et ils notent tous les deux ma réponse en entier. Je suis bien contente de ne pas être obligée de leur mentir là-dessus. Les faits s'accumulent ainsi l'un après l'autre. Ils découvriront bien assez tôt que le lombric a cassé le cadenas de mon vélo et qu'il est parti avec.

– S'il y a le moindre changement, ou que vous vous souvenez d'autre chose, veuillez appeler à ce numéro. Nous serons ici tous les jours, donc si vous en avez envie, vous pourrez nous raconter ça plus tard.

L'inspectrice me tend sa carte, qui a des bords arrondis, et je bredouille un mot de remerciement. Après leur départ, je suis au bord de la crise. Le téléphone sonne à nouveau et, pensant que c'est peut-être le lombric, je réponds à voix basse.

– Toshi-chan… c'est toi ? Qu'est-ce qui t'arrive ? Tu as l'air contrariée.

La voix est à l'opposé de celle de Terauchi – claire et bondissante. C'est celle de mes amies qui se fait appeler Kirarin. Moi, Terauchi, Kirarin et Yuzan. La petite bande à laquelle j'appartiens depuis mes années de collège. Le vrai nom de Kirarin est plutôt curieux – Kirari Higashiyama – et même si elle n'aime pas ça, on l'appelle toutes Kirarin. Elle est mignonne, pleine d'entrain ; une jeune fille bien élevée, bien sous tous rapports, en fait. Son surnom lui va comme un gant et elle est la seule dans notre bande à avoir l'air parfaitement à sa place partout où elle va.

– Alors, comme ça, tu as perdu ton portable, Toshi ? Hier soir, le type qui l'a ramassé m'a appelée.

– À quelle heure ?

– Vers dix heures, disons... Je suis allée au cinéma et j'étais dans le train du retour quand il a appelé. Je ne pouvais pas trop bavarder, mais c'était sympa, et on a fini par discuter de toutes sortes de choses. Je suis désolée. Je n'aurais pas dû... il a un sacré culot, ce garçon. (Je suis tellement surprise que je ne sais pas quoi dire.) Je lui ai dit que tu avais besoin de ton portable et qu'il devait te le rendre. Et lui, il était là : « Pardon, je comprends, bien sûr que je vais le lui rendre. »

– Ce n'est pas en te faisant des excuses qu'il va arranger son cas. C'est à moi qu'il devrait demander pardon !

– Carrément !

Elle glousse gaiement. Maintenant que j'y pense, Kirarin est la seule de toutes mes amies que je n'ai jamais eu envie de tuer. J'ai l'impression de prier tout le temps le ciel qu'elle reste aussi mignonne et soit toujours celle qui arrondit les angles entre nous.

– Mais, au fait, reprend-elle, pourquoi tu n'es pas en cours ?

– Je te raconterai ça plus tard. Je dois te laisser. Il faut que je demande à Yuzan si elle aussi a eu droit à un coup de fil.

– On pourrait se voir toutes ensemble, pendant les vacances.

S'il l'a appelée elle, il a peut-être aussi appelé Yuzan. Les deux noms sont dans mon répertoire, donc il s'amuse tout bêtement à appeler des gens au hasard. L'enfoiré. J'appelle Yuzan.

– Ouais, allô ? dit-elle d'une voix prudente et mesurée.

– C'est moi. Toshi.

– Salut, Toshi. Le numéro ne s'est pas affiché, alors je me demandais qui c'était. Il paraît que tu as perdu ton portable ?

– Le type t'a appelée ?

– Ouaip. Je croyais que c'était toi, mais c'était un gars. Le choc ! On a parlé pendant une bonne demi-heure.

Je ne sais pas quoi dire. De quoi peut-il discuter pendant une demi-heure ? Et avec mon amie ? Je suis vraiment en colère ; je n'arrive pas à croire qu'elle lui ait parlé aussi longtemps. Lui, le gars qui a tué sa mère avec une batte de base-ball ! Qui l'a projetée à travers une porte vitrée ! Qui m'a piqué mon téléphone et mon vélo et a pris la fuite ! J'en ai la chair de poule, de voir avec quelle sérénité il semble prendre tout ça. Quand je suis à nouveau en état de parler, ma voix est devenue cassante.

– Enfin, Yuzan ! Comment t'as pu rester une demi-heure au téléphone avec le type qui m'a volé mon portable ?

– Pardon, je sais que j'aurais pas dû. Mais, tu sais, il est plutôt marrant. Il était en train de me raconter en détail comment il a tué sa mère, alors je lui ai dit que j'avais buté la mienne il y a trois ans et il a tout gobé. Après on a parlé des concours et de la vie, de plein de choses.

– Mais ta mère était malade. C'est pour ça qu'elle est morte.

J'ai dû lui paraître un peu déprimée, parce que ce qui est arrivé à la mère de Yuzan et ce que le lombric a fait sont deux choses complètement différentes. Yuzan semble contrariée et ne dit plus rien. La perte de sa mère a dû la marquer plus qu'aucune de nous ne peut l'imaginer et on sait toutes qu'il ne faut jamais aborder le sujet. Et moi, je remue le couteau dans la plaie ! Mais enfin… comment elle et le lombric, qui a tué sa propre mère, peuvent-ils avoir autant de choses à se dire ? J'ai le sentiment de m'être attribué un rôle idiot, et même comique, puisque je sais exactement ce qui est en train de se passer et que toute cette histoire me bouleverse. C'est débile ! Je ne sais pas du tout quoi faire.

– Je suis vraiment désolée, Yuzan. En tout cas, je veux qu'il me rende mon vélo et mon portable.

– Compris. On doit se voir aujourd'hui, je vais les récupérer.

– Il est où ? Je viens avec toi !

– Non, je ne peux pas te le dire. J'ai promis.

Elle fait durer le silence. Je n'en peux plus, alors je lui raconte tout ce qui s'est passé depuis la veille. Elle m'écoute sans dire un mot.

– Et où est le problème ? dit-elle enfin. Ce ne sont pas nos affaires. Le lombric a tué sa mère, c'est vrai, mais ça n'a rien à voir avec nous.

– Je sais, lui renvoyé-je, énervée. Ça, je m'en fiche complètement. Je veux juste récupérer mon vélo et mon téléphone.

– D'accord. Je ferai en sorte qu'il te les rende.

Un clic signale la fin de la conversation. En reposant le combiné, qui est tout poisseux après ces longues discussions, je me dis: Merde alors! Et là, par hasard, je tombe sur un gros titre dans le journal: «Une mère de famille assassinée en plein jour». L'article ne dit pas grand-chose sur le fils disparu, mais n'importe qui en lisant ça aura compris qu'on le soupçonne: «La chemise du fils, maculée de sang, a été jetée dans le panier à linge sale, et la police recherche actuellement le jeune homme pour le questionner sur l'incident.» L'«incident»? C'est vraiment le cadet de mes soucis. Moi, je veux simplement récupérer mon vélo et mon portable. Derrière ça, pourtant, une idée me tiraille, à savoir que le lombric a autant discuté avec Kirarin et Yuzan, et pas avec moi ni Terauchi. Autrement dit, il pense que Terauchi et moi ne sommes pas dignes de parler avec lui. Je me mets en rogne quand je comprends que je vis ça comme une trahison de sa part. Je veux dire… qui s'intéresse à lui, de toute façon?

La sirène gronde à nouveau. Je me demande pourquoi je n'ai pas entendu l'annonce langoureuse d'usage et jette un coup d'œil dehors. Les journalistes sont encore plus nombreux qu'avant et tous sont en sueur, les yeux braqués sur la maison des voisins. Une idée me traverse l'esprit: il n'y a pas de haut-parleurs cachés pour les alertes à la pollution. Ils sont sûrement montés sur un camion qui sillonne le quartier pour diffuser les annonces.

Ce soir-là, vers dix heures, on sonne à la porte. Maman sort juste du bain et, pensant que c'est peut-être encore la police, elle gagne la porte en fronçant les sourcils.

– Toshiko, c'est Kiyomi, me dit-elle. Il est un peu tard, tu ne crois pas?

– Je sais, mais il y a un truc qu'il faut qu'elle me dise.

– Il fait chaud dehors, invite-la à entrer.

Elle sort du frigo du café d'orge frais en me disant ça d'un air peu convaincu. Papa est dehors, comme toujours à cette heure. Un jour après un meurtre horrible et il a déjà recouvré ses vieilles habitudes. Je sors de la maison et une chape moite, étouffante, me tombe sur la tête. Clim oblige, je sens l'humidité sur ma peau fraîche se faire de plus en plus collante. Il n'y a plus de journalistes à cette heure, la rue est déserte. Yuzan attend derrière le portail avec mon vélo. Elle est en T-shirt, short Adidas et sandales Nike, avec un sac à dos. En l'apercevant de loin, on la prendrait pour un lycéen court sur pattes. Elle souffle tellement fort qu'elle a sûrement fait toute la route à vélo.

– Pardon d'arriver si tard, dit-elle, pantelante.

– C'est pas grave. Merci de me l'avoir rapporté.

Je ramène mon vélo de l'autre côté du portail. Ce faisant, mon bras frotte contre le bras nu de Yuzan. Il est trempé de sueur. Surprise, je m'écarte brusquement et nos regards se croisent.

– C'est sa maison, là ? dit Yuzan en la pointant du menton.

La maison du lombric est calme et plongée dans l'obscurité. Jusqu'à la veille au soir, elle a fourmillé d'enquêteurs, mais maintenant elle est déserte, comme une coquille vide, abandonnée.

– Oui, c'est celle-là. Je crois que sa chambre fait l'angle ici, à l'étage. (Je lui montre du doigt la fenêtre noire. Yuzan l'observe un moment, puis elle soupire et tourne la tête.) Yuzan… où est-ce que vous aviez rendez-vous ?

– À Tachikawa. Ça a été drôlement long pour revenir jusqu'ici.

– Qu'est-ce qu'il fait à Tachikawa ?

Yuzan sort une bouteille d'eau de son sac et boit un coup.

– Il m'a dit qu'il se planquait dans un parc des environs. Qu'il y était allé plusieurs fois nager à la piscine quand il était petit. Et que comme il s'y était bien amusé, il avait voulu revoir l'endroit. Il a dû passer toute la journée à traîner au bord de la piscine, parce qu'il est super bronzé.

J'essaie d'imaginer le lombric à la piscine avec ses parents, la mère avec ses lunettes à monture argent et le père avec son nœud papillon, mais je n'arrive pas du tout à me les représenter tous les trois ensemble comme ça.

– Qu'est-ce qu'il raconte ?

– Il dit se sentir comme dans un rêve. Comme si le passé aussi n'était qu'un rêve.

Quand elle lève de nouveau les yeux vers la maison vide, je décide de me lancer et pose ma question :

– Est-ce que tu as ressenti la même chose avec ta mère ?

– Hmm. (En hochant la tête.) Des fois, j'ai du mal à croire qu'elle ait vraiment existé.

Yuzan et le lombric avaient ce sentiment en commun, c'était flagrant, quelque chose dont j'étais à jamais exclue. Ce n'est pas vraiment que ça me faisait de la peine – c'était plutôt l'impression que mon monde à moi était trop simple, trop lisse, trop fade et sans intérêt. La pire chose dont j'étais capable, c'était d'avoir un autre nom : Ninna Hori.

– Oh ! j'ai quelque chose pour toi. Il m'a dit de te dire qu'il était désolé.

Elle sort avec précaution mon portable de l'une des poches de son sac à dos. Je l'allume et remarque que la batterie est presque à plat.

– Bon, faut que j'y aille.

Elle commence à partir vers la gare.

– Il t'a dit ce qu'il allait faire ? Il veut continuer à fuir ?

– Ouais. Maintenant que je lui ai donné mon vélo et mon portable, il dit qu'il va s'enfuir aussi loin qu'il pourra.

Je la dévisage, abasourdie. Elle me dépasse et son regard s'arrête encore une fois sur la maison d'à côté. Je reste plantée là, les mains serrées sur mon portable, à me demander si le lombric va prendre contact et, soudain, je comprends que je l'espère. Je ne veux pas être sa complice, mais j'ai envie de toucher du doigt l'aventure comme Yuzan est en train de le faire. Je sais, c'est une réaction un peu minable, mais je suis comme ça, des fois. Cette prise de conscience assombrit beaucoup mon humeur pour le reste de la soirée.

2

YUZAN

Je repense à l'étonnement dans les yeux de Toshi. Elle était sous le choc à cause du meurtre de sa voisine, sans compter son vélo et son portable volés. Je suis sûre qu'elle n'avait jamais pensé que j'aiderais le lombric aussi activement. Mais bon, je dois dire que j'en suis moi-même plutôt surprise.

Toshi se donne des airs cools et détachés, mais elle a bâti une Grande Muraille autour de son cœur. On a l'impression de pouvoir y pénétrer, mais ce n'est pas si facile. C'est parce qu'elle est nettement plus fragile que d'autres. Elle a beaucoup souffert par le passé. Mais c'est ce qui me plaît chez elle. Elle est timorée, mais capable de se prendre en charge. Je crois qu'au final, c'est la plus solide de nous quatre. Alors, quand je lui ai dit ce que j'avais fait et qu'elle m'a jeté ce regard, genre: « Mais qu'est-ce que tu me chantes », je me suis sentie mal à l'aise. Comme si, à cause de toute cette histoire, je me retrouvais expulsée dans un univers à mille lieues de celui où elle vit. Ce n'est pas comme si je me sentais étrangère ou je ne sais quoi d'autre. C'est plutôt comme si, à partir de cet instant, elle et moi allions partir sur des chemins très différents.

Avec tous ces soucis qui me trottent dans la tête, je presse le pas dans la ruelle sombre. Le quartier est calme. Je redoute les policiers en planque devant chez le lombric, mais ne croise que des employés de bureau qui viennent de la gare. Les arbres qui étendent leurs branches au-dessus de la chaussée répandent une moiteur pesante, comme celle d'une averse qui vient de s'arrêter.

Le sol est encore chaud comme un jour d'été et j'ai l'impression que mon corps fend l'air humide.

En cours de SVT, on nous a appris qu'à peine cinquante pour cent de l'énergie du soleil atteint la surface de la terre. Notre professeur a imprimé deux courbes avec son ordinateur pour nous aider à comprendre. « Ici, vous avez la poitrine d'une jeune femme, et là, celle d'une vieille grand-mère », nous a-t-il expliqué, la mine grave. La première était censée nous montrer comment l'énergie thermique s'accumule autour de l'équateur, tandis que celle toute plate de la vieille femme montrait le rayonnement solaire qui s'échappe. Alors là, ça bat tous les records de connerie, me suis-je dit, mais nous n'étions que cinq dans la classe, donc on a dû faire semblant de trouver ça drôle. Le prof lui-même avait admis qu'expliquer les choses de cette manière pouvait être qualifié de « harcèlement sexuel ». Comme si on en avait quelque chose à foutre. Quel loser !

Après, il a ajouté :

– À l'équateur, la quantité d'énergie absorbée est plus importante que la déperdition de chaleur, c'est donc une source chaude. Dans les régions polaires, c'est l'inverse… ce sont des sources froides.

Une source froide. J'ai l'impression diffuse que c'est exactement ce que j'étais à l'époque. Par « l'époque », je veux dire la mort de ma mère et une autre chose qui m'était arrivée. Je réfléchissais les rayons comme le font les pôles, et de toute ma vie je n'aurais jamais chaud. Ça me fait de la peine et je commence à déprimer.

Toshi, Terauchi et Kirarin ayant toutes leurs deux parents et des familles plutôt aisées, je doute qu'elles aient le même genre de préoccupations que moi. À la mort de ma mère, tout ce qu'il m'est resté, c'est mon emmerdeur de père et des grands-parents que tout inquiète. Je doute qu'ils aient la moindre idée de ce que je ressens vraiment.

Parfois, mes amies commencent à dire quelque chose sur leur mère, puis elles voient la tête que je fais et se décomposent en direct. Avant que ça n'arrive, j'essaie d'intervenir, de sortir un truc aussi débile que l'explication de mon prof. Ou même pire. Ou alors, je remplis le blanc en leur demandant un truc sur leurs mères à elles, genre : Hé, Kirarin, finalement, ta mère, elle vient au festival de l'école ou quoi ? Vous connaissez une seule autre lycéenne qui soit obligée de marcher comme ça en terrain glissant tout le temps ? Tu parles d'une blague !

Je me sens bien seule. Et il y a une bonne raison à ça. La mort de ma mère n'a fait que me rendre plus solitaire, plus seule que n'importe qui. Le lombric se sentait un peu seul, il a tué sa mère et sa solitude s'en est trouvée plus parfaite. Je ne sais pas comment m'y prendre, mais je vais parfaire la mienne aussi. Peut-être qu'après ça ma vie sera plus facile. Terauchi est la seule à qui j'en ai parlé – pas parce qu'elle est gaie comme un croque-mort, mais parce que sa morosité et la mienne se ressemblent. Toshi et Kirarin sont trop douces et gentilles pour parler de ça. Je me dis qu'être douce doit signifier qu'on est heureuse. Terauchi, elle, est moins lisse. J'aime bien les gens tourmentés et un peu dangereux, alors je me sens plus proche d'elle. Mais je ne lui ai encore rien dit pour le lombric. Je ne sais pas trop pourquoi.

Le portable dans mon sac vient de vibrer contre mon dos. Je m'arrête, le sors et constate que j'ai reçu un texto.

> Merci pour le vélo et le téléphone. Je suis arrivé à Iruma, mais là, grosse fatigue : je me suis arrêté dans une supérette. Je vais me reposer une heure, et après je repars.

C'est le lombric. J'ai menti en disant à Toshi que je lui ai filé mon portable. Elle s'en rendra compte un jour ou l'autre, mais elle me paraissait tellement abasourdie que je n'ai pas pu lui dire la vérité. En fait, ce téléphone que j'ai donné au lombric, je l'ai acheté. Quant à lui avoir prêté mon vélo : ça, c'était vrai. « Ne t'en fais pas, lui ai-je dit, tu peux le bazarder quand tu veux. » Autrement, on va s'apercevoir que je l'ai aidé.

Je pense l'appeler et jette un œil à ma montre. Il est dix heures quinze passées. Il faut que je rentre, sinon Papa va piquer une crise. Depuis l'incident de l'été dernier, il a commencé à mettre son nez dans tout ce que je fais. Je n'arrête pas de me dire qu'il faut que je tienne bon jusqu'à la fin du lycée. Je me dis que je l'appelerai de chez moi, et en attendant je lui envoie un SMS.

> J'ai rendu le portable et le vélo à Toshi. Appelle-la pour t'excuser, OK? Prends soin de toi.

Je reste un moment à regarder le message. Je suis en train d'aider un mec à fuir… un mec qui a tué sa mère ! Je n'ai aucune idée de ce qui l'a poussé à faire ça, mais je veux qu'il s'enfuie et qu'on ne l'attrape jamais. Je ne sais pas trop comment expliquer ça, sauf à dire que c'est comme si je refusais qu'il revienne dans notre réalité assommante et débile, préférant qu'à la place il en invente une nouvelle pour lui tout seul.

J'entends un bruit de pas collants, comme si on écrasait quelque chose, et je fourre en vitesse le portable dans ma poche. La braise d'une cigarette brille dans le noir comme une luciole. Je me raidis un peu, mais je vois ensuite que ce n'est qu'une employée de bureau en sandales. Le bruit bizarre qu'elle fait en marchant vient de ses pieds nus qui adhèrent aux semelles, puis s'en décollent lentement. En me dépassant, elle jette son mégot. La puanteur du tabac envahit mes narines.

– Ne jetez pas vos mégots n'importe où !

J'ai dit ça sans réfléchir et la femme se retourne et me dévisage avec mépris. Elle est assez balèze, environ un mètre soixante-dix. Fard à paupières vert fluo et caraco bleu dans lequel ses larges épaules rentrent à peine. Le type même de l'employée acariâtre et sans le sou. On dirait un transsexuel raté dans un mauvais jour. Je me rappelle brusquement le choc que j'ai eu l'année dernière quand je me suis fait agresser par un travelo dans le Ni-chōme, à Shinjuku, et je retiens mon souffle.

– J'ai pas de leçons à recevoir, pouffiasse ! me lance-t-elle d'une voix stridente avant de s'éloigner d'un pas décidé.

Je reste pétrifiée sous le lampadaire et me remémore cette dernière nuit d'été dans Shinjuku, pendant ma deuxième année de lycée.

Dans le district de Ni-chōme, il y a un certain nombre de bars où la clientèle est exclusivement féminine.

J'avais entendu dire que le Bettina était le plus radical de tous, celui où les hétéros restaient dehors.

Je l'avais déniché sur Internet et étais allée y faire un tour pendant les vacances. Je savais en gros de quoi le bar avait l'air avant de m'y rendre, mais je voulais voir le genre de clientes qui fréquentaient les lieux. Je devais vouloir m'assurer que je n'étais pas la seule dans mon cas.

L'endroit était comme je l'avais imaginé, un bar minuscule et pas cher où peuvent s'asseoir une dizaine de personnes à peine. La patronne était une femme d'âge moyen qui ressemblait à un cuisinier de bar à sushis – chemise blanche avec le col relevé, cheveux courts et rêches soigneusement peignés et légèrement parsemés de gris. La plupart des clientes étaient des vieilles peaux carriéristes en quête de chair fraîche à embarquer. Il y avait trois ou quatre filles comme moi qui jetaient partout des regards curieux et inquiets. Nous avions toutes les cheveux courts et la panoplie T-shirt, short, sac à dos et baskets – des filles vêtues comme n'importe quel lycéen. C'étaient des collégiennes, ou des lycéennes qui avaient trouvé l'adresse sur Internet et profitaient des vacances d'été pour venir voir. Au bar, on avait bien conscience que les vacances d'été étaient la période où les scolaires affluaient et on était assez bienveillant pour les laisser rester jusqu'au matin, comme si c'était pour elles une expérience estivale unique pour le prix d'une canette de bière.

Je m'y suis fait deux copines. L'une, Boku-chan, débarquait de Kochi et avait l'intention de rester à Tokyo le plus longtemps possible. L'autre, Dahmer, vivait à Saitama, où elle était dans la tête de classe de son lycée d'élite. Comme nous avions toutes l'habitude d'utiliser des pseudos, il m'avait fallu un moment avant d'apprendre leurs vrais noms et d'où elles venaient.

Boku-chan faisait tout ce qu'elle pouvait pour essayer de devenir un mec. Un peu nunuche, elle était persuadée qu'aussi longtemps qu'elle jouait les durs et gardait les épaules bien carrées, elle aurait l'air d'un homme. Son rêve était de gagner sa vie comme travestie dans le Kabuki-chō, un district à la réputation sulfureuse. Elle n'essayait pas de cacher qu'elle était en quête d'une femme riche et plus âgée. Mais à vrai dire, l'âge n'avait aucune importance : elle aurait accepté une vieille, une femme entre deux âges, même une jeune professionnelle. C'était simple et, pour elle, ça tenait de l'idée fixe : puisqu'elle aimait les femmes, elle voulait devenir un mec bien ; et pour devenir un mec, il fallait qu'elle fasse le mâle. Ce qui, pour elle, revenait à froncer les sourcils en tirant sur une cigarette qu'elle tenait entre le pouce et l'index, à poser son bras sur les épaules des filles et leur soulever le menton du bout du doigt, à parler d'une voix grave et menaçante et à adopter toutes les poses et tous les gestes des acteurs de cinéma les plus costauds. Comme elle était grande, faisait du karaté et avait les muscles saillants, elle les imitait plutôt bien, mais bizarrement, quand elle le faisait, ç'avait l'air d'un sketch. Pour ne rien arranger, elle n'avait pas vraiment inventé l'eau chaude. Une fois, Dahmer et moi, on s'est dit que, si un jour elle devenait vraiment travestie, elle n'aurait plus rien à raconter et ses clientes s'ennuieraient avec elle.

Boku-chan n'avait pas d'argent et dormait dehors, ou s'invitait chez Dahmer ; pendant les vacances, elle passait la plupart de ses nuits dans le Ni-chōme avant de repartir se glisser dans la peau de Tosa Yamada, à Koshi. Mon père ne voulait pas qu'elle reste à la maison, mais ça ne semblait pas la blesser. Même aujourd'hui, elle m'envoie encore un e-mail de temps en temps. Ils sont toujours pleins de choses légères et insouciantes du genre :

> Je viens de m'acheter un costume violet dans la rue commerçante. Il n'y avait que des vestes croisées, alors j'en ai pris une, mais je trouve que les vestes droites me vont mieux.

Dahmer, au contraire, avait une personnalité plus complexe, comme moi. Elle avait emprunté son surnom au tueur en série américain. Elle s'intéressait aux meurtres sadiques et aux cadavres…

une obsession morbide, quoi. Depuis que ma mère est morte, pendant l'automne de ma dernière année de collège, je ne supporte pas ce genre de trucs. Je lui avais dit ce que j'en pensais : à savoir que les gens qui ont peur de la mort et en sont les plus éloignés sont ceux qu'elle obsède le plus. Elle s'était contentée de hausser les épaules. Je pense qu'elle ressentait la même incompréhension que Toshi quand je lui ai raconté ce que j'avais fait pour le lombric. C'est la dernière fois que nous avons parlé de la mort et je n'ai plus jamais fait allusion à ma mère. J'ai rejeté la souffrance tellement loin au fond de moi que je n'arrive même plus à la faire remonter, et mon corps continue à fonctionner comme s'il ne s'était jamais rien passé.

Les parents de Dahmer étaient divorcés et, comme moi, elle était fille unique. Elle était à présent toute seule avec sa mère qui, disait-elle, faisait toutes sortes de petits boulots et ne se trouvait pas souvent à la maison. « Cette personne » – voilà comment elle parlait de sa mère. « Cette personne » est plutôt jolie, disait-elle. « Cette personne » est une feignasse. « Cette personne » ferait mieux de vivre sa vie. Il y avait quelque chose de comparable entre la mort de ma mère et la manière dont Dahmer évoquait la sienne. Dans les deux cas, il y avait le même sentiment de distance par rapport à la réalité dans laquelle nous vivons. C'était comme si nos mères habitaient dans un autre pays, un pays lointain. Peu importe qu'elles soient mortes ou vivantes.

Dahmer était amoureuse de sa prof de maths. Celle-ci était âgée de vingt-six ans, diplômée d'une université scientifique, une brillante bêcheuse qui se moquait de quiconque n'était pas un génie des maths. Dahmer aimait son arrogance. Elle était toujours en train de dire qu'elle voulait la surpasser pour qu'on ne se moque jamais d'elle, autrement elle en mourrait. Un jour que ses notes étaient tombées sous la moyenne de la classe, elle a pris une cuite et s'est sentie tellement humiliée qu'elle s'est tailladé le poignet avec un couteau. Je l'ai vue une fois – une mince cicatrice sur son bras. Elle se trimballait toujours avec un livre de maths, mais depuis que Boku-chan squattait chez elle, elle n'arrêtait pas de se lamenter qu'elle n'avançait plus dans ses révisions. Elle lui avait prêté de l'argent et l'avait même laissée emprunter ses T-shirts et ses shorts. Si Boku-chan lui sortait par les yeux, à mon avis, elle n'avait qu'à la mettre dehors, sauf que Dahmer était du genre à ne pas savoir dire non. Les idiotes à la Boku-chan l'exaspéraient, mais elle avait un point faible : elle était toujours impressionnée face à quelqu'un d'aussi bête, se sachant incapable de se conduire comme ça. C'était peut-être le même genre de faiblesse qui lui faisait dire qu'elle mourrait si on se moquait d'elle. Je n'en sais rien.

J'ai aussi mes faiblesses, et Dahmer et moi ressentons le même genre de désespoir parce que nous aspirons à vivre une vie tranquille, mais que ce sera impossible tant que nous aurons tous ces problèmes sur les bras. Je ne peux pas avouer à mon père que je suis lesbienne, je n'arrive pas à gérer les relations avec les gens du lycée et je suis sûre que je n'y arriverai jamais. Ce sont des fardeaux que je traînerai toute ma vie. J'ai tellement peur quand je pense à l'avenir que ça me rend dingue. D'ailleurs, je veux que mes copines de lycée me voient simplement comme une fille un peu masculine, rien d'autre, et que jamais, au grand jamais, les filles avec qui je suis copine, c'est-à-dire Toshi, Kirarin et Terauchi, n'apprennent que je suis lesbienne. À cause de mes problèmes, ma vie est plutôt compliquée et je me sens enfermée, comme si je devais contenir au maximum celle que je suis vraiment.

J'étais contente de rencontrer Dahmer parce que je crois qu'elle comprenait tout ça. Je pense qu'elle ressentait la même chose. Les jours où elle ne m'envoyait pas d'e-mail, je me morfondais. Comme des amants, on essayait de se raconter tous les jours ce qui se passait. Mais brusquement, à la fin de l'année dernière, je n'ai plus réussi à la joindre. Quand j'ai appelé sa mère, elle m'a dit : « "Cette personne" est partie étudier au Canada. Je suis sûre qu'une fois qu'elle sera installée, elle vous enverra un e-mail. » Sa voix était étrangement aiguë et enjouée. J'ai trouvé ça marrant qu'elles parlent toutes les deux l'une de l'autre dans les mêmes termes, pourtant sa bonne humeur avait quelque chose d'incongru. Je me suis demandé si Dahmer n'avait pas fini par décevoir sa prof de maths: elle n'avait pas réussi à remonter sa moyenne. Je me suis même demandé si elle en était morte. Mais je n'ai pas cherché à en savoir plus. Et c'est la dernière fois que j'ai eu de ses nouvelles.

L'incident que j'ai plusieurs fois évoqué a eu lieu un soir, trois jours avant la fin des vacances d'été. Le même genre de soirée étouffante qu'aujourd'hui.

Boku-chan venant de nous annoncer qu'elle rentrait à Kochi, on avait fait une fête pour son départ au Bettina. On avait bu quelques verres, mais l'ambiance ne décollait vraiment pas. On ne se parlait quasiment pas et on évitait de se regarder. « Ça ressemble plus à un enterrement qu'à une soirée d'adieu ! » avait blagué la patronne.

Au final, Boku-chan a passé un total de vingt-cinq jours à errer dans Tokyo. Comme elle détestait sentir mauvais à force de dormir dans la rue, pendant la seconde moitié de son séjour, elle avait dormi chez Dahmer, ce qui avait achevé d'envenimer leurs relations. La raison ? Boku-chan, en bon « mec », se laissait aller… et avait des manières de plouc mal dégrossi. Elle ne se réveillait jamais avant midi, mangeait tout ce qu'elle pouvait trouver dans le frigo, laissait la chambre en désordre et empruntait les fringues de Dahmer sans demander. Quand elle prenait une douche, elle la laissait couler une éternité et oubliait de ranger le savon et le shampoing. Dahmer, qui faisait déjà le ménage et la lessive pour sa mère, sans compter les courses pour le repas du soir, est sortie de ses gonds. Je crois aussi que, comme moi, elle était un peu triste et agacée de savoir qu'au moment où ces vacances d'été se termineraient, son enfance prendrait fin. Nous étions restées assises au comptoir à boire lentement nos bières en écoutant Tracy Chapman chanter *Fast Car.* La patronne aimait bien cette chanson, mais moi, je la trouvais nase.

– Eh ben, je ne m'attendais pas à ça quand je vous ai dit que je rentrais à la maison, s'est finalement plaint Boku-chan, mais Dahmer et moi n'avons rien dit. (Ça faisait déjà un moment que cette demeurée nous sortait par les yeux.) La prochaine fois que je viens, vous pouvez toujours courir pour que je vous appelle.

– Moi, ça me va, a dit Dahmer en regardant sa montre. C'est presque l'heure du dernier train. Je me tire.

J'ai levé la tête, étonnée. D'habitude, elle passait toute la nuit dehors et rentrait chez elle par le premier train, mais pour notre dernière soirée ensemble, elle s'était montrée glaciale. Elle a sorti son portefeuille et payé sa note. Ses cheveux lui tombaient sur le front, mais derrière eux ses yeux avaient un éclat sombre et presque adulte. Boku-chan lui a décoché un bref regard et dit, sur un ton très ironique :

– Alors, Dahmer… j'imagine que tu vas reprendre ta petite vie de lycéenne modèle ? Pas de quoi en faire tout un plat, hein ?

– T'as tout compris, a répondu Dahmer d'une voix légère en se tournant vers moi. Toi aussi, c'est ce que tu veux, non ?

Oui, je le veux, lui disait mon regard. Et j'en avais vraiment l'intention. Mais je savais qu'aucune de nous ne serait jamais plus une lycéenne sérieuse et ordinaire. Parce que nous étions des filles et que nous aimions les filles. Boku-chan est restée assise, silencieuse, à jouer avec son paquet de Salem Lights.

– Bon, Boku-chan, a-t-elle enchaîné. À plus. C'était sympa.

Dahmer lui a adressé un sourire rayonnant et un salut de la main. Son bras pâle et mince était celui d'une petite fille, et je l'ai regardé tristement.

– Surtout, cache ta joie, hein, a grommelé Boku-chan. (Puis, s'appuyant des deux mains sur le comptoir comme un petit vieux, elle s'est levée.) Je m'en vais boire toute seule. Sans ça, je suis capable de péter un plomb.

Je ne me sentais pas de courir après l'une ou l'autre, alors je suis restée assise au comptoir. La patronne, debout derrière le bar, indifférente, était en train de parcourir la jaquette d'un CD de bossa nova. J'avais attendu que les trains arrêtent de passer, puis j'étais partie. C'est la dernière fois, m'étais-je dit. J'avais l'intention de rentrer à pied de Shinjuku jusqu'à chez moi, à Soshigaya, dans l'arrondissement de Setagaya. J'ai décidé que ce serait la dernière fois de l'été que je rentrais à la maison à l'aube et forçais mon père à sortir de ses gonds. J'avais encore de la peine pour lui parce qu'il avait perdu sa femme, et je faisais de mon mieux pour être à la hauteur de ses attentes. J'étais soulagée de m'être trouvé une amie comme Dahmer, mais passer du temps avec une fille aussi vulgaire que Boku-chan m'avait un peu dégoûtée de la faune du Ni-chōme. En sortant du bar, j'avais eu l'impression d'avoir franchi une étape dans mon existence, et m'en étais sentie à la fois très seule et un peu fière de moi.

Je descendais les marches pour m'engager dans la ruelle quand une femme gigantesque est brusquement sortie de la pénombre.

– Hé, toi ! Viens par ici.

C'était une voix grave, une voix d'homme, avec un accent du Kansai. Le type portait un corsage noir et une minijupe moulante blanche. Il était perché sur des mules argentées aux talons ridiculement hauts qui faisaient pencher tout son corps vers l'avant. On voyait la marque du slip sous sa jupe. Il avait un énorme derrière carré et une tignasse de cheveux noir d'encre – visiblement une perruque. Seuls ses ongles étaient magnifiques, ornés d'un motif vert. Dans l'ensemble, c'était un travelo miteux et bas de gamme. Si vous vous demandez comment je fais pour me souvenir si nettement de tous ces détails, c'est parce qu'il m'avait attrapée par la manche de mon T-shirt et refusait de me lâcher : j'ai eu le temps de tout enregistrer.

– Qu'est-ce qu'il y a ?

– T'es un peu pénible, toi, non ?

Son poing fermé s'est abattu juste à côté de ma tempe, et je n'ai plus rien entendu de l'oreille gauche. J'ai manqué de m'effondrer par terre, mais il me tenait fermement par le T-shirt, à la verticale, tout en continuant à me rouer de coups.

– Tu croyais quoi en venant ici ? Que c'était un quartier pour les fillettes ? T'es une gonzesse et tu te la joues comme un mec ; c'est à cause des gens comme toi qu'on a une sale réputation. Si tu veux une femme, t'as qu'à regarder chez les mecs. T'es trop bête. Ça devrait être interdit d'être aussi conne. Alors c'est normal qu'un mec comme moi te maltraite un peu, tu ne crois pas ? (Il m'a violemment empoigné la poitrine. Aucun homme ne m'avait jamais touchée à cet endroit-là et j'étais complètement sous le choc.) T'as une belle paire de nibards et t'essaies de te comporter comme un mec ! Quelle abrutie ! Je parie que t'aimerais avoir une queue, hein ? Tu fais pire que nos merdes à nous. Alors vas-y, mange !

Il m'a jetée sur un tas d'ordures. Je saignais du nez et ne sentais plus rien. La patronne du Bettina a entendu le vacarme et elle est sortie en courant pour m'aider. Comme je saignais beaucoup, même si je n'étais pas vraiment blessée, elle a décidé qu'elle ne pouvait pas me laisser partir comme ça : je n'étais qu'une lycéenne. Elle m'a mise dans un taxi. J'étais consciente, mais couverte de sang et de crasse quand je suis rentrée chez moi en titubant. Mon visage est resté gonflé pendant un bon moment et j'ai manqué la première semaine du deuxième trimestre de cours. Quand il m'a vue dans cet état, mon père en est resté pétrifié et a eu peur que je ne me sois fait violer. Il m'a demandé si quelqu'un m'avait fait quelque chose. Pendant que je l'écoutais faire nerveusement les cent pas dans la maison, je me suis allongée par terre et j'ai éclaté de rire. C'est bien pire qu'un viol, Papa, ce qui est arrivé à ta fille. Tu n'as pas idée !

Je n'en ai jamais parlé à personne. Je ne peux pas le dire à Toshi ou à Kirarin, ni même à Terauchi. Même pas à Boku-cha ou à Dahmer. Je ne sais pas pourquoi. Je n'ai plus jamais remis les pieds dans le Ni-chōme. Ce n'est pas vraiment du quartier en lui-même que j'ai peur, mais plutôt des créatures qui s'y font passer pour des êtres humains. Et j'ai commencé à me faire peur, à cause de la haine féroce que j'avais éveillée chez les autres. C'est vrai que j'aimais les filles et que je n'arrivais pas à me déterminer, mais ce travesti, en m'empoignant les seins, m'avait fait comprendre que j'étais aussi une femme. Cet été-là, j'ai perdu toute confiance en moi. C'est peut-être pour ça que je n'ai presque pas réagi quand Dahmer a subitement disparu.

Il est pile onze heures quand j'arrive à la maison. Papa m'attend dehors, et il n'a pas l'air content. Il porte un T-shirt vert trop grand, un short de treillis, des sandales Nike et a une cigarette à la main. Mon père est photographe free-lance. Quand Maman était encore en vie, il n'était quasiment jamais à la maison, toujours « en repérage » ; enfin… c'est ce qu'il disait. Mais après sa mort, il a annoncé qu'il travaillerait dans son studio à Tokyo. Il ne traîne plus autant qu'avant dans les bars et rentre toujours à la maison avant onze heures. Ses revenus ont diminué et il s'en plaint. Moi, ça me gonfle. Je veux juste qu'il me laisse tranquille, mais depuis mon agression, il ne sait plus faire la différence entre garder un œil sur moi et monter la garde.

– Où est ton vélo ?

– Je l'ai prêté à Toshi.

– Pourquoi ?

– On lui a volé le sien. C'est juste pour les vacances, pour qu'elle puisse aller à ses cours intensifs.

Je l'esquive pour entrer dans la maison. Notre bichon maltais arrive vers moi en courant et se met à me sauter dans les jambes. Teddy, c'est le chien de Maman, le petit chéri de la famille. Je le prends dans mes bras et commence à monter à l'étage. Je n'ai vu ni Grand-père ni Grand-mère. Ils devaient être partis se coucher depuis longtemps. Ou peut-être qu'ils retiennent leur souffle en espionnant notre conversation. Comme c'est les parents de ma mère, ils ne se préoccupent pas beaucoup du bien-être de Papa. Tous leurs espoirs et attentions portent sur moi. Ce qui me fait royalement chier, sans compter que c'est un peu sordide. Tous les soirs, je fais une petite prière pour qu'ils meurent bientôt.

– Toshi, c'est celle qui habite à côté du garçon qui a tué sa mère, non ? Tu le connais, n'est-ce pas ?

Ça l'intéresse, visiblement. Papa est le genre de type qui suit attentivement l'actualité et relève toutes sortes de trucs. Ça aussi, ça m'énerve.

– Nan, je le connais pas.

– Comment ça : « Nan, je le connais pas » ? C'est comme ça qu'on parle à son père ? Je n'aime vraiment pas la façon de parler des jeunes d'aujourd'hui.

– Pardon…

Je sais que si ça dure trop longtemps, il va disjoncter, alors je m'écrase. Je veux aussi parler au lombric avant qu'il ait fini sa pause.

Papa dit d'un air résigné :

– Ne tarde pas trop à aller te coucher.

– Hmm.

Je monte à l'étage, je pose Teddy par terre, entre dans ma chambre et ferme la porte à clé. Je tends l'oreille et écoute mon père qui rejoint la sienne. Je m'allonge sur le lit et prends mon portable. Le lombric décroche à la première sonnerie.

– Salut. C'est moi. (En poussant un soupir de soulagement.) Tu es toujours dans la supérette ?

– Non, on m'aurait trop vite repéré. Je suis allongé dans le parking, derrière le magasin. Je vois des tonnes d'étoiles.

– Tu es fatigué ?

– Hmm. (D'une voix enfantine.)

– C'est bien pratique, les SMS, hein ?

Le lombric n'a jamais eu de téléphone portable jusqu'à maintenant.

– Ouais, c'est sûr… Mais c'est un vieux modèle que j'ai, on ne peut envoyer que cent vingt-huit lettres d'un coup.

– Ouais, c'est vrai.

C'est d'ailleurs pour ça qu'il n'était pas trop cher. Je suis un peu agacée, mais le lombric n'a pas l'air de s'en rendre compte.

– C'est pas grave, tu es la seule à qui j'en enverrai.

– Mais tu as parlé avec Kirarin, aussi, pas vrai ?

– Qui ça ?

– Une de mes copines. Elle est super mignonne.

– Vraiment, dit-il, pas franchement intéressé.

– Ça m'a épuisée de faire l'aller-retour à Tachikawa dans la journée. En tout cas, j'aurai fait du sport.

J'étais allée jusqu'à Tachikawa pour le rencontrer, puis j'avais pédalé en sens inverse jusque chez Toshi, à Suginami ; une distance invraisemblable.

C'était une remarque un peu sournoise, mais le lombric ne semble pas s'en offusquer. Au lieu de ça, il me demande :

– Hé, dis-moi… Comment ça se fait que tu parles comme un

gars ? J'ai trouvé ça bizarre quand on a parlé au téléphone, hier. Mais quand je t'ai vue aujourd'hui… tu es plutôt mignonne… même si tu t'habilles comme un mec. Tu m'expliques ?

Je n'avais pas prévu le coup et ne sais pas quoi répondre. Je ne me suis jamais vraiment demandé pourquoi. J'allais au lycée de filles et on me disait que je faisais un peu garçon manqué, alors, en manière de plaisanterie, j'avais commencé à parler comme un mec et c'était devenu naturel. Dahmer et Boku-chan utilisaient toujours le mot *« ore »*, pas très joli, pour dire « je », et je trouve que c'est le pronom personnel qui leur allait le mieux. Quand je pense à un truc, ou que je ressens quelque chose à l'intérieur de moi, j'utilise le féminin *« atashi »*, mais je suis sûre qu'un jour je le remplacerai aussi par *« ore »*. La question très directe du lombric me rappelle l'incident – celui où un travesti m'a empoigné les seins, crié dessus et rouée de coups. Résultat : ça étouffe le sentiment secret d'intimité que je commençais à éprouver pour lui. C'est bien un mec, finalement. Le genre de gars qui n'aime pas les femmes habillées en garçons et les condamne publiquement. Est-ce que ça fait de lui mon ennemi ? En signe de protestation je ne dis rien, mais il poursuit :

– Tout à l'heure, j'ai vu le journal du soir à la supérette. Y avait un article sur moi. Je voulais voir… bon… ce que tout le monde en pense. Ça paraissait irréel. C'était comme si je rêvais. J'ai levé le nez et j'ai vu ma maison à la télé et une journaliste qui débitait son texte : « Quel spectre menaçant plane sur ce quartier de la banlieue ? Qu'est-il arrivé à ce jeune garçon qui a disparu ? La même noirceur qui anime le jeune homme se cache-t-elle encore dans ce quartier apparemment tranquille ? » Ce que c'était bizarre !

– Tu n'aurais pas envie de revenir dans le monde réel ?

– Je ne peux pas, dit-il calmement. Maintenant, ma réalité, c'est ça.

– Alors, pourquoi avoir fait naître une réalité pareille ? C'est bien toi qui as provoqué cet état de fait, non ?

Je suis un peu chiffonnée. Je souffre plus que n'importe qui d'autre parce que ma mère est morte et parce que je suis gay… mais au moins, je ne suis pas responsable de ma situation. Et là, je vois ce gars qui, seulement la veille, avait créé une nouvelle réalité où il avait tué sa mère.

– Je ne sais pas.

Il ne veut pas en parler. Comme quand je l'ai rencontré.

– J'aimerais que tu te secoues un peu et que tu m'expliques tout ça.

– Pourquoi ? Pourquoi faudrait-il que j'en parle à quelqu'un ? C'est personnel.

– Je veux savoir.

– En quel honneur ?

– J'ai envie de croire que si j'avais été à ta place, moi aussi, je l'aurais tuée.

Le lombric ne dit rien. Le silence se prolonge un bon moment. Je regarde ma fenêtre où les rideaux sont encore ouverts. Mon visage sans expression, portable collé à l'oreille, se reflète dans la vitre. Le verre est en parfait état, sans la moindre égratignure.

La première fois que le lombric m'a appelée sur mon portable, c'était juste après le dîner, au beau milieu d'une dispute entre mon père et moi. Papa était tellement bouleversé qu'il arrivait à peine à parler, tout ça parce que je lui avais dit que je n'irais pas passer les concours d'admission à l'université.

– Mais alors, que comptes-tu faire de ta vie ?

Qu'est-ce que j'en savais ? S'il avait fallu que je donne une réponse tout de suite, tout ce que je voyais, c'était bosser derrière le bar au Bettina, ou apprendre le métier de travesti. Si je lui avais dit ça, mon père aurait pleuré, à tous les coups. Il est très fier de travailler dans les médias, mais en fait, c'est un mec plutôt terne et assez conservateur.

– Donc tu vas prendre exemple sur Winnie l'Ourson, c'est ça ? Redescends sur terre ! (Il était vraiment en pétard.) Ça te semble peut-être très tentant maintenant, mais tu as pensé à l'avenir ? Arrête de te conduire comme un bébé !

Je ne me conduis pas comme un bébé. Je n'ai vraiment pas la moindre idée de ce que je devrais faire. Une fois admise au lycée, quand mon orientation sexuelle m'était apparue plus clairement, je m'étais trouvée à devoir faire un choix : mentir à tout le monde ou sortir du placard. Mais je n'ai toujours pas décidé quel chemin prendre, et n'ai donc pas la force de réfléchir à des études supérieures. C'est dans ce genre de moments que je suis contente que Maman ne soit plus là. Je n'avais rien dit et Papa s'était lancé dans un de ses sermons. Grand-mère nous avait apporté des pêches qu'elle venait d'éplucher et était repartie à pas de loup vers sa chambre. Je sentais que Papa choisissait ses mots avec précaution, conscient que mes grands-parents nous espionnaient.

– Si tu ne vas pas en fac, tu le regretteras. J'ai connu beaucoup de jeunes gens qui n'y sont pas allés, je sais de quoi je parle. Une fois lâchés dans le monde, ils finissent par se rendre compte de la chance qu'ils avaient et regrettent de l'avoir gâchée. C'est le cas de la fille qui m'assiste au bureau. Elle m'a dit se demander encore pourquoi elle n'a pas intégré la faculté de photographie de l'Université des arts. Elle a échoué une fois à l'examen et ne l'a jamais repassé. Mais je l'admire. Elle a un travail et se donne à fond. Elle a trouvé sa voie dans la vie : devenir photographe. Toi, tu n'as même pas ça. Tu n'es pas encore entrée dans le monde. Quand le moment viendra, tu regretteras de ne pas avoir saisi ta chance. Mais alors il sera trop tard.

Il n'est pas trop tard. J'ai déjà les deux pieds dans ce que tu appelles « le monde ». Mais c'est un monde d'émotions très différent de celui dont me parle mon vieux père. J'avais envie de lui dire ça, mais il aurait fallu lui avouer que j'étais gay et je n'étais pas prête à me lancer. Irritée, j'avais tout juste réussi à faire semblant de bouder.

– Et puis, avait-il repris, vu que tu aimes bien les arts, tu devrais aller quelque part où tu pourras les étudier.

– C'est trop tard, lui avais-je renvoyé en guise de compromis.

Prétendre qu'il était trop tard était pour moi une façon de gagner du temps. Je n'en étais vraiment pas fière. Le visage de Papa s'était brusquement éclairé.

– Ce n'est pas trop tard ! Tu peux aller faire un stage de

préparation. Je vais me renseigner pour savoir où est le meilleur.

Dans la pièce attenante, Grand-père s'était raclé la gorge de soulagement. Ça n'est pas facile de vivre ici. Après la mort de Maman, même si mon père avait voulu déménager et reprendre sa liberté, il n'aurait pas pu. Il lui reste vingt ans de crédit à payer et il a fait bâtir une maison assez grande pour deux familles. Même si Grand-père et Grand-mère venaient à disparaître, le terrain reviendrait vraisemblablement au plus proche héritier : moi. Si on en arrivait là, je pourrais virer mon père, perspective qui m'avait alors nettement remonté le moral. À ce moment précis, mon téléphone s'était mis à sonner dans la poche de mon short et mon père avait pointé un doigt dessus.

– Ton portable sonne.

L'écran indiquait que c'était Toshi.

– Toshi.

L'air quelque peu fatigué et abattu, Papa avait tendu le bras pour prendre ses cigarettes. Il semblait soulagé que ça ne soit pas un garçon.

– Hé. Quoi de neuf ?

– Désolé de vous déranger.

À mon grand étonnement, c'était bel et bien un garçon. Le téléphone fermement appuyé contre l'oreille, je me suis faufilée discrètement jusqu'au premier. En bas, mes grands-parents étaient sortis de leur cachette et j'ai entendu Papa leur présenter la situation. « La dernière année de lycée n'est pas de tout repos, expliquait-il. Difficile de dire s'ils sont adultes ou encore enfants. »

– Vous êtes qui, vous ? ai-je demandé au type à l'autre bout du fil. Et comment ça se fait que vous ayez le téléphone de Toshi ?

J'ai attendu d'être bien tranquille dans ma chambre.

– Vous vous appelez bien Kiyomi ?

– Ouais, c'est moi.

Instinctivement, j'ai compris qu'il avait ramassé le portable de Toshi quelque part et appelait au hasard toutes les filles du répertoire. J'ai la voix tellement grave qu'au téléphone presque personne ne devine que je suis une fille. En plus, le prénom Kiyomi peut désigner aussi bien une fille qu'un garçon. Le mec s'est excusé timidement et s'apprêtait à raccrocher quand je lui ai lancé :

– Une seconde, mon vieux. Je suis une fille. Mais comment vous avez eu ce téléphone ?

– Je l'ai trouvé et je pensais le rapporter.

Je lui ai dit qu'il n'avait qu'à appeler le numéro à « Maison » dans le répertoire.

– Pigé, a-t-il dit avant d'ajouter : Hé, si tu es une fille, pourquoi tu parles comme ça, aussi brusquement ?

Ça m'a énervé, alors je lui ai demandé :

– Non mais t'as quel âge ?

– Dix-sept ans. Je suis en dernière année au lycée.

– T'es vraiment un loser, tu sais ?

J'étais sur le point de raccrocher quand il a dit :

– Je, euh… j'ai tué ma mère… aujourd'hui.

Trouvant la blague excellente, j'en ai rajouté une couche.

– Ah ouais ? Moi, j'ai tué ma mère il y a trois ans !

Je ne mentais pas. Je ne l'avais peut-être pas tuée de mes mains, mais au fond de moi, c'était comme si.

On lui avait diagnostiqué un cancer des ovaires pile au moment où j'entrais au collège, en avril. Elle est morte en octobre de ma troisième année, c'est comme si toutes mes années de collège avaient tourné autour de sa maladie. Le cancer mettant longtemps à tuer, c'était vraiment dur pour la famille. Et ce n'était pas comme si elle s'était fait une raison. Il y avait des jours où ça allait, j'imagine, où elle prenait ça avec un certain calme, mais à d'autres moments elle se lamentait sur son sort, comme possédée par un esprit mauvais. Elle avait trente-huit ans et, la plupart du temps, c'était ce dernier sentiment qui prévalait. Papa n'était que rarement à la maison – j'en retirais l'impression qu'il avait peut-être une maîtresse –, et Maman était tellement instable émotionnellement que le reste de la famille ne savait pas comment la prendre. Un jour, elle me serrait fort dans ses bras en s'excusant, le lendemain elle me repoussait. Il nous fallait supporter ces violentes sautes d'humeur. Je préférais battre en retraite. J'étais épuisée et ne savais pas du tout comment gérer. Pour couronner le tout, je commençais à prendre conscience du fait que j'étais lesbienne. Je comprenais que ma mère était trop préoccupée par sa maladie pour s'intéresser à mes problèmes et suis devenue solitaire, triste, puis totalement déprimée. Après m'être rongé les sangs un bon moment, j'ai finalement décidé de l'abandonner. J'ai décidé que du moment où elle était tombée malade, elle était déjà morte. La personne qui se trouvait dans son lit était une morte vivante et rien d'autre.

Quand elle a été aux portes de la mort, mon père est venu me chercher, mais j'ai refusé de quitter ma chambre.

– Allez, viens. Ta mère veut te voir.

– J'irai pas.

Je serrais Teddy dans mes bras sans cesser de hocher la tête.

– Je sais que tu as peur, c'est normal. Mais elle est en train de mourir et tu devrais aller la voir.

Il avait les larmes aux yeux, mais je n'allais pas tomber dans le panneau. Admettons que je sois allée la voir alors qu'elle était mourante et que j'aie souri comme si tout allait bien, est-ce que ça l'aurait fait ? Et mes sentiments à moi, alors ? Toutes sortes d'idées scandaleuses me trottaient dans la tête.

– Mais elle va être triste.

– Et alors ? Tout le monde l'est.

– Mais ça ne te fait pas de la peine qu'elle soit en train de mourir ? Tu es sa fille unique.

Et alors, c'est ma mère unique aussi, ai-je eu envie de lui dire. Et puis, je ne méritais pas ça. Le but n'était pas de me venger, juste de pousser ma mère, au moins dans ses derniers jours, à réfléchir à notre relation. Mon père a laissé tomber, quitté la pièce et, juste après, j'ai entendu un *ping* à la fenêtre. Il y avait une fêlure sur la vitre. Un gros caillou avait dû la percuter. Teddy était effrayé et tremblait. J'ai ouvert la fenêtre et regardé dehors. Le soleil était couché depuis longtemps et les lampadaires allumés. La rue était déserte. Un peu plus tard, le téléphone a sonné pour nous annoncer que ma mère était morte.

– Donc, ce que tu essaies de me dire, c'est que ce caillou, c'était ta mère ? me dit le garçon au bout du fil après avoir écouté mon histoire.

– Je ne sais pas. On aurait trop dit une histoire de fantômes, alors je ne l'ai jamais raconté à personne. Tu es le premier.

– Pourquoi tu n'en as parlé à personne ?

– Pas envie. Si j'avais dit la vérité…

Je m'arrête. Pourquoi donc suis-je en train de raconter tout ça à un type que je n'ai jamais vu ?

– Quoi, si tu avais dit la vérité ? Dis-moi. Je veux l'entendre.

Il m'a livré son secret, peut-être que je devrais lui confier le mien. Je cherche les mots justes.

– Je pensais que ma mère m'en voulait. Qu'elle me détestait. Quand on déteste vraiment quelqu'un, l'esprit continue de rôder autour de ça et n'arrive pas à passer normalement de l'autre côté. C'est là que j'ai commencé à avoir peur. Pas peur de ma mère, de son fantôme ou je ne sais quoi. Non, peur de l'intensité que peuvent avoir les liens entre les gens. Bref, quand j'ai décidé d'abandonner ma mère, c'est comme si je l'avais assassinée.

– Je comprends ce que tu veux dire. C'est pareil pour moi.

– Ta mère est vraiment morte ?

– Je viens de te le dire ! lâche-t-il, excédé.

– Raconte-moi comment c'est arrivé.

– Je te le dirai quand tout ça sera clair dans ma tête. C'est difficile à expliquer… c'est comme si c'était simplement… arrivé. Mais je me rappelle quand même un truc bizarre. Quand je l'ai attrapée par les cheveux, j'ai pensé : Waouh, ses cheveux sont exactement comme ceux d'une femme. J'ai vraiment eu cette impression, genre : Hé, c'est une femme ! Mais la personne que j'avais devant moi n'était qu'une vieille salope acariâtre et pleurnicheuse qui racontait n'importe quoi. C'était comme si je m'étais dit : « Ferme ta gueule ! » et qu'après, j'appuyais sur le bouton *off* d'une machine.

Un frisson me parcourt le dos jusqu'à la nuque. Sa voix semble sourdre d'une sorte de tourbillon obscur. Même s'il ne l'a pas tuée, pensé-je, je parie qu'il lui a cassé la gueule.

Il tente d'interrompre notre conversation.

– Le type est en train de faire sa ronde dans le parc.

– Où es-tu ?

– Au parc de Tachigawa.

– Tu peux y passer la nuit ?

– Si je me cache, c'est possible, dit-il. Mais je me fais bouffer par les moustiques.

Nous nous donnons rendez-vous le lendemain au McDonald's de la gare de Tachikawa. Il est un peu hésitant, mais je le pousse à accepter. Il faut que j'entende la suite de l'histoire.

Je savais par avance, grâce au coup de fil de Toshi, que ce qu'il m'a dit est vrai, mais j'avais en plus senti dès le départ qu'il me disait la vérité. Autrement, je ne lui aurais jamais raconté mes trucs.

Quand je le vois en vrai le lendemain, il a pris un coup de soleil et son visage est tout rouge et maussade. Il est maigrichon, aussi, comme un haricot vert. Son T-shirt Nike bleu marine est un peu sale, avec des brins d'herbe qui s'y sont accrochés. Au McDonald's, pendant qu'il me cherche des yeux, les clients le regardent avec un drôle d'air. Parce qu'il pue. Il va se faire choper d'un jour à l'autre, me dis-je, et j'essaie de penser à un moyen de l'aider à fuir le plus loin possible.

– Tu es exactement comme je l'imaginais, lui dis-je.

C'est marrant comme la description que m'en a faite Toshi lui correspond parfaitement.

– Qu'est-ce que t'a dit Toshi ?

– Que tu ressemblais à un ver de terre.

– C'est salaud !

Il rit. Quand il rit, il est presque mignon.

– Tu sens mauvais. Il faut que tu changes de vêtements.

– Je n'ai qu'une seule tenue de rechange et je ne veux pas

la gaspiller. Il fait tellement chaud, je me suis dit que je pouvais bien rester comme ça.

– Ça se tient.

Il n'a pas l'air de m'entendre. Il regarde fixement par la fenêtre d'un air hébété. Le soleil se couche, mais l'asphalte est encore brûlant.

– C'est vrai que tu vas au lycée à K. ?

Il fait oui de la tête, encore absorbé par le paysage.

– Tu vises l'université de Tokyo ?

– Je ne pense pas que ce soit encore possible.

Tu ne penses pas ? Tu m'étonnes ! On va te faire passer des tonnes de tests psychiatriques, on va faire de toi un cobaye et on t'expédiera dans une prison pour mineurs. La société t'a rayé de la liste, mon vieux. Tu peux oublier les concours d'admission et l'université de Tokyo. Quel crétin ! Pourtant, je ressens de l'empathie pour ce pauvre gars qui, décidément, ne comprend rien à rien.

– Est-ce que c'est plus clair dans ta tête maintenant… ce qui s'est passé ?

– Pas encore, dit-il en se tournant à nouveau vers la fenêtre. Je n'ai pas vraiment examiné ma conscience pour l'instant, je pense que je n'y arriverai pas.

– Faut croire que non.

Il me surprend en se redressant d'un bond sur sa chaise.

– Il faut que j'y aille. Je ne sais pas pourquoi, mais je sens qu'il faut que je me dépêche.

– Où tu vas ?

– Je ne sais pas. Quelque part. Je sais seulement qu'il faut que j'aille quelque part, et tout de suite.

– Alors tu ferais mieux d'y aller. Par contre, laisse ton vélo ici. Je dois le rapporter à Toshi. Tu peux prendre le mien.

Du menton, je lui montre mon vélo rangé dehors. Il a l'air un peu gêné.

– Tu es venue jusqu'ici à vélo pour me voir ?

Je sors un portable tout neuf et le pose sur l'étroite petite table du McDonald's.

– Tu peux aussi prendre ça. Mais rends-moi celui de Toshi.

Il sort le téléphone de la poche de son jean sale et penche la tête de côté.

– Merci. Mais, pourquoi fais-tu tout ça ?

Je n'en avais aucune idée. Simplement j'attendais et espérais qu'il finisse par mettre de l'ordre dans ses idées et me révèle quelque chose d'essentiel, quelque chose que je devais savoir.

– Tu ferais mieux de partir, lui dis-je.

Il fourre le téléphone, le manuel et le chargeur dans son sac à dos et se lève. Tourne vers moi ses yeux étroits au regard maussade.

Qui se ressemble… pensé-je en lui faisant un signe de la main. Il gagne la sortie d'un pas maladroit en bousculant les tables minuscules sur son chemin.

Je sirote mon café frappé et regarde distraitement par la fenêtre. Le lombric s'avance vers l'endroit où se trouve mon vélo chromé ; il débloque le frein, s'assoit, puis relève la selle. Se rassoit et tourne la tête vers moi. Son regard est celui d'un homme aux abois. *Je sais seulement qu'il faut que j'aille quelque part, et tout de suite.*

– Je comprends totalement. Essaie juste de ne pas te faire choper, marmonné-je avant de siffler le reste de mon café.

3

LE LOMBRIC

À la télé un jour, j'ai vu une scène étrange : un soldat japonais se faisait pilonner la tête à coups de marteau. Il se faisait complètement tabasser : en plus d'être rossé au marteau, on le poignardait avec un bâton taillé et il prenait des volées de coups de pied.

Les gens qui le dérouillaient étaient un vieux couple de Philippins émaciés qui se vengeaient probablement de ce qu'il leur avait fait pendant la guerre. Maintenant que les positions étaient inversées, la vieille dame le rouait de coups, y mettant toutes ses forces, comme si c'était le seul moyen de se débarrasser de la haine qu'elle avait en elle. Le soldat portait un T-shirt crasseux et un *fundoshi.* Bizarrement, il avait encore sa casquette d'uniforme sur la tête. Les mains attachées dans le dos, il était là à tituber sous le soleil brûlant. Chaque fois qu'il allait s'écrouler, quelqu'un hors champ tirait sur la corde qui le retenait pour l'obliger à rester debout.

La question que je me pose est donc celle-ci : à quoi pense-t-on dans des moments pareils ? J'étais en primaire quand j'ai vu cette scène et j'avais trouvé incroyable que le soldat ait l'air aussi somnolent, comme s'il allait s'endormir. Il avait le regard vide et les yeux mi-clos, comme s'il pouvait s'assoupir à tout moment – à tel point qu'on n'arrivait pas à savoir s'il ressentait une quelconque douleur. Si ç'avait été moi, j'aurais pleuré et supplié que ça s'arrête.

Je me remémore cette scène parce que, pour l'instant, je suis tellement somnolent que je ne tiens plus debout. Anormalement somnolent. Tout le temps que je passe à pédaler sur mon vélo, je suis sur le point de m'endormir. C'est peut-être la météo, mais je m'étonne de me sentir comme ça tandis que je pédale sur l'asphalte brûlant de la nationale, à quelques centimètres des camions qui passent à toute allure. Ce n'est pas comme si j'étais fatigué, ni rien. Ce que je fabrique depuis hier se résume à faire de la route sur un vélo de fille. Jusqu'à maintenant, le voyage a été facile. Chaque fois que je vois une supérette, je m'arrête pour me rafraîchir, boire un peu d'eau et lire des mangas. Il n'y a donc aucune raison pour que je sois aussi somnolent.

Mais peut-être que la situation dans laquelle je me trouve maintenant ressemble à celle du soldat japonais. Peut-être que je ne le sais pas, mais que mon inconscient essaie d'échapper à la réalité. Il doit donc y avoir quelque chose à craindre, me dis-je.

Matricide. Je n'aurais jamais cru pouvoir faire un truc pareil, mais voilà, c'est fait. Le choc que j'ai eu en regardant les informations hier soir dans la supérette a commencé à me rendre nerveux. J'avais vu un article là-dessus dans un journal et m'étais simplement dit : Hé, regardez-moi ça ! Mais à la télé, c'était effrayant.

« Quel spectre menaçant plane sur ce quartier de banlieue ? Qu'est-il arrivé à ce jeune garçon qui a disparu ? La même noirceur qui anime le jeune homme se cache-t-elle encore dans ce quartier apparemment tranquille ? »

Les commentaires de la présentatrice étaient idiots, mais quand j'ai vu ça j'ai compris pour la première fois dans quelle panade je m'étais mis. Les journaux ne comptent pas, mais dès que quelque chose passe à la télé, c'est foutu. Aux informations et dans les débats télévisés, des gens analysent sans fin cette « noirceur » que j'ai dans le cœur. Ils unissent leurs forces pour ressasser à n'en plus finir des analyses sur ma santé mentale – commentateurs et présentateurs, tous avec des têtes de monsieur Je-sais-tout, jacassant à loisir comme s'ils savaient de quoi ils parlent. Ce n'est pas de la diffamation, ça ? Même s'ils racontent des choses sur moi qui sont complètement à côté de la plaque, je n'arrive quand même pas à en rire. Parce que c'est de moi qu'ils parlent.

Tout comme Sakakibara et les autres meurtriers, je serai dans tous les journaux pendant des jours, et on rassemblera des experts pour débattre sans fin d'une modification du statut pénal des mineurs. Il y aura des articles avec ma photo et le message que j'ai écrit dans l'almanach de l'école en primaire, un camarade de classe mettra une photo de moi sur Internet, et tout ça ne fera qu'alimenter la machine à rumeurs. Les gens qui ne m'aimaient pas pourront dire ce qu'ils veulent: «Il était un peu taciturne, mais ne s'est jamais distingué en classe, donc je ne sais pas grand-chose sur lui.» «Il m'a toujours dit bonjour, mais j'ai entendu une rumeur comme quoi il torturait les chats du quartier.»

Quand je pense que je suis en cavale à travers le Japon avec tout le pays lancé à mes trousses, j'ai l'impression que mon destin est de fuir éternellement. Mais ce n'est pas comme si je pouvais me réfugier quelque part. Comme dans *Running Man* de Stephen King, des chauffeurs de taxi et des caissières de supermarché appelleront les flics pour leur dire qu'ils viennent de voir passer le type de la télé.

À propos de Stephen King: j'aime vraiment ce qu'il fait. *Running Man* et *Carrie.* J'ai lu *Marche ou crève* deux fois. *Battle Royale* n'est pas de King, mais ça aussi je l'ai lu deux fois. La plupart des jeunes que je connais ne lisent que des mangas, mais je préfère les romans. Les romans sont plus proches de la vraie vie, c'est comme s'ils montraient le monde après en avoir épluché une couche, une réalité qu'on ne pourrait pas voir autrement. Ce que je veux dire, c'est qu'ils ne sont pas superficiels. Ça fait de moi une sorte d'anomalie au sein de ma classe. Mes camarades ne voient que la surface des choses. Pareil pour leurs parents. Ils doivent trouver que ça leur rend la vie plus facile, comme si c'était la manière la plus intelligente d'aborder l'existence. Quelle bande de trouducs!

Il faut que je continue à m'activer. Ce que j'ai sommeil! À moitié éveillé, je me concentre sur le paysage qui défile. C'est un paysage monotone de bord de nationale. Une salle de *pachinko,* un karaoké, un parc de voitures d'occasion. Un bar à nouilles, un restaurant familial. Partout, les fenêtres sont hermétiquement fermées et les climatiseurs tournent à fond. Le toit en tôle d'un garage reflète le soleil brillant ; il est chaud comme une poêle à frire.

Mais c'est comme si rien de tout cela ne faisait plus partie de mon monde. Les paysages ordinaires ont changé. Non, je devrais plutôt dire que c'est moi qui ai changé. Que j'entre dans une salle de *pachinko* ou dans un karaoké, je sais que je n'en tirerai plus la même impression qu'avant. Je ne me sentirai plus jamais comme avant – plus jamais. Vous voyez ce que je veux dire ? Si quelqu'un m'avait dit tout ça avant, je lui aurais lancé : « Mais qu'est-ce que tu me racontes ? » Mais il y a un fossé maintenant, là, entre mon monde et celui des autres. Et je suis totalement seul.

Les gens eux aussi font partie du paysage. Le routier qui me dépasse en parlant dans sa CB, le type d'une cinquantaine d'années qui réprime un bâillement au volant de sa camionnette de livraison blanche. La femme avec un enfant en bas âge sur le siège à côté d'elle, l'élève de primaire qui traverse la route. C'est comme si tous ces hommes et toutes ces femmes, tout le monde, étaient dans un autre monde que le mien. Dans leur monde à eux, le temps ne fait que s'étirer à l'infini, aujourd'hui est à l'image d'hier, demain à l'image d'aujourd'hui et l'avenir à l'image de demain.

J'ai l'impression de courir seul au milieu d'un désert, sur une planète lointaine, comme Mars. Tout a changé depuis deux jours. Tout se divise maintenant entre avant ça et après ça – « ça » étant le moment où j'ai tué ma mère. Mes actes ont créé un point de non-retour, un tournant décisif dans ma vie. Et maintenant, je comprends enfin la peur que ressentait le soldat japonais. Les gens qui vivent ce type d'expérience sont effrayés. Et tellement somnolents qu'ils ne tiennent plus debout.

Ces réflexions défilant au rythme paresseux de mon pédalage, je finis par être tellement somnolent que je n'y tiens vraiment plus. Je me demande si je dois arrêter mon vélo au bord de la route pour faire une sieste. Je cherche des yeux un bon endroit pour dormir, mais il n'y en a pas, seulement des maisons et des boutiques d'aspect modeste, mais pas ce que je cherche – un banc, ou un petit carré d'herbe. Ah, ce que j'ai sommeil ! J'ai tellement sommeil. Je voudrais ramper jusqu'à mon lit et dormir pour toujours.

Ma chambre est une pièce à l'angle sud-est de la maison. Une pièce de huit tatamis avec du parquet, un grand lit surélevé et un matelas deux places. Plus ma propre télé. C'est la plus grande et la plus belle pièce de la maison – pas que je l'aurais choisie moi-même ni rien. Il y a deux ans, lorsqu'on s'est installés là, quand on a eu ce problème, Maman a annoncé qu'on allait quitter notre immeuble et emménager dans une maison individuelle.

Après le déménagement, elle a dit : « On va donner à Ryo la chambre la plus lumineuse du premier étage. » Elle disait toujours des choses « gentilles » et prenait bien soin de son fils chéri.

Puisque c'était décidé, mon père, lui, a dit qu'il prendrait la pièce japonaise au premier pour y installer son bureau. Un bureau ? Ne me faites pas rire ! Tout ce qu'il a, c'est des vieilles séries d'œuvres complètes. Ce ne sont pas des livres, plutôt des meubles. Et tous ces vinyles qu'il collectionne depuis l'université ? Il ne les écoute jamais. *Allô !* Il n'a jamais entendu parler des CD ? Il y a les MP3 et les DVD, aussi, au cas où tu ne serais pas au courant. Et épargne-moi tes conneries sur la prétendue supériorité du son analogique, d'accord ? Tu n'y connais rien et tu ne fais que te vanter, espèce de bouffon. D'où est-ce que tu tiens toutes ces conneries ? D'une « hôtesse » de bar ? Les femmes ne sont plus toutes en extase devant les médecins. Bon d'accord, tu t'es acheté un ordinateur, mais est-ce que tu t'en sers ? Tu cherches seulement à avoir l'air cool. T'es pas au courant que je me glisse dans ton bureau pour aller surfer sur le Net et que je passe mon temps sur des sites porno ? Tant que tu n'en sais rien, il n'y a rien que tu puisses y faire. Alors arrête de te la péter, connard ! Comment tu fais pour ne pas voir que je te considère comme un nase de première ? Tu te vantes sans arrêt d'être médecin, mais tu bosses seulement dans une petite clinique de rien du tout. Tu ne vaux pas mieux qu'un petit employé de bureau. Si ça ne te plaît pas, pourquoi tu ne deviendrais pas directeur d'un énorme hôpital, et alors tu te servirais de tes sous pour me faire entrer à Harvard ? Tu n'en es pas capable, voilà pourquoi !

Maman n'a pas de pièce à elle. Elle a bien le petit salon, mais ce n'est pas pareil, c'est un lieu public. Est-ce qu'on a un jardin public dans la maison ? Des toilettes publiques ? Je n'ai pas besoin d'une pièce à moi, qu'elle dit, parce que j'ai la « buanderie ». Pff, à d'autres ! « Buanderie » – ça veut dire quoi, d'abord ? « Truanderie », je connais, mais « buanderie » ? Quoi ? Tu me dis d'ouvrir un dictionnaire ? Pas moyen. Je ne veux pas me servir d'un dictionnaire qui n'est pas électronique. Et encore, il faut que ce soit une version intégrale, avec une encyclopédie. Tu n'as pas percuté ? Je te dis de m'en acheter un !

Quand je lui avais dit ça, elle était partie m'en acheter un en courant. J'en avais ras le bol d'être avec elle. Si tu es prête à m'offrir n'importe quoi, pourquoi ne pas m'offrir ta vie ? Voilà ce que je voulais lui dire. Je n'ai vraiment pas demandé à être ton fils, alors donne-moi ta vie. Est-ce qu'elle savait à quel point je la méprisais ? L'idée que j'allais devoir passer le reste de ma vie avec cette vieille peau me déprimait, c'était comme si ma vie était déjà finie. Vous savez ce que ça fait ? *Total cafard.*

Je suis soulagé que ma daronne ne soit plus là, même si c'est moi qui l'ai tuée. Je me mets encore en colère chaque fois que je repense à elle et ça m'empêche de m'endormir. Donc, penser à elle, c'est peut-être un moyen efficace de lutter contre la torpeur qui m'envahit.

Ma mère était une parfaite idiote. Je ne sais pas trop à quel moment je m'en suis rendu compte. Peut-être l'année où j'ai commencé les cours privés, vers la fin du primaire. Tous les jours, elle me sortait un sermon débile !

Les gens les plus remarquables de ce monde, disait-elle pour me faire la morale, ne sont pas seulement les plus intelligents, mais ceux qui font des efforts. On peut facilement modifier les mots dans cette formule. Essayez – c'est tordant. Pas les plus intelligents, mais ceux qui font des efforts. Pas les plus élégants, mais ceux qui font des efforts. Pas les meilleurs en sport, mais ceux qui font des efforts. Pas seulement ceux qui viennent d'une bonne famille, mais ceux qui font des efforts. Pas seulement les plus riches, mais ceux qui font des efforts. Pas les plus chanceux, mais ceux qui font des efforts. En d'autres termes, il faut commencer par avoir une vraie bonne qualité, et c'est seulement ensuite qu'on peut être considéré comme remarquable.

Ce qui pose la question de savoir si Maman était elle-même une personne remarquable. Quand j'étais en cinquième année, j'ai commencé à avoir des doutes quant aux obstacles qu'elle avait dû surmonter pour devenir remarquable. Soyons réalistes, elle n'était pas spécialement intelligente, ni belle. Elle n'avait absolument aucune élégance. Aucune aptitude au sport. Et pour l'effort ? Je n'en parle même pas. Alors de quel droit me faisait-elle la leçon ? Et puis j'ai fini par comprendre un truc. Elle était convaincue d'être une femme remarquable. Persuadée d'être intelligente, belle, issue d'une bonne famille. Et puis… elle était mariée à un médecin, avait un fils doué et travaillait dur tous les jours. Je n'étais qu'un gosse, mais ça m'avait quand même choqué. Elle n'avait pas la lumière dans toutes les pièces, la vieille. In-croy-able.

– Ryo, tu as la chance d'être intelligent, donc je veux que tu fasses plus d'efforts. C'est important de faire de son mieux.

Je ne sais pas combien de fois j'ai entendu ça. À un certain stade, malgré tout, j'ai eu une révélation : je n'étais vraiment pas si intelligent que ça. C'était peu après mon admission à K., qui est connu pour être un des collèges privés les plus difficiles à intégrer. Au premier concours qu'on avait passé là-bas, des deux cent cinquante gamins de ma classe d'âge, je n'étais même pas dans les deux cents premiers. C'est bizarre, avais-je pensé. Mais au contrôle suivant ç'avait été pareil. Et encore au suivant. Durant les cinq longues années que j'ai passées au collège puis au lycée, c'était encore et toujours la même chose.

Maman paniquait. Moi aussi, d'ailleurs, mais c'est elle qui avait commencé. Vous savez pourquoi, pas vrai ? Parce que ça faisait voler en éclats la théorie qu'elle n'arrêtait pas de vouloir m'enfoncer dans le crâne. Si j'y mettais tant de bonne volonté sans jamais être récompensé, alors le fondement même de sa théorie était forcément bancal. Je n'étais pas aussi intelligent que ma mère et moi le pensions. Si elle avait seulement compris à quel point elle était idiote, elle aurait aussi compris, et beaucoup plus tôt, que je n'étais pas le plus grand esprit du siècle.

C'est pour ça qu'elle rejetait la faute sur moi : j'étais bête. Un jour, elle m'avait dévisagé avec insistance, de ces yeux qui squattaient derrière ses lunettes, me jaugeant comme si elle ne m'avait jamais vu avant. Finalement, elle avait réussi à dire : « Ryo, est-ce que tu as du succès avec les filles ? » T'es sérieuse, là ? me suis-je dit. Depuis que j'ai intégré une école réservée aux garçons, je n'ai pas parlé à une fille. Je n'ai pas reçu un seul coup de fil d'une seule nana, ni une lettre. Je suis le fils de mon père et de ma mère, après tout. L'héritier d'un péquenaud et d'une pouffiasse. Et n'était-ce pas elle qui m'avait largué dans un endroit où il n'y a pas la moindre fille ? Pourtant, voilà qu'elle me demandait si je tombais les nanas !

Elle me demandait ça parce qu'elle avait conscience que ses méthodes d'éducation étaient un échec. Elle comprenait enfin que je n'étais pas très intelligent ni très beau, et que peut-être je n'aurais pas une vie très heureuse, après tout. Quelle truffe ! Jette un œil dans un miroir, avais-je envie de lui dire. Si tu examinais un peu ta vie de merde avant de venir baver sur la mienne ?

Tous ces souvenirs me retournant la tête et les tripes, je finis par m'arracher complètement à ma torpeur. Et je remarque une supérette plus loin, sur ma gauche. Les supérettes sont mes stations essence. Je ne peux pas vivre sans. Je pose mon vélo avec joie et j'entre.

Après l'enfer brûlant de l'extérieur, l'air froid est plus qu'agréable – il me requinque totalement. Le magasin est encore récent et spacieux. À la caisse, il y a une femme d'âge mûr qui porte une blouse et une visière qui ne lui vont pas. Elle fixe d'un regard furieux les clients du rayon presse en train de feuilleter les magazines. Un vieux mec, probablement le gérant, est penché sur un étal, à faire son possible pour arranger le rayon des plats préparés. Ils n'ont pas l'air d'être habitués à ce travail. Un vétéran de supérette n'aurait jamais été aussi exaspéré de voir des gens traîner dans la boutique pour lire des magazines et des mangas gratuitement.

Dans les supermarchés, l'entrée est l'endroit le plus frais, parce qu'on y pousse toujours à fond la clim afin qu'elle souffle un rideau d'air froid et sec qui empêche la chaleur du dehors d'entrer. Je reste donc un long moment dans l'antichambre, le temps de rafraîchir mon corps en surchauffe. L'air froid fige ma sueur en cristaux. J'ai l'illusion que ma peau tout entière est recouverte d'une fine couche de sel blanc scintillant. Avec ma croûte de sel, je suis meilleur que tous les gens autour de moi. Je suis un matricide, après tout ! Et en cavale ! Seul un infime pourcentage de l'humanité serait capable de faire ce que j'ai fait. Je peux faire n'importe quoi, ils ne m'auront pas.

J'attrape une grande bouteille d'eau dans le frigo et l'apporte à la caisse. La paie, puis la bois à grandes gorgées impatientes. J'ai tellement soif que je ne peux plus m'arrêter. J'en engloutis plus de la moitié avant de remettre le bouchon. Puis je me tourne vers la caissière, qui m'observe d'un air inquiet, la main sur le nez.

– Je pourrais utiliser vos toilettes, s'il vous plaît ?

Elle regarde le type, qui doit avoir la cinquantaine. Il laisse tomber ses *bento* et se ramène en trottinant.

– Je m'excuse, monsieur, dit-il. Nous n'avons pas de toilettes.

– Et ça, c'est quoi ?

Je sais où se trouvent les toilettes dans une épicerie : presque toujours à côté des frigos. Je lui montre du doigt une porte qui est probablement la bonne.

– C'est une réserve.

Le type se pince le nez, lui aussi. Vu que dans deux supérettes sur trois on me refuse l'accès aux toilettes, je ne suis pas particulièrement déçu. On vient de me dire non dans cinq endroits à la suite, je me borne à penser que mon taux de succès diminue. Le vieux, par contre, croit bon d'ajouter :

– Je suis désolé, monsieur, mais étant donné que cela indispose nos autres clients, je vous serais reconnaissant de bien vouloir finir votre bouteille dehors. Et je vous prie de trouver des toilettes ailleurs. Toutes mes excuses.

J'indispose les autres ? De quoi parle-t-il ? De ma croûte de sel ? Je renifle mon T-shirt, et c'est vrai qu'il sent assez mauvais – une odeur bizarre, un peu aigre. Ça fait deux jours que j'ai quitté la maison. Je n'ai pas lavé mes vêtements ni pris de bain depuis... et ça suffirait à me faire puer comme ça ? Je me suis baigné à la piscine, mais apparemment ça n'a pas marché. Le soleil brûlant m'a changé en un type malodorant que les gens cherchent à éviter. Le simple fait d'être à la maison voudrait donc dire que je ne puais pas ? Cette idée m'impressionne, quelque part, assez bizarrement. Je me suis nettoyé les mains et le visage dans un parc, mais je n'ai pas pu laver mon T-shirt ni mon jean. Je me gratte la tête.

– Vous me demandez de partir ?

– Non, mais nous aimerions mieux que vous ne buviez pas ici et n'alliez pas aux toilettes. Donc, si ça ne vous ennuie pas...

Comme ça, il se sert des toilettes comme prétexte pour me virer. Je l'ignore et, ma bouteille à la main, je m'avance d'un pas nonchalant vers le rayon presse et librairie. Dès que j'y arrive, un gros type complètement absorbé par un magazine porno le jette en me décochant un regard étrange. Deux lycéennes grimacent avant de s'éloigner prudemment. J'ouvre avec insouciance le dernier numéro de *Jump* et commence à le feuilleter. Le gros type sortant du magasin, j'ouvre ensuite le magazine porno qu'il lisait. Il est plein de jolies filles aux jambes écartées. J'ai envie de le prendre, mais pas de dépenser mon argent pour l'avoir, alors je fixe intensément les photos pour graver les images dans ma tête. « Il pue ! » chuchote une fille au rayon d'à côté. Les lycéennes. Dans ces moments-là, j'ai toujours envie de dire : « Hé, je suis au lycée de K. » Juste comme ça ! Je suis vraiment trop bête. D'ailleurs, l'idée me vient que les gars du lycée de K. qui sont vraiment intelligents ne se vanteraient jamais de cette façon. Ils sont bien trop malins.

Donc, en dernière analyse, le seul avantage à cette éducation que ma mère portait aux nues est de pouvoir s'en vanter devant les autres. Personne en dehors du lycée de K. ne sait que je suis un des plus mauvais de ma classe, ou que les profs se moquent de moi. Tout ça est nul. Mais il fallait que j'y reste et que je me tienne tranquille. Le collège, puis le lycée... six ans ! « Tu vas bientôt étudier pour les concours d'admission à l'université, me répétait tout le temps ma mère. Tu n'as plus qu'à t'accrocher encore un peu. » M'accrocher pour quoi ? Elle ne me comprenait pas du tout. Ma patience était à bout depuis longtemps.

C'est alors que j'aperçois quelque chose et tourne la tête. Le gérant s'est planté là et, tout timide, cherche à savoir s'il doit ou non me dire quelque chose. Me rappelant que je suis en fuite, je décide de sortir. Mieux vaut ne pas trop me faire remarquer. Mon portable se met à sonner juste au moment où j'arrive dehors. C'est Yuzan, la fille qui m'a aidé.

– Salut. C'est moi.

Je ne devrais probablement pas vous dire ça, mais lui parler, c'est exactement comme parler à un gars. Ça ne me fait aucun effet. Les filles devraient avoir la voix plus aiguë, plus mélodieuse. Pourquoi ? Parce qu'elles sont une forme de vie différente, voilà pourquoi. Du coup, quand je discute avec Yuzan, j'ai toujours envie de me plaindre. Ce qui me rend aussi nul que ma mère, enfin… j'imagine. Toujours à attendre que les choses se passent comme je le voudrais. Il faut croire qu'on est du même sang, après tout. Je souris amèrement.

– Attends une seconde, lui dis-je.

Je me cherche un coin ombragé, mais n'en vois pas devant la supérette. Il n'y a que le vrombissement des camions et le soleil aveuglant. Je suis sidéré par la chaleur que renvoie le béton. Ma croûte de sel est en train de fondre, me dégouline sur le corps et commence à coller. Je trouve un camion garé sur le parking et m'effondre à son ombre.

– Qu'est-ce que tu me veux ?

– Tout se passe bien ?

– Ouais. J'ai fini par dormir dans le parking de la supérette d'hier soir. Trop de moustiques quand on dort dehors. Puis j'ai mangé des boulettes de riz du magasin, et là je roule depuis ce matin.

– Tu es où, maintenant ?

– Je ne sais pas. Dans un coin paumé, dis-je en jetant un œil autour de moi. Quelque part dans la préfecture de Saitama. Vers Kumagaya, je dirais.

– Il est censé faire chaud, là-bas. Tu vas bien ?

Yuzan parle très vite. La chaleur a dû m'esquinter le cerveau, parce que je n'arrive pas à articuler normalement.

– Ça va. Mais qu'est-ce qu'il se passe avec les flics ?

– Toshi m'a dit qu'ils continuaient à venir tous les jours. Mais tu t'attendais à quoi ? J'ai vu ton paternel il y a deux ou trois heures. Ils ont enterré ta mère ce matin. C'était affreux, ton père braillait comme un gosse.

Il a craqué ? J'ai le sentiment que ça n'avait rien à voir avec moi. Avoir tué ma mère, vouloir tuer mon père aussi, plus tard… sous ce soleil brûlant, tout ça me semble irréel, comme une légende d'un pays lointain. Ces gens étaient-ils vraiment mes parents ? J'avais déjà pensé à ça en pédalant sur mon vélo – toutes ces histoires d'*avant* et d'*après*. Tandis que je remâchais ma haine de ma mère, j'avais eu l'impression de laisser l'*après* loin derrière – et d'être passé dans un monde totalement différent. Qu'est-ce qui va bien pouvoir m'arriver, maintenant ? Avec ma croûte de sel, est-ce que je ne vais plus être humain ? Pour la première fois, je commence à m'inquiéter.

– Je me demande ce qui va m'arriver.

– Qui vivra verra, me renvoie froidement Yuzan.

C'est ça que je n'aime pas chez elle. Je ne sais pas d'où elle sort, mais c'est comme si, chaque fois que j'essayais de me rapprocher un peu, elle devenait toute froide et distante. Quand même, elle s'intéresse à moi. Mais je n'arrive pas à la cerner et je n'aime pas les gens que je ne peux pas cerner.

– Est-ce que des gens de mon école sont venus à l'enterrement ?

– Aucune idée. Je ne crois pas qu'il y ait eu des lycéens au cimetière.

– Pour eux, je n'étais qu'une merde qu'ils ne remarquaient même pas.

Elle glousse.

– C'est plus cool d'être une merde.

Ses mots me sauvent, et je me sens soudain pousser des ailes.

– Donc c'est cool d'être en cavale ?

– Ouais. Enfin, je veux dire… tu vas faire quoi, maintenant ?

Sa voix est pleine de compassion et de curiosité. C'est comme si elle voulait que je sois sa doublure pour une aventure fabuleuse.

– Il faut juste que je continue à fuir.

– Où ça ?

– Je n'en ai pas la moindre idée.

C'est vrai. Yuzan pousse un grand soupir, comme une petite fille.

– Je veux aller quelque part avec toi.

– Il n'y a nulle part où je peux aller.

Cette fois, c'est à mon tour d'être abrupt. Yuzan m'a aidé, mais je n'ai pas l'impression de parler à une fille. Et puis, elle est du genre compliqué, plutôt inaccessible. Et morose, du genre à se sentir coupable parce qu'elle est convaincue que la maladie de sa mère et sa mort étaient de sa faute. Pendant que je lui parle au téléphone, je me dis : Toi et moi, on est très différents. Je suis largement plus cool.

– Tu as sûrement raison, dit-elle. Hé, ça t'embête si je donne ton numéro à mes amies ? Elles ont toutes envie de te parler.

– Pas de problème.

Je ne sais pas pourquoi, mais cette idée me rend très enthousiaste. Quand j'avais volé le vélo et le portable de cette… Toshi, le plus sympa avait été de pouvoir parler avec toutes les filles dont le numéro se trouvait dans le répertoire. J'aimerais bien rencontrer celle qui s'appelle Kirarin.

Yuzan réagit très froidement, comme si elle m'avait percé à jour.

– Je vois… donc t'es qu'un mec comme les autres, finalement. D'accord, je leur dirai.

Merde, pensé-je, mais ne dis rien. Si Yuzan tuyaute les flics, je suis dedans jusqu'au cou. Je raccroche et bois encore un coup. J'ai faim, mais je ne me sens pas de retourner dans la supérette. Je me laisse tomber à côté d'une roue du camion. Qu'est-ce que je ne donnerais pas pour un *yakiniku*, là, tout de suite.

– Hé, tire-toi de là !

La voix vient d'au-dessus et quand j'ouvre les yeux, il y a un jeune type debout devant moi. Cheveux blonds et lunettes de soleil, short et chaussures de sport. Le chauffeur du camion. Un dur, visiblement.

– Pardon.

Tandis que je me lève, il grimace.

– Je crois que je vais gerber tellement tu pues !

– Pardon, dis-je encore.

Ça me fait trop chier de devoir m'excuser auprès d'un type que je ne connais même pas. Je m'approche du râtelier à vélos. J'en avise un vieux pour dame, un noir, vois qu'il n'est pas attaché et l'enfourche. La bécane chromée de Yuzan était assez stylée, mais trop voyante. Et puis, ça me plaît assez de me débarrasser du vélo de cette arrogante.

Le vieux vélo pour dame est lourd. Je m'engage sur la route et me dis que je ferais mieux de repenser au jour où le monde a changé pour moi, ou bien je vais encore m'endormir. Pile à ce moment-là, le portable se met à sonner. Je m'arrête sur le bas-côté et réponds. Mais d'abord, je cache le vélo dans les buissons pour que personne ne le repère et m'accroupis à côté.

– C'est moi, Toshi. Ta voisine.

Yuzan n'a pas perdu de temps pour lui donner mon numéro.

– Ah, salut. Yuzan m'a dit qu'ils ont enterré ma mère aujourd'hui.

– C'est vrai, dit-elle d'une voix maussade. Je t'appelle de mon cours, là, mais ton père et ta famille pleuraient tous pendant l'enterrement. Mes parents aussi, et moi non plus, je n'ai pas pu m'empêcher de verser une larme. Hé, je peux comprendre que t'aies envie de fuir, mais essaie de ne pas causer d'ennuis à Yuzan, d'accord ? Ça ferait d'elle une complice.

Mais pour qui elle se prend, celle-là ? On croirait vraiment entendre ma daronne. Je suis super déçu. Je veux dire… j'ai quasiment tué ma mère à cause d'elle. C'est pour ça que, juste après l'avoir fait, quand je l'ai croisée par hasard, ça m'a rendu vraiment heureux. C'est pour toi que j'ai dégelé ma mère, avais-je envie de lui dire en riant, alors tu vas faire quoi pour moi, maintenant ? Tout ça, c'était pour toi. Mais tout ce que j'ai réussi à sortir, c'est : « Fait drôlement chaud ! » Minable.

– Désolé, mais il fait vraiment chaud ici, je peux te rappeler plus tard ?

– C'est plutôt mal élevé. Alors que je me suis donné la peine de t'appeler. Bon, à plus.

Elle raccroche. Pendant un instant, j'ai peur qu'elle ne me balance aux flics, qu'elle ne leur dise ce qui est arrivé ce jour-là, mais à ce stade tout le monde doit savoir que j'ai refroidi ma vieille, donc ça ne change rien. Je reste assis dans les buissons, les bras serrés autour des genoux. C'est étrange de voir que toutes ces filles bizarres, genre Yuzan et Toshi, s'intéressent à moi. Suis-je leur héros ? Ça suffit à me remonter le moral.

Matricide. Je sais que j'ai fait quelque chose de vraiment énorme, mais y penser en ces termes me laisse une drôle d'impression. Et plus je fuis, plus je me sens bizarre. Je m'allonge dans l'herbe et regarde le ciel. Et couché là, je me demande : « Que fait Toshi en ce moment à son cours intensif ? » Je l'imagine et j'ai une érection.

Depuis le côté est du balcon de ma chambre, je peux tout juste apercevoir l'intérieur de la sienne. Son bureau est près de la fenêtre et, quand j'ai de la chance, je peux l'apercevoir en plein travail à travers une fente dans ses rideaux de dentelle. Quand ça arrive, j'éteins toutes les lumières dans ma chambre et je l'épie. Je vois son visage de profil, éclairé par la lampe à côté d'elle. Des fois, sûrement quand elle est en train de lire des mangas, elle éclate de rire, ou bien elle fait une grimace. Tu n'es pas très brillante, ai-je envie de lui dire, alors pourquoi tu t'embêtes à étudier ? Quel intérêt ? Tu es une fille, ça suffit largement ! Tu n'as besoin de rien d'autre pour t'en sortir dans la vie, n'est-ce pas ? Quelle importance si tu n'es pas très douée à l'école ? Voilà ce qui me passe par la tête. J'ai longtemps eu des sentiments assez partagés envers les filles. Et pourquoi pas ? Les filles n'ont pas à se battre – le simple fait d'être une fille veut dire que tous les garçons vont tomber raides dingues d'elles.

Depuis que je me suis rendu compte que je ne suis pas spécialement brillant, je ne peux pas m'empêcher de penser que les filles sont peut-être largement plus intelligentes que moi. Et penser à Toshi, en particulier, me donne un complexe d'infériorité, parce qu'elle est loin d'être moche, et probablement beaucoup plus heureuse que moi. Je ne peux pas l'expliquer, mais c'est ce que je commence à ressentir. Chaque fois que je la croisais à la gare, elle me faisait un signe de tête, mais, je ne sais pas pourquoi, je n'arrivais pas à lui répondre. Je sais que pour vous ce n'est peut-être pas très grave, mais j'ai commencé à me sentir inférieur à elle. Un gars plus dégourdi aurait été capable de faire un peu mieux connaissance, mais chaque fois que je pensais aller lui parler, elle me jetait un regard indifférent et disparaissait.

J'entendais tout le temps des gens qui riaient chez elle, visiblement, ils s'amusaient bien. Chaque fois que ça arrivait, je me disais que les maisons où il y a des jeunes filles sont les plus joyeuses et mon complexe empirait. Je fréquentais peut-être un lycée comme celui de K., mais ça ne voulait absolument rien dire pour personne d'autre. Pourtant, ma mère, cette abrutie, était persuadée que c'était l'affaire du siècle. Le résultat, c'est que je suis tiraillé entre l'opinion du monde entier et celle de ma mère. C'est comme si c'était mon devoir de subir ça.

Peu de temps après notre emménagement, j'ai découvert que, du balcon dans le bureau de mon père, on pouvait voir la salle de bains de la maison de Toshi. Quand la fenêtre est ouverte, on aperçoit la baignoire. La première fois que je m'en suis rendu compte, manque de pot, c'est son père qui prenait un bain. Sa mère était toujours plus prudente et prenait soin de bien fermer la fenêtre. Toshi, en revanche, était un peu longue à la détente et, des fois, prenait son bain la fenêtre ouverte, surtout si son père était passé avant elle et ne l'avait pas refermée.

Une fois que j'ai compris tout ça, j'ai commencé à attendre ces moments où je la regardais travailler et, chaque fois qu'elle prenait un bain, j'allais m'accroupir sur le balcon, aux aguets. Il n'y avait qu'une chance sur vingt pour que ça réussisse. Et ça ne pouvait marcher qu'en été, quand la fenêtre était ouverte et que son père avait pris son bain avant elle. Même quand toutes les conditions étaient réunies, si mon père était dans son bureau, il fallait oublier.

Mais, ce jour-là particulièrement, les dieux devaient être de mon côté, parce que tout s'est goupillé à merveille. Toshi a éteint la lampe de son bureau et paru se diriger vers la salle de bains. Je me suis vite approché de ma fenêtre et j'y ai passé la tête pour jeter un œil à celle qui se trouvait en contrebas. De la vapeur s'en échappait, donc elle devait être ouverte. Le père de Toshi venait sûrement de sortir du bain. Magnifique ! Complètement surexcité, j'ai bondi hors de ma chambre et suis descendu jusqu'au milieu de l'escalier pour voir ce qui se passait en bas. Papa était déjà rentré, mais j'ai entendu qu'il était encore en train de manger.

Je me suis glissé sans faire de bruit dans son bureau et suis sorti à pas de loup sur le balcon. En dessous de moi, Toshi a crié quelque chose. Sûrement qu'elle était en colère parce que son père avait mis la pagaille dans la salle de bains. J'ai entendu couler l'eau. J'étais à genoux, dans l'expectative, un peu inquiet de ce que faisait mon père. Et le moment que j'attendais est enfin arrivé. Toshi, nue, a enjambé le rebord de la baignoire, ses jambes momentanément écartées. *Trop fort !* J'ai levé le poing triomphalement et, exactement au même instant, quelqu'un derrière moi m'a attrapé par les cheveux.

– Mais qu'est-ce que tu fabriques ?

C'était ma mère ; elle parlait à voix basse. Les deux mains agrippées à mes cheveux, elle m'a entraîné à reculons jusque dans le bureau de mon père, en essayant de ne pas faire de bruit. Et ensuite jusqu'à ma chambre.

– Rien de spécial, lui ai-je répondu.

– Tu étais en train d'espionner chez les voisins ! C'est répugnant ! Espèce de petit salaud. Petite pourriture.

Ma mère s'était démaquillée et mise en pyjama, un pyjama bleu ciel qu'elle avait acheté au Daimaru du coin. Sans ses sourcils dessinés au crayon, elle avait un air bizarre et peu attrayant, et en plus son ventre dépassait. C'est toi qui es répugnante, avais-je envie de lui dire, et d'abord, qu'est-ce qui m'oblige à me faire crier dessus par quelqu'un comme toi ?

– Je suis désolé d'être une pourriture.

– Tu peux l'être ! C'est tout ce que tu fais, au lieu de travailler. Bon sang, mais qu'est-ce que tu as dans le crâne ? Et tes concours d'admission à l'université ? Tu es un criminel, tu es au courant ? Pourquoi fais-tu cela ?

– Un « criminel » ?

– Exactement. Un petit voyeur. Tu as fait la même chose dans notre ancien appartement et c'est pour ça que nous avons dû partir. Il fallait qu'on s'en aille avant que les gens ne se rendent compte de ce que tu faisais et on en a beaucoup souffert, ton père et moi.

– Tu as déménagé uniquement parce que tu voulais faire construire une maison individuelle.

Son visage s'est tendu.

– Comment peux-tu dire ça ? Les gens étaient sur le point de découvrir ce que tu trafiquais et nous avons été obligés de partir. Ton père et moi nous faisions un sang d'encre parce qu'on voulait que rien ne puisse compromettre ton avenir. Ce n'était pas à cause de moi. C'est chez toi qu'il y a quelque chose qui ne va pas. Que va-t-on faire de toi ? À quoi pouvais-tu bien penser, hein ? Qu'est-ce qu'on va faire ?

Qu'est-ce qu'on va faire ? Qu'est-ce qu'on va faire ? Qu'est-ce qu'on va faire ? Elle me fusillait du regard, réclamant sa réponse. Derrière ses lunettes à monture métallique, ses yeux exorbités brûlaient de colère et de mépris. Ça me choquait de penser qu'une abrutie pareille me méprisait. Sa colère, je le compris soudain, était en fait de la jalousie. Je veux dire… elle était carrément hystérique. Ta gueule, la vioque ! *Peut-être que je devrais la tuer.* L'idée a jailli dans ma tête. Si j'en étais débarrassé… imaginez comme je serais libre ! Tant qu'elle serait dans les parages, je ne le serais jamais. Elle allait décider dans quelle université il fallait que j'aille, choisirait avec qui je devais me marier et finirait par mener mes gosses à la baguette. On pouvait compter là-dessus.

– Je vais dire à ton père ce qui s'est passé.

Ayant dit cela, elle est sortie de la pièce. Cela étant, le vieux ne pouvait pas dire grand-chose. Il ne me faisait pas peur. Je suis plus grand que lui, et plus fort. Comme prévu, au bout d'un moment, il a monté l'escalier d'un pas lourd et, sans dire un mot, il est allé s'enfermer dans son bureau. Demain, me suis-je dit, dès que le vieux sera parti bosser, je vais tuer ma mère. Avec la batte en métal qui est dans un coin de ma chambre. Après ça, je serai vraiment un criminel. Excellent. La triple couronne : criminel, pervers et matricide. En m'imaginant la batte en train de siffler en s'abattant sur la tête de la vieille, j'ai fait quelques swings d'entraînement.

Les gens étaient sur le point de découvrir ce que tu trafiquais et nous avons été obligés de partir.

Voici ce qui s'était passé. Avant de venir à Suginami-ku, jusqu'à ma première année de lycée, nous habitions en banlieue, dans une ville d'environ cent cinquante mille habitants. Dans un de ces grands ensembles immenses, avec environ deux cents autres familles. Le genre d'immeuble gigantesque qu'on voit partout, avec des coursives interminables et un tricycle et un carton de la coopérative agricole devant chaque porte.

Mais c'est là que j'ai grandi, alors j'aimais bien la ville et mon immeuble. Il y avait encore des champs tout autour de chez moi, avec mes copains on allait y jouer au base-ball jusqu'à ce qu'il fasse nuit. Les jours de pluie, on se courait après dans tout l'immeuble. La plupart de mes copains y habitaient, nous sortions tous plus ou moins du même genre de milieu.

Maman, par contre, détestait notre appartement. Elle disait qu'on l'avait construit à la va-vite, qu'on entendait les gens parler à travers les murs et des bruits au-dessus et en dessous de chez nous. Son véritable grief était que notre appartement n'était pas à la hauteur de ce qu'elle pensait être la belle vie. Pour elle, cela signifiait une maison individuelle à Tokyo, et *intra muros.* « Tu es médecin, disait-elle à Papa, mais regarde-nous : on vit dans le même genre d'endroits que les commerçants du quartier. » Papa se contentait de rire avec un air satisfait. Quel couple de crétins ! Dès que j'ai réussi le concours d'entrée au collège de K., elle a commencé à se plaindre de plus en plus. «Je déteste cet endroit, je le déteste ! » disait-elle.

Comme j'étais heureux là-bas, je ne voulais pas qu'elle arrive à ses fins. Et puis, un jeune couple s'est installé juste à côté, ce qui m'a soudain poussé à m'opposer encore plus à tout déménagement. Parce que tous les soirs, sans exception, j'entendais leurs soupirs et leurs râles.

Ma chambre et la leur étaient juste à côté l'une de l'autre. Dans la plupart des appartements, la pièce de six tatamis est la chambre d'enfant et celle d'à côté, de style japonais et de taille comparable, celle des parents. Ce qui veut dire que dans un quatre pièces classique, la chambre d'enfant n'est séparée de celle des voisins adultes que par une cloison. Ça ne manque pas de piquant ! Dès que je les entendais qui commençaient à grogner, je collais mon oreille au mur. La jeune voisine était très amicale, avec un beau visage de joli petit chaton. Ses cheveux lui tombaient librement sur les épaules comme ceux d'une collégienne, exactement comme j'aime. Et d'imaginer cette jeune femme en train de pousser des gémissements pareils !

Les entendre ne me suffisait pas. Je voulais les voir en action. Alors j'ouvrais silencieusement la porte donnant sur le balcon-terrasse et je me penchais à l'extérieur. Il n'y avait qu'une partition en contreplaqué pour séparer notre balcon du leur, une cloison très mince, pour qu'en cas d'incendie on puisse facilement passer à travers. Tout ce que j'avais à faire, c'était de la contourner, et je pouvais voir à l'intérieur de la chambre où ils s'en donnaient à cœur joie. Ben mince, pensais-je, qu'est-ce que je ne donnerais pas pour être l'homme invisible !

Très rapidement, je n'ai plus été seulement émoustillé par leurs activités nocturnes, mais aussi quand j'imaginais ce que faisait la voisine pendant la journée lorsque son mari n'était pas là et qu'elle se retrouvait seule. Peut-être qu'elle prenait son pied sans lui ? J'aimerais bien voir ça, pensais-je. Un jour j'ai séché la fin des cours et, pendant que Maman était sortie faire des courses, je suis passé sur le balcon et j'ai regardé derrière la cloison. Les rideaux étaient tirés, malheureusement, et je ne voyais rien. J'étais déçu, mais, au même moment, je me suis aperçu qu'elle avait mis sa lessive à sécher dehors. Ses culottes minuscules étaient toutes accrochées à un petit séchoir à linge rond. Elles étaient tellement jolies que j'ai tendu le bras pour essayer de les toucher. Comme je n'arrivais pas à les attraper, je suis retourné à l'intérieur chercher un balai serpillière. Mais je n'arrivais toujours pas à les avoir. Mes bras ont fatigué et, juste au moment où je faisais une pause, un bout de fil est tombé au ralenti devant moi. J'ai levé la tête et, deux étages au-dessus, une dame était en train d'aérer ses futons. C'était une amie de ma mère, à tous les coups, quelqu'un qu'elle avait connu par la coopérative. Imperturbable, elle continuait à battre son futon. Merde ! Je suis rentré à l'intérieur.

Ce soir-là, ma mère est arrivée vers moi avec un regard flippant.

– Qu'est-ce que tu trafiquais tout à l'heure ? Dis-le-moi.

– Rien.

– Tu essayais d'attraper quelque chose chez les voisins, ce n'est pas vrai ?

– Non. J'ai fait tomber une feuille de réponse d'un contrôle et j'essayais juste de la ramasser.

Elle y a réfléchi une minute. Je pensais avoir réussi à l'embobiner, mais elle a hoché la tête.

– Tu n'avais qu'à aller frapper à leur porte. Et c'est que je vais faire, tout de suite.

– Ah non ! me suis-je mis à hurler, mais elle était déjà partie.

J'ai attendu une demi-heure, puis une heure, mais elle ne revenait pas. J'ai commencé à m'inquiéter. Enfin, elle est revenue, les yeux rougis et gonflés d'avoir pleuré.

– On ne peut plus vivre ici.

Qu'est-ce qui lui arrivait ? Je n'avais rien fait de si grave que ça ! Je suis resté muet, tandis qu'elle en faisait des tonnes sur le thème de la mère éplorée.

– Peut-être que j'ai été une mauvaise mère. Je n'arrive pas à croire que tu aies pu faire une chose pareille.

– Qu'est-ce qu'ils t'ont dit ?

– C'est le mari qui m'a ouvert, et il m'a dit qu'il n'y avait pas de feuille de contrôle chez eux. Il a dit qu'il n'avait aucune preuve, mais qu'apparemment, tu essayais de voler les petites culottes de sa femme. Il m'a raconté que l'une d'elles était tombée par terre et que ça leur paraissait suspect. Et si on apprenait ça à ton école ? Que se passerait-il ? Le mari assure qu'il ne va pas en faire toute une histoire à cause de ton âge, mais je ne peux plus supporter de vivre ici !

« Je ne peux pas y croire, je ne peux pas y croire, on ne peut plus rester ici ! » répétait-elle sans cesse entre deux sanglots d'hystérique. Résultat, on est partis peu après pour venir s'installer ici. Au début, après le déménagement, elle semblait avoir oublié tout ça, elle était heureuse. Le supermarché tout proche la rendait folle de joie : « Ils ont ma sauce salade préférée ! » disait-elle. « Et tu ne vas pas me croire… ils vendent des pâtes à tartes toutes faites ! Ah ça, les clientes d'ici sont d'un bien meilleur niveau. » Quand elle a découvert que Toshi habitait juste à côté, malgré tout, elle est devenue plus réservée.

– Tu ne peux pas voir sa chambre de ta fenêtre, hein, Ryo ? m'a-t-elle demandé.

Non mais quelle abrutie. C'est toi qui as décidé que ce serait ma chambre ! Je n'ai même pas pris la peine de lui répondre. Et puis il y a eu cet incident avec Toshi dans la salle de bains. Vous voyez à quel point j'étais dégoûté par ma mère ? Elle était constamment sur mon dos. Quand j'étais dans mon bain, par exemple, elle attendait dehors à côté du lavabo, et je ne pouvais même pas sortir une fois que j'avais fini. Putain, je la hais !

Le jour fatidique, j'ai dormi jusqu'à onze heures avec la clim à fond. À peu près jusqu'à l'heure où la vieille arriverait pour essayer de me faire lever. Mais j'étais prêt à l'accueillir. Mon envie de la tuer n'avait pas faibli depuis la veille. Je suis sorti de mon lit et j'ai attrapé ma batte en aluminium. Je portais un vieux T-shirt à la place de mon pyjama, au cas où il y aurait eu beaucoup de sang. Et une paire de boxers. J'avais pensé le faire à poil, mais ça aurait eu l'air con. J'ai entendu quelqu'un monter l'escalier, plus bruyamment que d'habitude. La vieille devait encore être en pétard à cause de quelque chose. Parfait. Elle a cogné à ma porte, puis l'a ouverte et a commencé à se plaindre :

– Tu comptes passer la journée à dormir ?

Là, elle s'est figée, étonnée de voir qu'il faisait si froid dans ma chambre. Au moment où j'ai levé la batte, j'ai poussé un cri et elle a levé les yeux vers mes mains. Elle a crié, elle aussi :

– Arrête ! qu'elle a hurlé.

J'ai lancé mon coup et elle a reculé d'un bond dans le couloir. *Première prise.* La batte a atterri sur mon étagère à livres, faisant valdinguer la pile de mangas posée dessus et voler en éclats l'ampoule de la lampe à côté de mon bureau. La vieille a dévalé l'escalier jusqu'au rez-de-chaussée. Hé… pas si nulle que ça, me suis-je dit. Elle était même sacrément rapide. Je suis sorti tranquillement de ma chambre et j'ai descendu l'escalier pour la rejoindre. Quand elle a vu que j'avais encore la batte dans les mains, elle a lâché le téléphone auquel elle s'agrippait. Je l'ai reposé bien sagement à sa place et l'ai attrapée par les cheveux. Elle s'est débattue et a fini par se dégager. Je l'ai cognée avec la batte au niveau de la nuque. Il y a eu un craquement sourd, mais ce n'était pas une frappe franche. *Fausse balle.* Le sang ruisselant sur ses épaules, elle a titubé vers la salle de bains. Sûrement qu'elle croyait pouvoir s'enfermer à l'intérieur. Je me suis lancé à sa poursuite et je l'ai cognée à nouveau derrière la tête. Schlack ! Le bruit était bon, mais le coup encore un peu décentré. Deuxième fausse balle. Le sang a jailli en m'éclaboussant le visage. La vieille est partie vers l'avant, cul par-dessus tête, et s'est écroulée en explosant la porte vitrée de la salle de bains. Elle était encore vivante. Ses cheveux collaient, trempés de sang, tandis qu'elle rampait vers la cuisine.

– Tu s… seras un criminel, a-t-elle gémi.

– Je sais. Et j'en ai rien à foutre.

Elle a hoché la tête, mais je pouvais voir le sang quitter ses joues peu à peu. Puis il m'a semblé qu'elle était morte. Ainsi, le dernier coup n'était pas une fausse balle, mais un coup de maître ?

Enfin, la femme qui m'avait fait naître, qui m'avait élevé, commandé, crié dessus, qui avait fait de moi un obsédé sexuel, qui se plaignait à tout bout de champ, était morte. Et c'était moi qui l'avais tuée. Je me suis soudain senti léger et aérien, comme un ballon. Rempli. Bombé. J'ai jeté la batte et me suis laissé tomber par terre, épuisé.

Couché dans l'herbe, j'entends tout bas le bourdonnement électrique des insectes. Il doit y avoir quelque chose qui cloche dans mon cerveau, me dis-je. Peut-être que j'ai quelque chose de vraiment grave. Je ne ressens même pas un petit peu de culpabilité. La tête dans les mains, je me relève. Les poignées du vélo doivent être brûlantes à cause du soleil. Cette idée seule me traîne dans la tête quand le portable sonne. Ça doit être Toshi.

– Ouais ?

– Bonjour, je m'appelle Kirari Higashiyama. On s'est déjà parlé.

Elle a une voix aiguë et claire. Différente de la voix calme de Toshi, ou de celle de Yuzan s'efforçant de parler comme un homme. Ou encore de celle, maussade, d'une certaine Terauchi. Elle me réjouit.

– Ouais, je me rappelle.

– Yuzan m'a passé ton numéro. Alors, tu fais quoi en ce moment ?

– Je réfléchis un peu, quoi. Ou je rêvasse. À toutes sortes de choses.

– Vraiment ? Hé, la police est à tes trousses en ce moment, ou on peut discuter un peu ?

Cette fille-ci semble compréhensive. Elle n'a pas l'air de trop vouloir me pourrir la vie. L'image de la femme qui habitait à côté de chez nous, dans mon ancien immeuble, me vient à l'esprit. Ce serait bien si cette fille pouvait être comme elle.

– Je ne sais pas. Hé, ma belle, ça te dirait de…

– Tout le monde m'appelle Kirarin.

Kirarin. J'étais trop mal à l'aise avec ce nom idiot.

– On peut se voir ?

– T'es sûr ?

Elle hésite, mais je la sens intéressée. Peut-être que je suis vraiment devenu un héros pour ces filles. Joyeux et enthousiaste, j'essuie la sueur de mon front.

4

KIRARIN

– On peut se voir ?

Le lombric a exactement la même attitude que les mecs que je rencontre sur les messageries quand ils m'appellent. À la fois mielleux et entreprenants, genre ils savent exactement ce que je veux. Comme s'ils ne pensaient qu'à s'envoyer en l'air.

– T'es sûr ? je lui demande d'une voix hésitante, mais je suis déçue, comme d'habitude.

Hum… donc, même un jeune tueur de sa mère gonflé à bloc comme lui veut draguer les minettes. J'avais espéré qu'il aurait un peu plus de cran que ça. Mais, inconsciemment, mes doigts se mettent à remuer comme si je tapais un texto. *D'accord, moi aussi, je veux te rencontrer. Je suis toute seule aujourd'hui et je me sens un peu délaissée.* Un mensonge total.

Je n'ai commencé que très récemment à traîner sur les sites de chat. En général, j'envoie un message du genre, *J'aimerais bien me trouver quelqu'un tout de suite. J'ai seize ans et je suis dans un lycée privé.* En un éclair, je reçois presque cent réponses. De types qui sont à peu près sûrs que ce n'est pas vraiment une lycéenne qui a écrit ça, mais meurent quand même d'envie de me voir. Débile.

J'ai envie de te rencontrer. Dix-huit ans, un mètre quatre-vingt-cinq, je suis branché karaté – parfois, on tombe sur ce genre de mecs. Alors, je réponds : *Tu es super grand. C'est cool. Moi je ne fais qu'un mètre quarante-sept. Tu aimes les filles un peu petites ?* C'est un jeu d'enfumage réciproque, un va-et-vient de mensonges. Je me demande si le lombric veut jouer à ce jeu-là avec moi. Si c'est ça, me dis-je, il est complètement idiot. Je décide de le provoquer un peu.

– Où est-ce que je peux te retrouver ?

Il hésite.

– Ce n'est pas que je ne te fais pas confiance ou quoi, mais tu ne diras rien aux flics, hein ?

– On dirait que tu te méfies.

J'ai dit ça d'une voix délibérément faible et aiguë, comme s'il me faisait vraiment de la peine. Je commence à être plutôt douée pour moduler ma voix dans ce sens. C'est un coup de fil, après tout, donc on ne voit pas le visage de la personne à qui on parle. Il n'y a aucun mec qui résiste à une voix douce et haut perchée. Et le lombric est comme les autres. Il commence à s'agiter un peu.

– Non, je te fais confiance. C'est juste que je dois faire attention. Je suis recherché.

Je suis recherché – il a presque l'air fier de lui ! Tu n'as pas un gramme de tripes, ai-je envie de lui dire. Tu as tué ta propre mère, pas vrai ? Tu espérais quoi ? Évidemment qu'ils vont te rechercher. Tu es un criminel !

– Bon… d'accord.

Dans une situation comme ça, je fais toujours semblant d'être un peu déçue, mais sans trop m'appesantir. Je ne pousse jamais trop loin, vu que les filles ont toujours des mecs qui leur collent au train, je sais ce que ça fait d'être pris en chasse. Si on se laisse attraper trop facilement, on le regrette toujours. Les garçons qui me plaisent sont ceux qui ne vont pas chercher trop loin non plus.

– Kumagaya. Tu connais ?

– Comment ça se fait que tu sois allé si loin ?

– Il fait ultrachaud, dit-il en soupirant. J'aimerais presque me trimballer avec un climatiseur.

Enfin bon, c'est toi qui as voulu fuir, ai-je envie de lui dire. Je commence à me sentir un peu froide et cruelle. Faut pas déconner, tu as tué ta mère. Alors te plaindre d'avoir un peu chaud !

– Viens à la gare, dit-il. Je suis à vélo, je ne peux pas aller trop loin par cette chaleur.

Allons bon, t'es quand même un peu gonflé, tu ne crois pas ? Demander à une fille que tu vas voir pour la première fois de se traîner jusqu'à Kumagaya ? Il ne doit pas y avoir beaucoup de mecs qui feraient ça. Je lui sors un de ces mensonges dont j'ai le secret.

– Je pars tout de suite. Je t'appellerai en arrivant à la gare.

– Génial. Je t'attends.

Aller jusqu'à Kumagaya alors qu'il doit faire trente-cinq degrés dehors ? Par cette chaleur, pas question. Mais bon, ce n'est pas tous les jours qu'on a l'occasion de discuter avec quelqu'un qui a tué sa mère. C'est peut-être ma seule occasion. Et puis, le lombric n'a pas l'air de beaucoup apprécier Toshi ou Yuzan. Je devrais peut-être y voir une sorte de distinction – si je suis la seule à qui il a demandé de venir le voir… Je me sens soudain tout excitée par cette opportunité et décide que je ferais mieux de demander conseil à Teru avant de faire quoi que ce soit.

Teru est un bon ami à moi. Un ami d'un genre différent par rapport à Toshi, Terauchi ou Yuzan. On a toujours plein de choses à se raconter, alors je m'amuse bien avec lui. Tellement bien que j'ai même pensé qu'on pourrait faire un mariage de complaisance. Teru est gay. Il a vingt et un ans et travaille à son compte. Jusque récemment, il était chauffeur livreur, mais ensuite il a décroché un job de concepteur de sites web. Je sais qu'il est en plein boulot, mais je l'appelle quand même.

– Salut, Teru, quoi de neuf ?

– Je suis en train de faire un site pour un artiste qui fabrique des tissus colorés bizarres. Des tissus teints à la farine de soja et à l'encre de seiche. J'ai vu quelques-unes de ses œuvres en vrai, et les couleurs étaient vraiment dégueulasses.

– Mais tu as de la chance d'avoir du travail.

– Tu es en vacances, non ? C'est toi la chanceuse.

J'adore sa façon de parler, lente mais douce, un peu sans défense. Je l'ai croisé pour la première fois en me promenant dans Shibuya. C'est lui qui m'a abordée, et j'étais sûre qu'il allait me faire une proposition malhonnête.

– Je voudrais être une fille comme toi, m'a-t-il dit. Tu es belle. Tu crois qu'on pourrait être amis ?

Après tout, c'était peut-être une forme de demande en mariage.

Teru semble avoir du temps à perdre, alors je le mets au courant de ce qui s'est passé. Ça lui fait un sacré choc ! J'imagine ses yeux, avec les lentilles vertes dont il est accro en ce moment, tout écarquillés. J'adore ses yeux. Ils sont tellement différents de la plupart de ceux qu'on voit chez les Japonais, voire ceux des hommes, ou des jeunes. Plutôt comme ceux d'un extra-terrestre. Comme dans la pub, vous savez ? Je crois que c'était pour ACOM, non ?

Bon, donc je n'aime pas Teru comme j'aimerais un mec, mais j'ai quand même envie de le regarder tout le temps. C'est comme si, quand je le vois, je me sentais calme, sans peur. La plupart des mecs cherchent à prendre leur pied – on ne sait pas ce qu'ils veulent nous faire, et au fond, ça m'effraie. Peut-être que je ne leur fais pas vraiment confiance. Mais Teru est gentil, plus fragile que Toshi et les autres, et c'est vraiment un mec bien. Son air de garçon déçu par le monde est attendrissant. Il aime bien se déguiser, et c'est aussi un truc que j'adore chez lui. Je ne crois pas qu'il l'ait beaucoup fait ces derniers temps – il fait trop chaud –, mais le printemps dernier il était tout le temps habillé comme les personnages de *Battle Royale*. Uniforme scolaire et collier au cou.

– On parle bien du meurtre qui était dans tous les journaux hier ? C'est le gars qui a battu sa mère à mort et pris la fuite ?

Teru semble inquiet qu'on puisse l'entendre et parle à voix basse.

– Oui, c'est lui. Il habite à côté de chez Toshi. D'abord, il lui a volé son téléphone et son vélo, puis il s'est enfui. C'est un mec bizarre, il s'est mis à appeler toutes les filles de son répertoire. Apparemment, il a plu à Yuzan ; elle lui a donné son vélo et un portable tout neuf. Il m'a appelée, moi aussi. Et quand j'ai fait son numéro, il était trop content, et m'a dit qu'il voulait me rencontrer.

– Mais pourquoi Yuzan l'a-t-elle aidé ?

– Je crois que c'est parce que sa mère aussi est morte. Ça

fait qu'elle compatit. Moi aussi, il m'a appelée, mais je l'ai fait marcher.

– C'est plutôt risqué, Kirarin, dit-il, inquiet. Le gars doit être prêt à tout, maintenant.

Mais est-ce qu'un mec prêt à tout parlerait comme un de ces types affamés qui m'envoient des e-mails ?

– Je ne crois pas, dis-je. C'est plutôt comme s'il se sentait complètement libre et prêt à faire des folies.

– Qu'est-ce qui te prend ? C'est horrible ! (Teru parle plus comme une fille que moi.) Et pourquoi veut-il te rencontrer ? Pourquoi pas Toshi, Yuzan ou Terauchi ?

Il ne les a jamais vues, mais je lui ai tout dit sur elles.

– Peut-être parce que je lui ai sorti ma jolie voix. Comme toujours.

Teru n'aime pas que j'aille traîner sur les sites de rencontres. Tout le monde passe son temps à mentir dans ces discussions, m'assure-t-il, tout sérieux, alors quel intérêt ? Je sais, mais je me raccroche encore à l'espoir ténu de rencontrer un mec vraiment sexy. C'est ce mince espoir qui me pousse à revenir sur ces sites. Je dois être obsédée par les garçons, ou quelque chose.

– C'est de pire en pire.

– Mais combien de fois aurai-je l'occasion de rencontrer un vrai meurtrier ?

– Mmm... dit-il en réfléchissant. Ouais, je suppose. Laisse-moi méditer ça et je te rappelle à l'heure du déjeuner. À toute.

Je pensais aussi demander conseil à Toshi, mais alors que je m'apprête à appuyer sur son raccourci, je me ravise. Je peux toujours me fier à elle, mais je sais qu'elle me ferait le coup de la fille super responsable. Elle ne me comprend vraiment pas si bien que ça.

Des quatre filles de notre bande, je suis la seule à ne pas être vierge. Je suis aussi la seule à m'être fait d'autres amis, des gens que je vois parfois en dehors du lycée. La seule à écrire toutes sortes de mensonges sur des forums, la seule à avoir un ami gay.

Les trois autres me voient simplement comme une fille jolie, joyeuse, sans surprise ni secrets. Quand Toshi me raconte que le simple fait de me voir la calme, ça me met trop mal à l'aise. Je n'essaie pas de les tromper délibérément, c'est juste que je ne suis pas aussi lisse qu'elles le pensent.

L'autre bande dont je fais partie est un groupe de filles qui en font le moins possible pour leurs concours d'admission à l'université, prévoient de préparer un diplôme facile en deux ans et adorent faire la fête. Des filles qui, le moment venu, épouseront un type quelconque, élèveront leurs enfants et continueront à faire du shopping et à s'amuser comme quand elles étaient célibataires. Elles sont très pragmatiques dans leurs relations avec les garçons et laissent la vie se charger d'elles. Elles ne fument pas, mais ont toujours un Zippo sur elles et, quand un gars sort une cigarette, elles adorent lui dire : « J'ai un briquet. Ça te dirait que je t'allume ? » Elles ne pensent qu'à satisfaire les mecs.

Enfin bon... je sors dans Shibuya avec elles, on se fait draguer par des gars, on va avec eux dans un karaoké, on va boire et on passe toute la nuit à faire la fête. Si je tombe sur un garçon qui me plaît, il se peut que je finisse dans un hôtel avec lui, mais je ne fais absolument jamais ça pour de l'argent. Une fois qu'un mec découvre qu'on vend son corps, son attitude change radicalement. J'aime bien flirter avec les garçons, mais j'ai horreur qu'on me traite comme un jouet. Ça me rend triste et malheureuse. Flirter avec les garçons, c'est exaltant, c'est comme marcher au bord d'une nationale très fréquentée. Si on tombe du trottoir, tout est fini.

Teru ne me fait jamais de reproches sur les garçons avec qui je sors. Je crois qu'il est jaloux, peut-être, parce qu'il aimerait faire pareil. Les mecs gays, c'est comme les filles, ça aime les mecs normaux. En ce sens, c'est vraiment dommage qu'on ne puisse pas aller à Shibuya ensemble pour se faire draguer, parce qu'on s'entend super bien.

Si je suis dans ces deux bandes, c'est parce que j'ai le sentiment que ma place est pile au milieu. Toshi, Terauchi et Yuzan sont des filles bien, mais parfois elles sont tellement sérieuses que j'ai l'impression d'étouffer. Je me sens un peu tendue, comme s'il fallait toujours que je sorte un truc intelligent pour éviter qu'elles ne se moquent de moi. Ce qui ne veut pas dire que je pense, comme les filles de l'autre bande, qu'on peut se contenter de se laisser aller dans la vie. Je veux étudier pour entrer dans une université correcte et avoir un bon boulot. Quand ce sera le moment de me marier, il faudra que ce soit avec quelqu'un que j'apprécie vraiment, et mon partenaire devra avant tout être amoureux de moi. Cela dit, les plus belles années de ma vie, c'est maintenant, donc je me dis que je ferais bien d'en profiter sans trop m'inquiéter des conséquences.

Deux des filles de ma bande de Joyeuses drilles sont dans la même année que moi au lycée. Elles viennent à l'école maquillées et les cheveux décolorés, comme pour bien montrer qu'elles ne cherchent qu'à prendre du bon temps. Elles se disent qu'à s'afficher au grand jour les garçons se bousculeront autour d'elles. Je trouve ça plutôt courageux, et leur batifolage un peu sournois. Je suis plutôt du genre lycéenne sexy, mais sérieuse et « saine » – ce qui, j'imagine, est aussi une marque de courage et de sournoiserie. On veut que les garçons nous remarquent et, lorsqu'on est ensemble, on s'aide mutuellement à sortir du lot. C'est probablement pour ça qu'on s'entend si bien. Mais quand je les croise au lycée, elles ne m'adressent pas la parole. On fait comme si on ne se connaissait pas et on communique par regards interposés. Si on a quelque chose à se dire, on le fait au téléphone ou par SMS. Relations secrètes, en somme.

Les Joyeuses drilles ne parlent jamais de l'avenir, ni de rien qui soit un tant soit peu sérieux. C'est fringues, maquillage et garçons vingt-quatre heures sur vingt-quatre et sept jours sur sept. Avec Toshi, Terauchi et Yuzan je peux parler des cours, de l'université, mais dès qu'il s'agit de mecs, je ne peux rien leur dire, et d'ailleurs je n'en ai pas envie. Chaque bande est un peu à sens unique. Je suppose que Teru est celui qui fait le lien entre les deux.

Teru dit qu'il peut se détendre avec moi parce qu'il ne me voit pas comme le sexe opposé. On est tellement proches que, comme je l'ai dit tout à l'heure, on plaisante même sur notre faux mariage, mais il dit que, si on le faisait, il aurait peur de ce qui se passerait si on était tous les deux après le même mec. Moi, je lui réponds que ça n'arrivera jamais. Ce genre de situation ne pourrait que nous rendre malheureux tous les deux, donc je ne le ferais jamais. « Toi non plus, tu ne le ferais pas, hein ? » lui dis-je avec insistance, et je le lui fais promettre : quand j'étais en première année, j'ai vécu un truc terrible – un mec m'a trahie.

Il y avait ce mec, donc, dont j'étais raide dingue. Avec lui, je pouvais parler de tout : ce que je voulais faire plus tard, les problèmes que j'avais, même des choses plus légères comme la mode et les coiffures. En parlant avec lui, je me sentais libre, comme si mes nombreux défauts n'avaient pas d'importance et que toute ma vie était sur la bonne voie. Tant qu'il restait avec moi, j'avais l'impression de pouvoir me passer d'amies filles pour le reste de ma vie. Peut-être ne serais-je même jamais devenue l'amie de Teru. Mais il a couché avec une autre fille du lycée et, quand je l'ai su, on s'est disputés et on a rompu.

Quand je repense à lui maintenant, je suis toute triste et larmoyante. Je crois que je l'aimais vraiment. Quand on faisait l'amour, c'est tout juste si j'arrivais à m'empêcher de hurler : « Je t'aime ! Je t'aime ! » Ce coup de poignard dans le dos a été ma toute première expérience dévastatrice. Je suis sûre que Toshi et les autres n'ont jamais vécu ça. Quand tout allait bien avec ce garçon, je me sentais complètement au-dessus du lot, comme si j'étais une adulte. Et j'aimerais pouvoir ressentir ça à nouveau.

Un jour qu'on déjeunait ensemble, j'ai demandé conseil aux filles. J'étais désespérée et je voulais voir ce que mes trois amies sérieuses avaient à dire sur la situation.

– J'ai une copine qui sort avec un garçon d'un lycée public. Elle dit qu'il est en dernière année et donc assez pris par ses révisions pour les concours, mais qu'il est aussi dans un groupe, qu'il joue au foot, fait tout très bien, et qu'en plus il est mignon. Elle dit qu'ils vont vraiment bien ensemble et qu'ils se sont même offert des bagues.

Terauchi s'est immiscée dans la conversation :

– Ils sont allés jusqu'où ?

Toshi a répondu à ma place :

– Ils l'ont fait, évidemment. Ils se sont offert des bagues, et tout.

– Hé, quand tu dis qu'ils vont bien ensemble, tu veux dire qu'ils couchent ?

– Faut croire.

– Ou tu veux dire qu'ils sont compatibles en termes de taille ?

– Ou peut-être qu'ils sont super amoureux ?

À la fin de ce petit échange entre Terauchi et Toshi, elles m'ont observée. Elles étaient très intuitives, alors il fallait que je fasse attention à ce que j'allais dire. J'ai repris en cachant mon embarras :

– Enfin bref, le gars a couché avec une autre. Et mon amie ne peut pas lui pardonner, et c'est vraiment dur pour elle. Le gars dit que c'était juste une aventure, que ça ne veut rien dire, qu'elle est la seule qu'il aime. Mais ma copine ne le croit pas. C'est vraiment pénible pour elle, elle est tellement malheureuse que c'est comme si sa poitrine allait se déchirer, elle ne peut pas lui pardonner. Elle m'a demandé ce qu'elle devrait faire, mais je ne sais vraiment pas quoi lui dire.

Toshi faisait une drôle de tête.

– Comment s'est-elle rendu compte qu'il la trompait ? Est-ce qu'elle les a surpris en pleine action, comme dans les films ?

– Il y avait des tonnes d'e-mails très explicites sur son téléphone portable que l'autre fille lui avait envoyés. À peu près cinquante par jour.

– Donc, tu es en train de nous dire que ta « copine » a fouillé dans le portable de son mec.

Je n'ai rien pu faire de mieux que hocher la tête.

– C'est ce qu'elle m'a dit.

– C'est nase, déclara Toshi. Fouiller dans le portable de quelqu'un, c'est vraiment nase.

– Mais si elle l'aime vraiment, tu ne crois pas que ça peut arriver de faire un truc comme ça ?

J'étais au bord des larmes. Toshi a eu l'air étonnée, mais a continué :

– Ouais, tu as peut-être raison. Ça peut arriver, j'imagine. Je ne sais pas, je n'ai jamais aimé un mec à ce point.

Terauchi a bu une gorgée à sa bouteille d'eau et fait une grimace.

– Si ta copine ne peut pas lui pardonner, pourquoi elle ne l'oublie pas, tout bêtement ? C'est pas les garçons qui manquent sur terre.

– Bien sûr qu'il y en a d'autres, mais ma copine l'aime lui. Donc il fallait s'y attendre, non ? Elle s'est inquiétée et a lu ses textos. Elle l'aime tellement que… c'est pour ça qu'elle angoisse à mort pour savoir si elle doit lui pardonner ou pas.

– Ce qu'elle devrait faire, c'est lui pardonner pour le moment, puis passer des coups de fil anonymes à l'autre fille en représailles. Vengeance !

Jusqu'alors, Yuzan n'avait pas dit un mot et quand elle a dit ça en marmonnant, je suis restée abasourdie. J'avais déjà fait ce qu'elle me suggérait.

– Bonne idée. Je lui transmettrai, ai-je dit.

– Je ne crois pas qu'elle devrait faire ça. Ça ne va que la salir un peu plus et elle va se haïr.

Toshi avait hoché la tête. Elle arrive toujours à trouver la bonne réponse. Elle avait parfaitement raison. Je me débattais déjà avec ma mauvaise conscience. Quand j'avais dit à l'autre fille qu'elle était moche, elle m'avait crié : « Quelle conne tu fais ! Tu es seulement en colère parce que je t'ai piqué Wataru ! » Il était évident que je l'appelais par pure jalousie. C'était comme prendre un seau de boue en pleine face. Et la boue est encore là, collée à mon visage.

Terauchi a haussé les épaules, se rangeant à l'avis de Toshi, et toutes les trois sont retournées à leur déjeuner comme si elles avaient assez parlé de ça. À ce moment précis, j'ai compris qu'elles savaient que je couchais avec des garçons.

Quand j'ai raconté tout ça à Teru, il m'a pris la main et m'a dit :

– Tu as dû te sentir très mal, Kirarin. Ton orgueil a pris le dessus et tu n'as pas réussi à être honnête. L'orgueil, c'est vraiment une plaie. À quoi ça sert, en plus ?

– Tu as raison, j'étais vraiment mal. Je ne savais pas quoi faire. J'ai été tellement têtue que je me suis ridiculisée. Peut-être que j'aurais dû souffrir en silence, mais je n'ai pas pu. Je... je veux le voir ! Je l'aime encore...

À ce moment-là j'ai éclaté en sanglots et après avoir bien pleuré je me suis sentie mieux. J'avais besoin d'un ami comme Teru, quelqu'un qui pouvait compatir. Mes trois amies et moi, c'est vrai qu'on s'entendait bien, mais elles continuaient de grandir sans se rendre compte de ma souffrance. Je crois que toute cette histoire m'a transformée, mais pour elles j'étais toujours cette bonne vieille Kirarin : joyeuse, mignonne, bien élevée. Et nous allions toutes grandir et ce fossé entre la manière dont elles me voyaient et la personne que j'étais vraiment ne serait jamais comblé. Les amis sont une chose étrange. On a l'impression qu'ils savent tout de nous, mais en fait ils ne nous comprennent pas du tout. Peut-être que Teru est l'ami dont j'ai vraiment besoin, mais vu que c'est un garçon, au moins sur le plan biologique, j'ai l'impression qu'un jour même lui pourrait me trahir. Peut-être qu'au fond, je ne fais tout bêtement pas confiance aux hommes.

J'ai perdu ma virginité pendant ma deuxième année de collège. C'est un peu la honte, en fait, de dire des trucs comme « perdre sa virginité ». L'acte en lui-même n'avait aucun sens. Je ne me rappelle même pas à quoi le gars ressemblait. Il était dans un lycée privé et se teignait les cheveux en châtain rougeâtre. Parfois, quand je repense à lui, ça me déprime et je me demande comment j'ai pu faire ça avec un gars comme lui. C'était un mec grossier et stupide qui aimait me faire la leçon et me dire comment les filles devaient se comporter. Elles ne devaient pas se balader à poil, elles ne devaient pas fumer, etc.

Depuis ce temps-là, je peux dire tout de suite si un gars est un crétin : genre, si, pendant l'amour, il n'est pas tendre pour un sou. C'est bizarre, mais il y a comme une loi naturelle qui veut que la bêtise et la gentillesse soient inversement proportionnelles. Si, par exemple, un type entre dans une boîte de nuit et va directement s'asseoir au fond de la salle – vous pouvez être sûr que c'est un crétin. Quand vous êtes au karaoké et qu'il insiste pour ne choisir que des chansons qui lui plaisent – encore un crétin. Les gars qui sortent pour aller draguer les minettes sont des crétins eux aussi, parce qu'ils sont complètement nombrilistes. Alors pourquoi j'aime me faire draguer ? Je n'arrive pas à comprendre. Parfois, je me dis que ce serait vraiment génial si Toshi et Terauchi et moi pouvions discuter de tout ça, mais Toshi est trop sérieuse et Terauchi trop douée pour cacher ce qu'elle est vraiment, donc je ne peux pas me résoudre à me confier à elles.

Yuzan, elle, est différente. Parfois j'ai envie de lui demander conseil. Mais je sais qu'elle est lesbienne. Ses sentiments sont différents de ceux d'une fille comme moi.

Lorsqu'on est parties en voyage scolaire en deuxième année de lycée, on a réussi à se procurer du whisky. Yuzan avait trop bu et s'est glissée dans mon lit. Quand j'ai crié, elle m'a dit : « Je fais semblant d'être entrée en douce dans la chambre d'un amant ! » et a tenté de se justifier. Mais son regard était sérieux. Elle devait regretter de s'être saoulée et d'avoir trahi son secret, parce qu'au milieu de la nuit je l'ai entendue pleurer. Depuis ce jour-là, je compatis. Étant donné qu'elle n'a pas comme moi une bande de Joyeuses drilles avec qui s'amuser, elle n'a aucun exutoire à ses sentiments. Elle devrait simplement sortir du placard comme l'a fait Teru. Et se trouver un mec avec qui être amie.

Il est plus d'une heure quand Teru me rappelle enfin. Vu que le compartiment est très plein, je vais près de la sortie et on a une longue conversation à voix basse. La clim' souffle fort à côté de la porte et je suis gelée. Je grelotte.

– J'ai bien réfléchi, dit-il, et je ne pense pas que tu devrais y aller.

– Je suis déjà dans le train.

J'avais pris la ligne de Takasaki qui part de la gare d'Ueno.

C'est comme quand j'allais voir mes flirts virtuels. J'y vais parce que je suis curieuse de voir sur qui je vais tomber. Pour m'amuser. Ce n'est qu'un jeu pour tuer le temps. Quand j'arrive à l'endroit où on s'est donné rendez-vous, je me mets un peu à l'écart et je compose le numéro du gars pour savoir lequel c'est. Je l'observe et, si ce que je vois ne me plaît pas, je rentre chez moi. Si le mec n'a pas l'air trop mal, je vais lui dire bonjour. La plupart du temps, c'est un fiasco. Mais c'est assez drôle, quand même, de percer leurs mensonges à jour. C'est encore plus intéressant avec le lombric, parce que lui, c'est un assassin. Je veux l'observer de loin pendant un bon moment.

Teru, apparemment, se sent trahi.

– Je n'arrive pas à le croire. Pourquoi tu fais ça, Kirarin ? Pour aller à Kumagaya, il faut prendre le Shinkansen du Jōetsu, non ? Pourquoi tu fais tout ça ?

– Je ne suis pas dans le Shinkansen. J'ai pris la ligne de Takasaki.

– Mais c'est super loin, non ? Pourquoi faire tout ce chemin ?

– Ce type est un assassin. Tu n'aurais pas envie de le voir, toi ?

Teru ne dit rien pendant un moment, mais finit par me répondre.

– Je le plains, ce garçon… le lombric ? Mais je ne veux pas le voir, ni rien avoir à faire avec lui. Et je n'arrive pas à comprendre pourquoi tu en as envie. On croirait entendre une de ces émissions débiles à la télé.

J'aime beaucoup Teru parce qu'il est capable de me faire ce genre de réponses très sensées. Et je le respecte, ça aussi. Mais il faut que je voie le lombric de mes propres yeux.

– Peut-être que je ne le sais pas moi-même… Peut-être que je veux me sentir supérieure à Toshi et Terauchi.

– C'est déjà le cas, dit-il calmement.

– Non.

– Mais si. Parce que tu fais partie d'un monde caché d'où elles sont exclues. Parce que tu m'as, moi, un pédé, pour ami. Parce que tu branches des garçons. Je n'ai pas raison ?

Il est sur la bonne piste, mais ce n'est pas exactement ça. Je pense connaître les garçons, mais ce n'est pas vraiment le cas. J'aurais dû rester plus longtemps avec celui qui m'a trompée. C'était comme s'il y avait eu une porte à ce moment-là et que, même si c'était difficile ou pénible, j'aurais dû la pousser et entrer dans un autre monde. Alors, j'aurais été capable de le comprendre. Mais je m'étais mise en colère, j'avais claqué la porte et je m'étais enfuie. Toshi et Terauchi n'étaient peut-être pas comme moi, puisque je ne connais les hommes que de manière superficielle ; le moment venu, je crois qu'elles seront beaucoup plus fortes. Elles auraient poussé la porte, elles. Ça me donne une sorte de complexe d'infériorité.

– Si je suis allé trop loin, je m'excuse, reprend-il, mais je me fais du souci pour toi. Tu veux que je te rejoigne là-bas ?

– Non, tu ne peux pas faire ça. Tu travailles.

– Ce n'est pas grave. Je peux partir plus tôt.

Je raccroche, puis je m'assois à une place libre et je regarde par la fenêtre le torrent infini des maisons qui défilent. Les toits alignés à l'ouest des voies scintillent sous le chaud soleil estival. Vu d'en haut, depuis un avion, leur éclat serait encore plus éblouissant. Il faut que je sois assez forte pour refléter la lumière, moi aussi, mais alors pourquoi je sors dans Shibuya le soir, pourquoi je vais sur des sites de rencontres ? Je sais que les relations avec les hommes sont superficielles, mais j'y vais quand même. Les relations compliquées avec mes amis m'épuisent. Pourquoi je ne peux pas être forte et simple ? Les idées de ce style me dépriment un peu.

Quand j'arrive à Kumagaya, je commence par me diriger vers les toilettes. Je pourrais presque rentrer chez moi sans le rencontrer parce que j'ai peur qu'il ne soit déçu en me voyant. Ce serait agaçant si je me rendais compte qu'il m'a fait marcher. Mon visage est humide, je m'essuie avec un mouchoir et refais mes sourcils. Je vérifie qu'il n'y a pas de taches de transpiration sur mon T-shirt rose et me mets un peu plus de déodorant. Ce n'est qu'après ces préparatifs que j'appelle enfin le lombric de l'intérieur de la gare.

– Où es-tu ? me demande-t-il. Je suis à la gare.

Plutôt rapide, le mec. Je ne m'attendais pas à ce qu'il soit déjà sur place. Prise de court, je cherche des yeux un endroit où me cacher. Il faut que je le voie d'abord pour me rendre compte du genre de type que c'est, sinon il n'y a pas moyen que j'aille à sa rencontre. Je fais demi-tour pour aller me poster derrière les kiosques à journaux et fouille du regard les environs à la recherche d'un garçon en âge d'être au lycée qui parle dans un portable.

– Comment es-tu habillé ?

– Quel genre de vêtements est-ce que tu portes, Kirarin ?

– À toi de me le dire d'abord.

– Non, toi d'abord.

Qu'est-ce que... Il doit être caché quelque part, lui aussi, en train d'essayer de me voir le premier. Exactement ce à quoi on peut s'attendre de la part d'un criminel. Mais il n'est pas de taille à lutter contre moi lorsqu'il s'agit de manœuvrer au téléphone.

– Je porte un maillot de bain rouge vif, lui dis-je sans hésiter, et des chaussures à talons noires, et je trimballe un énorme sac Vuitton.

– Plutôt tape-à-l'œil, comme tenue. Moi, je suis habillé en soldat japonais à l'ancienne. J'ai une casquette et des guêtres, malgré cette chaleur atroce. Je suis un fantassin. J'ai un fusil en bois sculpté, mais pas un vrai, hein, parce que ce serait dangereux.

Un soldat japonais ? Quel imbécile ! J'étouffe un éclat de rire. Mes yeux n'arrêtent pas de courir, passant en revue les gens qui traversent la gare. Des jeunes salariés à temps partiel, des écoliers, une femme entre deux âges, des lycéennes, des employés des chemins de fer, des couples mariés. Mais pas le moindre garçon qui ressemble à un lycéen.

– Comment ça, un fusil en bois sculpté ?

– Quel genre de maillot de bain est-ce que tu portes ? Un bikini ?

– Désolée, mais c'est un de ces maillots une pièce qu'on a à l'école. Ça se voit, parce qu'il y a une étiquette avec mon nom sur la poitrine. C'est écrit « Higashiyama » dessus.

– Un maillot de bain de l'école, hein ? (Le ton a changé.) Tu essaies de me faire marcher, pas vrai ?

Je deviens très agitée parce qu'il a tapé dans le mille. Comment peux-tu savoir ça, le lombric ?

– Non.

– Ah bon ? Les types expérimentés qui ciblent les jeunes filles aiment ces maillots de bain-là. C'est obscène. Sais-tu ce qu'aiment ces types ?

– N'importe quoi. Où es-tu ?

– Où es-*tu*, ma jolie ?

Comme ça, ce n'est plus « Kirarin », mais « ma jolie » ? Il se moque de moi et je n'aime pas du tout ça.

– Qui t'a donné la permission de m'appeler comme ça ?

– Arrête de faire des manières. Tu veux me rencontrer, non ? Voir à quoi je ressemble ? Parce que je suis un meurtrier en cavale. Les jolies filles comme toi aiment bien voir à quoi je ressemble. C'est pour mettre sur ton blog, hein ? Je connais le genre.

– Si c'est ce que tu penses, tant mieux pour moi. Parce que je m'en vais.

– Comme tu voudras. Je m'en vais, moi aussi.

– Comment peux-tu partir alors que j'ai fait tout ce chemin ? D'accord, tu l'auras voulu... je vais aller dans un commissariat et dire aux flics que le garçon qu'ils recherchent est juste au bout de la rue. Et je leur donnerai ton numéro.

Il y avait une sorte d'écho comme s'il était à l'intérieur d'un bâtiment, mais à présent j'ai l'impression qu'il s'en va. Sa respiration est devenue un peu irrégulière et je comprends qu'il marche. J'entends des bruits de voitures. Apparemment, il est en train de sortir de la gare. Je tends le cou et regarde dehors, mais je ne le vois pas.

– On n'est pas obligés de se rencontrer aujourd'hui. Je m'en vais. Désolé.

La ligne est coupée net. Ça me rend folle de rage. Il ne va quand même pas me planter là après m'avoir demandé de venir, si ? Après tout l'argent que j'ai dépensé pour le billet de train ? Je sors en courant, ignorant la règle inviolable qui m'interdit de pousser trop loin ce genre de choses. Il y a une file de taxis à l'extérieur de la gare, mais pas âme qui vive. La chaleur est tellement oppressante que tout le monde attend à l'intérieur. Je reste plantée là, sans volonté, devant l'entrée presque déserte de la gare. Il n'est nulle part alentour. Et dire que j'ai été si près de le voir ! Un vent étrangement sec dérange mes cheveux longs. Mon corps s'est rafraîchi grâce à la climatisation à l'intérieur, mais à présent mes bras et mes jambes commencent à chauffer. Mon dos dégouline de sueur.

– Ce n'est pas un maillot de bain, dit une voix dans mon dos.

Ça alors, il m'a eue, me dis-je, mon sang soudain encore plus chaud que l'air extérieur. Je déteste plus que tout perdre à ce jeu. Le lombric a dû me regarder de loin en pensant : « Ça, c'est Kirarin », m'examiner sous toutes les coutures avant de passer à l'attaque. Exactement comme je le fais avec les mecs.

Je me retourne lentement. Le mec qui me sourit est grand et maigre, mais terriblement avachi. Aucune trace de l'attitude de défi qu'il avait au téléphone. Il est complètement détendu à présent. Je m'imaginais un lombric tourmenté, suant et sentant mauvais, perplexe et attristé par ce qu'il a fait, le vrai lombric est bronzé et apparemment en pleine forme. Il semble propre et frais, T-shirt blanc impeccable et short noir immense. Sac à dos poussiéreux. Décoiffé, avec des épis dans tous les sens. Peut-il vraiment avoir tué sa mère ? On dirait un lycéen des environs partant pour ses cours intensifs. Je reste clouée sur place à le fixer d'un air hébété, étourdie par la chaleur et la frustration d'avoir perdu la partie.

– Donc, c'est toi, Kirarin. Tu n'es pas du tout comme Toshi ou Yuzan.

– Ah bon ? Je n'en suis pas si sûre.

– Allez, tu sais de quoi je parle. Tu t'amuses avec des gars.

– Je ne m'amuse pas.

– T'es mignonne, mais coriace.

– C'est pas vrai !

Je plisse les lèvres et fais la moue – je retrouve mon naturel aguicheur. Il n'y a rien que j'aime autant que de mener les mecs par le bout du nez, mais quand je les rencontre je deviens totalement passive. C'est peut-être parce que, comme je le disais, je ne fais globalement pas confiance aux hommes. Ça m'énerve – et voilà que je minaude avec un criminel ! Teru, viens vite ! Le lombric est de ces types dominateurs que je n'arrive pas à gérer. Et s'il m'assassinait ? ! C'était assez bien calculé de ma part, de tout miser sur Teru, mais quand même…

– Tu ne comptes pas vraiment aller à la police, si ?

– J'ai juste dit ça parce que tout d'un coup tu m'as dit que tu partais.

– Pourquoi mentir ? Le mensonge est une perte d'énergie. (Il me regarde, une main levée pour protéger ses yeux du soleil qui brille derrière moi.) De toute façon, il fait trop chaud… pourquoi on ne se trouverait pas un endroit plus frais pour discuter ?

Il sort une casquette de sa poche revolver, l'enfile et se met en route.

– Une minute… qu'as-tu fait du vélo de Yuzan ?

– Je l'ai balancé et j'en ai pris un autre.

– Tu n'aurais pas dû le jeter comme ça, il est à elle. Ça ne te fait rien ?

Il me coule un regard appuyé.

– Nan, je trouve ça normal. C'est un cas d'urgence. Je suis en guerre. Je n'ai pas le temps de réfléchir à ce genre de choses. Le pays tout entier, ses cent et quelque millions d'habitants, est en ébullition rapport au lycéen qui a bousillé sa mère.

Je me demande comment un mec aussi maigrichon a pu faire ça, tuer sa mère. On dit qu'il l'a battue à mort, mais, avec des bras aussi chétifs, peut-il vraiment avoir tué une femme à lui tout seul ? D'ailleurs, ça fait quoi, comme impression, d'assassiner quelqu'un ? Et sa propre mère ? J'ai peur de lui, mais il y a toutes sortes de questions que je veux lui poser. Il indique du doigt un centre commercial juste devant nous.

– Il doit faire frais là-dedans, allons-y.

En le suivant, je lance des regards dans tous les sens comme une touriste ahurie. Mais bon, je suis rassurée parce que je me dis qu'il n'oserait pas me tuer dans un centre commercial. Il me montre du menton un magasin de bonnes affaires.

– Quand j'ai su que tu venais, je suis allé me laver à la piscine, puis j'ai acheté un T-shirt et un boxer dans cette boutique, là-bas. Quatre cent quatre-vingts yens pour le T-shirt et trois cents pour le caleçon.

– Combien d'argent as-tu sur toi ?

– Pas beaucoup. Je suis parti avec vingt mille, mais j'ai tout dépensé.

– À quoi ?

Il ne répond pas.

– Trouver de quoi manger et un endroit pour dormir n'est pas si difficile, mais le plus dur, c'est de prendre un bain. Il n'y a pas beaucoup de bains publics dans les environs, et même si j'en trouvais un, ils ne me laisseraient probablement pas entrer parce que je suis trop sale. Du coup, c'est un vrai casse-tête. Maintenant, je sais pourquoi les vieux SDF puent tellement. On ne les laisse pas entrer dans les bains publics. Si j'arrivais à résoudre ce problème, je pourrais continuer à fuir éternellement.

– Tu n'arriveras pas à fuir pendant le restant de tes jours.

– Ah ouais ? Tu le penses vraiment ?

Il s'est retourné rapidement pour me faire face. Son regard est sérieux, pénétrant, et il a l'air plutôt intelligent. Je me souviens de mon ancien copain, celui dont j'étais raide dingue et qui m'a mis un coup de poignard dans le dos. Ses yeux ressemblaient à ça, parfois. Du fin fond de mon être, la haine bouillonne toujours. Je le déteste, vraiment. Le mec qui m'a fait souffrir. Comme je ne dis rien, le lombric reprend :

– Pourquoi penses-tu que je n'arriverai pas à fuir ?

– Eh bien pourquoi tu n'essaierais pas, si tu t'en crois capable ?

– C'est ce que je vais faire.

– Mais tu ne pourras pas faire ça toute ta vie. Je veux dire… tu n'as que dix-sept ans, pas vrai ?

– Tu penses sûrement que tu vas vivre très longtemps.

Je reste figée.

– Oui.

– C'est très subjectif, tout ça.

Il entre le premier dans le centre commercial. C'est un endroit immense, avec un cinéma à l'intérieur. Au milieu de la galerie, il y a une sorte de sculpture censée représenter des anges tout entremêlés et, tout autour, des bancs pris d'assaut par des couples de lycéens qui s'embrassent. J'achète une canette de thé glacé à un distributeur automatique à côté. Je réfléchis un instant, puis j'en fais tomber une autre pour le lombric. Il s'est déjà affalé sur l'un des bancs et accepte la canette de thé que je lui tends comme s'il trouvait cela tout naturel.

– Je ne pense pas que tous ces gens me croiraient si je leur disais que j'ai tué ma mère. C'est dingue qu'ils n'aient pas passé ma photo dans tous les médias. Mais elle est partout sur Internet. Tu t'en sers, d'Internet ?

– Sur mon téléphone, oui. (Je lui montre fièrement mon portable à clapet.) Mais c'est à peu près tout. Je n'ai pas d'ordinateur à moi.

Le couple à côté de nous a cessé de se bécoter et, main dans la main, ils partent, me donnant l'occasion de lui demander ce que je voulais savoir depuis le début.

– Pourquoi tu l'as tuée ?

– Je ne sais plus très bien. De toute façon, mes raisons n'ont aucune importance. Je me suis énervé, c'est tout. Ce qui est vraiment important, c'est qu'une expérience puisse nous entraîner dans un autre monde, et qu'on doive y vivre sa vie. Dans cet autre monde. Et aussi ce qu'on pense de celui qu'on a laissé derrière soi. Vois-tu ?

– « Vois-tu ? » Arrête de jouer les prétentieux !

Il me regarde fixement, d'un air étonné.

– C'est bizarre que les filles aiment les gars qui se la jouent et qu'ensuite ça les met en boule. C'est plutôt incohérent, si tu veux mon avis.

– Je trouverais ça bizarre si ça ne l'était pas.

À vrai dire, j'aime bien discuter comme ça. Ça m'excite. Bien sûr, le lombric n'est pas très attirant vu de l'extérieur, mais il réfléchit à plein de choses. Et, mieux encore, c'est un gars qui a tué sa mère, qui a vu cet « autre monde », alors lui parler stimule mon cerveau. Je me demande combien de temps mes expériences tiendraient s'il fallait qu'on s'affronte sur ce terrain. C'est une autre sorte de jeu.

– Alors, tu ne rentreras jamais chez toi ?

– J'ai envisagé de rentrer. Je me suis dit qu'il me faudrait de l'argent. Mais je ne le ferai pas avant d'avoir fui encore un peu. Ce serait du gâchis si je ne goûtais pas encore un peu à la vie en cavale.

Il étend ses jambes maigres et lève le nez au plafond. La coupole est en partie composée d'un vitrail représentant la ville presque en entier, et le soleil d'août teinte le sol blanc de couleurs ombreuses et sales.

– Pourquoi voudrais-tu rentrer chez toi ?

– Je veux aller tuer mon père, dit-il en me décochant un regard furtif. Et toi, alors ? Il n'y a pas quelqu'un que tu aurais envie de tuer ?

Je réfléchis un moment. Je ne serais pas contre le tuer, ce salaud qui a détruit ma confiance dans les hommes. Je me demande ce qu'il fait en ce moment. La tristesse et la frustration que j'ai ressenties lorsqu'il m'a trompée m'ont changée à jamais. Il est parti comme ça, me laissant seule et plus jamais la même.

– Bon, c'est vrai, il y en a un.

– Et pourquoi veux-tu le tuer ? Parce que son existence même te fait souffrir, pas vrai ? Parce que tu ne t'en porterais que mieux s'il n'était pas en vie ?

– Je ne sais pas, dis-je en penchant la tête de côté. Ça me plairait qu'il meure, mais ce que j'aimerais vraiment, c'est me venger de lui, le faire souffrir, lui faire regretter d'avoir fait une chose aussi stupide que de tromper une fille aussi bien que moi.

– Nan, c'est trop gnangnan, tout ça. Il faut le faire totalement disparaître de la surface de la terre. Autrement, s'il est encore vivant, tu ne seras jamais débarrassée de cette noirceur dans ton âme.

– Mais le tuer, ça ne ferait qu'empirer les choses, non ?

– Non. Tu dis ça parce que la noirceur chez toi n'est pas très profonde. Mais plus elle le devient, plus vite il faut s'en défaire. Quoi qu'il en coûte.

Le lombric est vraiment bizarre. Il commence à me faire peur.

– Tu n'es pas triste que ta mère soit morte ? Et c'est toi qui l'as tuée ? Tu n'as pas de la peine pour elle ?

À ce moment précis, mon portable sonne. C'est Teru.

– Kirarin ? Où es-tu ? Tout va bien ?

– Ça va. Je suis dans un centre commercial en face de la gare.

– Je te rejoins bientôt par la ligne de Takasaki. Je t'appellerai en arrivant.

Teru va venir. Rassurée, j'ouvre mon sac pour ranger mon téléphone. Le lombric tend le bras et me l'arrache des mains.

– Réquisitionné par l'armée.

– Arrête. Mais qu'est-ce que tu fabriques ?

J'essaie de le lui reprendre, mais il l'a fourré dans sa poche. Désespérée, je regarde autour de moi. Pas loin de là, il y a deux jeunes mères avec leurs nourrissons. Elles nous sourient, pensant probablement que nous sommes en pleine querelle d'amoureux. Je veux leur crier : Non ! Non ! Ce mec est dingue ! C'est lui qui a battu sa mère à mort. Il s'est enfui à vélo. Comment leur faire comprendre la situation ? Je me lève en pensant aller trouver un agent de sécurité, mais le lombric m'attrape le bras et me tire en arrière. Il me tient fermement par les deux bras et me regarde dans les yeux.

– Kirarin, tu m'aimes bien, pas vrai ?

– Tu veux rire. Sûrement pas.

– Je vais te faire changer d'avis. Allez, viens.

Qu'est-ce que ça veut dire ? Je ne sais pas comment réagir. M'entraînant par le bras, il s'avance vers la sortie.

– Tu as dit à quelqu'un que tu allais me rencontrer, pas vrai ? Tu es venue parce que tu voulais voir quelque chose d'effrayant, alors pourquoi ne pas changer ensemble ? Je peux faire de toi quelqu'un de nouveau. Et on va lui faire ravaler son sourire prétentieux, à ton ex-petit copain.

– Comment ?

Tout en disant cela, je pense qu'il n'y a rien au monde qui me plairait plus.

– On va faire des cochonneries ensemble. Ensuite, on rentrera à Tokyo s'occuper de mon vieux. Je vais te faire découvrir un monde totalement différent.

Un monde totalement différent. Le monde qui s'étend juste derrière la porte que je n'ai jamais réussi à ouvrir. C'est irrésistible et effrayant, tout en même temps. Il tape du pied sur le tapis à l'entrée de la galerie et les portes coulissantes s'ouvrent en grinçant. Ma peau reçoit de plein fouet la chaleur étouffante du dehors.

– OK… pour commencer, il faut qu'on se trouve un taxi.

– On va où ?

– Nous sommes tout près de la route Nakasendo, qui va jusqu'à Karuizawa. Il fera plus frais là-haut.

– Je croyais que tu n'avais pas d'argent.

– Ça ne nous coûtera rien. J'en ai assez de me trimballer à vélo.

– Mais ça ne marchera pas.

– Écoute ça. J'ai acheté un couteau. (Il secoue son sac fièrement.) Je l'ai payé dix mille yens. Il coupe super bien.

Il a l'intention de prendre un taxi en otage.

– Je pense que tu ne devrais pas.

– Et pourquoi ?

Il s'arrête et me regarde. Il a l'odeur de métal un peu rouillé qui se dégage des hommes jeunes. Parfois, il y a un type comme ça parmi ceux qui essaient de me draguer dans Shibuya. C'est toujours ceux-là qui crèvent d'envie de baiser. Le lombric, lui, c'est moins le sexe qu'un autre désir qui le fait courir. Quelque chose que je n'arrive pas à m'expliquer. Pour autant, je me souviens que les mecs qui dégagent ce genre d'odeur ne me déplaisent pas tant que ça.

5

LE LOMBRIC, 2e PARTIE

La première chose que j'entends est un rire de femme chuchotant. J'ouvre les yeux sur des rideaux lourds et miteux. Les mêmes rideaux galeux que ma mère avait achetés au Daimatsu pour mettre dans ma chambre – bref, au début, je suis sûr d'être encore à la maison. C'est la première fois que je suis dans un lit depuis des jours et j'ai dormi si profondément que ma mémoire s'est fait la malle. J'ai totalement oublié que j'ai battu ma mère à mort ; pour moi, à cet instant précis, la vieille n'est qu'une emmerdeuse avec qui je dois composer. Je suis persuadé qu'elle s'est glissée dans ma chambre pendant que je dormais et qu'elle murmure quelque chose. Mais ferme ta gueule, merde ! Allez, barre-toi ! Ma mère étant après tout la seule femme dont je suis proche, je me dis que ça ne peut être qu'elle.

– Non, je vais bien. Il faut me croire.

Mais ce n'est pas ma mère qui parle. C'est la fille que je viens de rencontrer, la lycéenne affublée de ce surnom un peu ridicule. Finalement je retrouve la mémoire – ma mère est morte. Formidable, elle n'est plus de ce monde. Elle a définitivement disparu. Je suis tellement soulagé que je me mets à rire en silence. La peau entre ma joue et mon menton est mouillée. J'en suis d'abord troublé, je me dis que j'ai pleuré pendant mon sommeil, mais il s'avère que c'est de la bave. J'essuie tout ça discrètement du dos de la main en faisant comme si je dormais encore, et prête une oreille indiscrète à la conversation de Kirarin. Je ne sais absolument pas ce qui lui a pris de vouloir être avec moi. En ma qualité de directeur des Affaires militaires, j'aurais dû mieux étudier l'état d'esprit de mon adversaire au préalable. Pourquoi je connais un terme comme « directeur des Affaires militaires », je n'en ai aucune idée, mais à présent je sais tout. Depuis que je suis sur mon vélo à tenter de rester éveillé, l'esprit du soldat japonais torturé est avec moi.

– Je sais bien que tu t'inquiètes, Teru, mais ça va. Je vais bien. Je te remercie de t'inquiéter pour moi, non, c'est vrai… Il est plutôt bizarre, mais intéressant. Genre, quand on s'est rencontrés à la gare, on s'est pris la tête sur ce qu'on portait comme vêtements. Un peu timbré, non ? Un drôle de gars. Mais je ne crois pas qu'il va me faire du mal. Je ne sais pas pourquoi, mais j'en suis sûre. Du coup, tu peux rentrer chez toi… Non, je ne te dirai pas où on est. C'est un *love hotel*… Quoi ?… Non, on ne l'a pas fait. T'es malade ! Je ne vais pas me taper un mec comme ça… Ouais, d'accord. Je t'appellerais si ça arrive. C'est pas la peine de t'inquiéter. J'ai déjà traîné avec des mecs dans Shibuya, alors ça va aller. Et tu sais quoi ? Il m'a donné envie de me venger… Non, pas de ma mère. De Wataru. Le mec qui m'a fait les pires saloperies. Je l'aimais, et c'est pour ça que je le laissais venir en moi. Mais ça ne l'a pas empêché de coucher avec une autre, ce salaud. En plus il est complètement crétin, et je suis gentille. Quand j'ai vu qu'il avait fait ça parce qu'il me méprisait, je n'ai pas pu lui pardonner. C'était il y a plus d'un an, mais ça me déprime encore vachement. Je pense lui donner rendez-vous pour le tuer. Je me sens sombre. Kirarin, côté obscur. Pas la jolie Kirarin joviale que tout le monde connaît bien. Mais c'est agréable, bizarrement. Tu vois ce que je veux dire ?… C'est vrai, tu comprends ? C'est la première fois que j'ai envie de me venger de quelqu'un. Grâce à ça, je me sens super bien, heureuse comme jamais je ne l'ai été. Enfin donc… attends… quoi ?… Ouais, tu as raison. Même ma façon de parler est devenue un peu plus sèche…

Kirarin pousse un petit soupir et raccroche, mettant fin à sa conversation avec le dénommé Teru. Elle se met immédiatement en devoir d'appeler quelqu'un d'autre. Sans doute Yuzan, Toshi, ou Terauchi, de sa bande d'amies à la noix. Elle lui laisse un message. Pendant que je dormais, elle a dû voler son portable que j'avais réquisitionné. La demoiselle est plus redoutable que ce que je pensais.

– Salut, c'est moi, Kirarin. Rappelle-moi, pas de texto. Il m'arrive un truc vraiment dingue et il faut que je te raconte. À plus.

Je sors du lit et ouvre les rideaux d'un coup sec. De l'autre côté de la rizière dehors, il y a un deuxième *love hotel* très semblable au nôtre. Il est censé ressembler à un château fort européen, mais avec un immense dôme par-dessus. Et au-dessus du dôme, il y a un grand croissant de lune orange. Limite irréel. Comme une serpe plantée dans la tête d'Atushi Onita, le catcheur pro. Je suis électrisé, comme quand Otama et Mr Pogo s'affrontent sur le ring. Je suis devenu tout excité en regardant ça.

– Tu as vraiment bien dormi. Même que tu ronflais.

Kirarin raccroche précipitamment et dit ça d'une voix douce et nasale. Tout à coup, je me rappelle bêtement que, dans le temps, je rêvais d'avoir une petite sœur. Il y avait un gars à l'école qui écrivait ses propres mangas pornos et les apportait en classe, et il avait toujours un personnage de jeune fille dans ses histoires qui appelait le héros « Grand frère » ! Et, bien sûr, ce « grand frère » ordonnait à sa « petite sœur » d'enlever son uniforme d'écolière, après quoi il prenait son temps pour bien profiter des sévices qu'il lui faisait subir. La fille protestait, mais enlevait d'elle-même sa culotte. C'était débile. Le type qui écrivait ça est un surdoué, le genre qui aurait pu sans conteste entrer à la faculté de droit de l'université de Tokyo, alors c'était plutôt incroyable de voir que ses histoires étaient chaque fois ultra prévisibles. Ce qui me fait vraiment marrer, c'est que, quand il lisait ses mangas à voix haute devant tout le monde, il prenait toujours une voix fluette pour jouer le personnage féminin. « Grand frère... pitié, ne me punis pas ! J'ai peur ! » Je dis ça parce que la voix de Kirarin est exactement comme celle qu'il prenait quand il faisait le personnage de la jeune fille dans ses mangas. Et ça m'énerve carrément.

Je n'ai pas besoin d'une petite sœur. Je n'ai pas besoin des femmes du tout. Je suis transformé. Peut-être parce que j'ai pris un bain quand on est arrivés à l'hôtel. Dès que ma croûte de sel s'est détachée, j'ai parachevé ma nouvelle personnalité. L'âme du défunt soldat japonais.

Avant, j'étais largement plus libidineux que la plupart des gars. Quand on vivait à l'appartement, j'avais un faible pour la femme du voisin ; je les écoutais faire l'amour et je lui volais ses culottes. Et après avoir déménagé, je m'amusais à épier Toshi. Mais plus maintenant. Je suis vraiment content de ma transformation – de mon évolution, si l'on veut. Il fallait que je change, sinon je n'aurais pas pu m'armer de courage pour livrer bataille. Je mets donc Kirarin en garde par des mots sans équivoque.

– Arrête un peu avec cette voix de dessin animé !

– Oui, ben désolée, dit-elle toute renfrognée. C'est ma voix normale.

– Non. Quand tu flirtes avec les gars, ta voix change. C'est un aspect de ta personne dont je vais m'occuper, tu peux y compter. Et qui t'a permis de te servir du téléphone, à propos ? (Je le lui enlève des mains et le fourre dans une poche de mon pantalon.) Il a été réquisitionné par l'armée. Et tu l'as volé. Tu veux te retrouver au gnouf ?

– Au gnouf ? De quoi tu parles, espèce d'idiot ?

Kirarin se retourne, colère de chez colère. Pourtant, elle a toujours sa mine aguicheuse – je le vois bien. Elle se fait des sensations fortes avec moi – moi, le meurtrier. Tu parles d'une midinette !

– Ça n'a rien d'idiot. Tu vas obéir aux ordres, ou quoi ?

– Pas question. Non mais pour qui tu te prends, d'abord ? se plaint-elle.

Je n'aime pas la façon dont ses lèvres saillent lorsqu'elle parle. C'est pornographique. Maintenant que j'ai dézingué ma mère, je dois faucher sur pied le reste des femmes pornographiques de ce monde. Il faut bien que quelqu'un donne l'ordre. Je scrute rapidement la pièce du regard à la recherche d'un officier. Mais il n'y a personne.

– Arrête de parler de cette façon.

– Comment peux-tu dire ça ? Qu'est-ce que tu m'énerves ! Et d'abord, qui c'est qu'a payé la chambre, hein ? Tu m'as dit que tu voulais aller à Karuizawa, mais tu t'endormais tellement que tu as failli tomber dans les pommes sur le trottoir. J'aurais juste dû t'abandonner. Sans moi, on ne t'aurait pas laissé entrer ici. Peut-être que je n'aurais pas dû être aussi sympa avec toi.

– Je me suis effondré parce que la marche a été longue et pénible.

– T'es schizo, tu sais?

Elle pousse un gloussement suraigu. Son rire me fait mal aux oreilles, j'ai envie de m'arracher la tête. La réalité m'atteint: je suis seul sur la ligne de front, le seul dans cette guerre à combattre encore. Avant que les vieux Philippins m'attrapent et me torturent, il faut que je m'échappe dans la jungle. Et reprenne des forces pour la prochaine bataille. Ma guerre vient juste de commencer. C'est le monde où je vis… mon monde à moi. Et il me faut entraîner cette femme au combat le plus tôt possible. Parce que je suis le plus chevronné.

– Hé, la recrue! Suce-moi.

Je n'ai dit ça que pour l'asticoter, mais mon sexe commence à raidir ostensiblement.

– T'es malade? Pas question! (Kirarin repousse ma main avec une force inattendue et va se réfugier dans un coin de la pièce.) T'es pire que tout! Il y a quelque chose qui cloche chez toi, tu es au courant?

– Sans déconner… J'ai buté ma mère. Je lui ai couru après et je lui ai mis un joli coup en plein dans la tête avec ma batte de base-ball. Tu aurais pu faire quelque chose comme ça, toi?

J'attrape un coussin et le fais tournoyer avec force comme si c'était une batte. Des moutons de poussière et des cheveux et des poils pubiens fusent en tous sens. Kirarin regarde fixement l'oreiller, puis moi, comme si elle n'avait jamais rien vu d'aussi dégueu de toute sa vie.

– Je pourrais jamais lui faire ça. J'aime bien ma mère.

– Bon, ton père, alors?

– Mon père? Ça, je pourrais l'envisager, dit-elle, les yeux voletant soudain à travers la pièce. Mon père est un type totalement froid et distant. Quand j'étais au collège, un soir tard, on a reçu un coup de fil. Quand j'ai décroché, c'était une femme à l'autre bout et elle disait: « C'est toi, mon papa? Si c'est toi, prends-moi. Je vais mourir. » Est-ce que c'est des choses à dire à une enfant? Je ne crois pas, non. J'étais vachement en colère. Non mais, va mourir ! ai-je pensé. Mais j'étais encore petite, alors je suis allée réveiller mon père. J'ai fait attention à ce que Maman ne se rende compte de rien. Mais Papa a juste fait semblant de dormir et m'a ignorée. Voilà le genre d'homme que c'est, je me suis dit… pitoyable. Ça me faisait de la peine pour cette femme, mais ils ne valaient pas mieux l'un que l'autre. Et j'ai commencé à détester ma mère, elle aussi : choisir d'épouser un typec pareil ! J'ai traversé une phase où j'étais en colère et me méfiais de tous les adultes. Je vous hais tous, bande de cons, je me disais. Surtout mon père. Plusieurs fois, j'ai voulu le tuer. Mais ça ne m'intéresse plus. Je n'ai pas envie de le supprimer. Parce que maintenant je suis assez grande pour faire ce que je veux dans mon coin. C'est pour ça que je pense que tu as eu tort. Tu es allé trop loin. J'ai vraiment de la peine pour ta mère, tu sais? Tu vas en souffrir pour le restant de tes jours.

Son petit discours m'a vraiment mis la rage. Ma vie avance à une vitesse différente de celle des autres. C'est une façon un peu désuète de l'exprimer, mais depuis le meurtre, je suis chargé à bloc. Je suis libre de changer mon monde exactement comme je l'entends. Plus personne pour me dire quoi faire, ni pour tenter de me culpabiliser. Je suis aux manettes. Je suis l'officier chargé de mener la bataille qui va créer mon monde. Pourtant, l'attitude de Kirarin me met mal à l'aise.

– Tu es plutôt sûre de toi, hein ? Tu ne m'aurais pas pris mon arme, par hasard ?

Je fouille dans le sac à dos que j'ai posé à côté du lit. Le couteau de boucher que je viens d'acheter doit forcément être dedans. Mon outil pour tous les tuer avant qu'ils ne me prennent – avant que le vieux schnock décharné me traîne jusqu'à la place du village et me shoote comme un ballon, avant que la vieille peau me couvre de crachats, avant qu'ils me refassent le portrait au marteau. Le couteau est encore sagement rangé dans sa boîte.

Kirarin se cache la bouche d'une main, mais elle ricane visiblement de me voir si troublé.

Elle ne pige pas. Je le comprends soudain. Cette fille n'a rien pigé. Je suis au beau milieu d'une guerre et elle n'en a rien à cirer. Ce qui explique qu'elle se marre. Elle est juste passée me voir en pleine bataille. Elle et toutes ses petites copines ne font que prendre leur pied à m'observer. C'est vrai. J'ai tué ma vieille. Et je vais probablement pleurer à cause de ça pour le restant de mes jours. Mais assez de votre compassion à deux balles... je n'en ai pas besoin. Je me fâche encore plus.

– Si tu me trouves bizarre, barre-toi ! Je ne suis pas un spectacle ambulant.

– Hmm... donc tu peux être sérieux quand tu en as envie.

– Je suis sérieux.

Je veux la menacer un peu et sors le couteau de sa boîte. J'en agrippe le manche noir et fais deux ou trois moulinets pour faire siffler la lame. Ce couteau de boucher est long, tranchant et a de quoi faire peur. Je cherche des yeux quelque chose dont je pourrais me servir pour l'accrocher à ma taille, mais tout ce que je vois, c'est la ceinture du peignoir. Ç'aurait l'air idiot, j'abandonne mon projet. Kirarin reste dans son coin, pétrifiée. Mais ses yeux trahissent un profond respect. Ou peut-être de la peur ? Aucune importance. De toute façon, c'est la deuxième fois que je vois une femme prendre un air aussi perplexe. Je me rappelle la tête de ma mère quand elle m'a vu abaisser violemment la batte sur elle – c'est une impression dont le souvenir m'est très pénible. L'instant où elle a compris que son monde s'écroulait autour d'elle. Ou peut-être qu'elle regrettait de m'avoir si mal traité. En tout cas, son visage reflétait le chaos qui s'était emparé d'elle.

Ma mère était clairement dans son tort. Coupable d'avoir créé un passif entre nous, un passé qui justifiait que je la remette à sa place. Coupable de m'avoir mené par le bout du nez, d'avoir foutu ma vie en l'air, d'avoir révélé mes secrets à la face du monde. J'étais une colonie et elle, la force d'occupation. Elle avait créé la plantation d'hévéas, m'avait fait trimer de l'aube à la nuit tombée et s'était emparée de toute la récolte. J'étais une colonie où l'on avait tout pillé. Je ne sais pas exactement ce qui m'a été dérobé. Mais, sans aucun doute, elle contine à me voler. Dans le cas de Kirarin, il n'y a pas encore de raison de se débarrasser d'elle. Qu'elle soit dévergondée n'est pas une raison suffisante. J'abaisse le couteau de boucher. Je reste sain d'esprit. Je ne suis pas encore fou.

– J'essaie de t'aider, dit-elle. Alors arrête de me menacer.

Même de loin, je vois que des larmes lui montent aux yeux. Hé, je croyais que tu me respectais. Trouvant ça carrément bizarre, je range le couteau dans sa boîte.

– Tu es une engagée volontaire. Un compagnon d'armes. Je ferais mieux de te traiter correctement. Mais écoute, maintenant que tu es dans mon unité, il va falloir que tu obéisses aux ordres. Dans l'armée, il y a des grades et des ordres, point final. Je suis un vétéran et tu n'es qu'une jeune recrue, alors tu dois t'occuper de moi.

– Tu veux dire que tu veux que je te suce, c'est ça? crie-t-elle d'un air dégoûté.

– Exactement. Alors au boulot… et plus vite que ça.

Je m'avance vers elle d'un pas lourd et l'attrape par les cheveux.

– Ça suffit! hurle-t-elle, et elle balaie ma main sans difficulté.

La chair de poule se propage sur ma peau et je reste cloué sur place. Je me souviens de ce que j'ai ressenti lorsque j'ai attrapé ma mère par les cheveux et pensé: « C'est une femme. » Mais je me rappelle aussi à quel point ma vieille salope de mère me dégoûtait. Ce que je veux dire, c'est que je n'ai pas seulement fait disparaître ses péchés, mais aussi son obscénité. Donc probablement qu'être une salope fait partie des choses dont elle était coupable. Plus j'y réfléchis, plus je n'y comprends rien, et je donne un grand coup de pied dans l'oreiller tombé sur la moquette grise.

– Pourquoi es-tu tellement obsédé par l'armée? Tu ne serais pas genre… un de ces cinglés obsédés par les militaires?

Kirarin sort une canette de Pocari Sweat du frigo. Je ne lui livre pas mon impression que le soldat torturé par les

Philippins et moi sommes une seule et même personne. Aucun intérêt à aller raconter une chose pareille à une salope. Kirarin descend sa boisson à petites gorgées comme si c'était vraiment mauvais et me lance :

– Pourquoi tu as tué ta mère ? Et comment tu as fait ?

Je hausse les épaules.

– Te le dire ne me servirait à rien. Arrête de jouer au procureur.

Elle insiste :

– Mais j'ai envie de savoir.

Kirarin balance ses jambes qu'elle a croisées. Je suis étonné de voir qu'elle a les poils blonds. Ceux de ma mère étaient noirs, comme ceux d'un homme. Ça m'avait toujours paru tenir plutôt de l'animal, et ça m'écœurait.

– Pourquoi les poils de tes jambes sont comme ceux d'une étrangère ?

– Je les décolore, lance-t-elle en se moquant encore de moi, l'air de dire : Comment t'as réussi à survivre jusqu'à maintenant alors que tu ne sais même pas ça ? Pendant l'été, les filles ne se rasent pas, elles se décolorent. Tandis que vous, les mecs, vous travaillez comme des brutes et vous tirez sur la nouille, nous, les filles, on fait des choses plus intelligentes.

– Fais-le avec les miens, aussi.

– Je n'ai pas pris d'eau oxygénée avec moi.

– Va en acheter. Il doit y avoir une supérette pas loin.

Kirarin est morte de rire.

– Non mais, pourquoi tu voudrais faire ça ? Je croyais que tu étais en cavale.

La réponse était assez évidente. Je voulais me changer en quelqu'un d'autre, quelqu'un de beaucoup plus dur. Je pensais que ce serait la classe d'avoir des poils blonds comme armure, plutôt que ma vieille croûte de sel. Je retourne m'allonger sur le lit. Kirarin glisse quelques pièces de cent yens dans la télé. Elle passe en revue deux ou trois chaînes d'information avant de se décider pour une émission musicale. Elle se retourne et me dit :

– Il n'y a rien sur toi aux infos. Le monde t'a complètement oublié.

Je me relève.

– Vraiment ?

– Ils étaient tous hystériques, et maintenant plus rien.

– Hé, qui est la plus intelligente de tes amies ?

– Terauchi, répond-elle immédiatement. Ça doit être elle qui est la plus brillante. C'est un peu une beauté classique, de visage, et un peu renfrognée, mais pas trop. Mais parfois elle fait un peu la tronche et on n'arrive pas à savoir ce qu'elle pense. Elle est toujours en train de faire l'idiote et de dire des bêtises, mais quand viennent les examens, elle sait ce qu'elle fait et s'en sort comme un chef. Elle est un peu du genre femme-mystère. Quoi qu'il en soit, dans notre bande, en général on lui fait confiance. Elle peut nous taper sur les nerfs de temps à autre, et j'ai du mal à le supporter, mais elle peut être vraiment marrante et je l'aime bien. Son côté obscur est un peu comme le tien. Je ne suis pas sûre de savoir en quoi, exactement. Peut-être bien qu'en fait elle est timbrée, comme toi.

Quand j'ai appelé toutes les filles du répertoire de Toshi, Terauchi est celle qui m'a raccroché au nez. J'ai trouvé que c'était plus une réaction de soldat que celle de Yuzan ou Kirarin. C'est une vraie cadette. Par cadette, je veux parler des officiers d'élite qui sortent de l'académie militaire. La raison qui la pousse à raconter toutes sortes de bêtises est qu'elle s'abaisse au niveau de filles comme Yuzan ou Kirarin. Mais quand ça commence à chauffer, on peut compter sur elle pour savoir quoi faire, parce que c'est une vraie guerrière. Tout à coup, je me dis que Terauchi est peut-être la seule à pouvoir m'aider.

– Parle-moi encore d'elle.

– Hé, ça suffit de me parler sur ce ton-là, comme si tu me donnais des ordres.

Kirarin fait la moue, aguicheuse comme à son habitude.

– Arrête de minauder. Et tiens-toi droite.

Elle grimace, fait claquer sa langue et dit quelque chose. J'entends une voix inconnue marmonner ceci : « Le devoir est plus lourd que la montagne et la mort plus légère que la plume. »

– Qu'est-ce que tu viens de dire ? Tu es vraiment beaucoup plus au courant que moi.

– Je n'ai rien dit.

Elle me lance un regard écœuré. C'est la minute des hallucinations, ou quoi ? Mais je suis carrément heureux. Qui sait, peut-être que je suis un génie, après tout. Le problème, c'est que personne n'est au courant. Tout ça, c'est la faute de ma mère et de ses idées sur l'éducation des gosses et du genre d'instruction qu'elle et mon école m'ont fait gober de force. J'aurais dû dire au monde quel génie j'étais, mais j'ai merdé en oubliant de laisser une lettre dans ma chambre. Avant de perdre complètement les pédales, j'aurais dû écrire quelque chose.

– Il paraît que les délinquants juvéniles sont le plus souvent précoces et très brillants… des gens qui n'arrivent pas à s'adapter au système éducatif. Donc, je crois que je devrais laisser un roman ou un poème ou quelque chose… comme Sakakibara… quelque chose pour secouer un peu les gens. Quelque chose qui leur montre à quel point je suis doué.

– Je ne sais pas… La plupart du temps, ils ne font que se plaindre de leur vie, non ? De leurs parents qui les ont maltraités, ont divorcé ou ne les aimaient pas assez… Mais toi, tu avais une famille plutôt correcte.

– Je ne te parle pas de ça. Je veux écrire un manifeste pour mon crime.

– Alors pourquoi tu ne le fais pas ?

Elle n'a pas l'air de comprendre, et prend une autre gorgée de son Pocari Sweat en faisant la grimace.

– Je ne peux pas. Je n'ai pas le temps. Ils me poursuivent. En plus, il faut que je rentre à Tokyo pour tuer mon vieux. Comme s'il y avait le temps !

– Alors, oublie.

– Je ne vais pas oublier. Je veux mettre quelque chose noir sur blanc avant de tuer mon père.

– Tu te fiches de moi ? (Elle me jette un regard sérieux.) À mon avis, vaut mieux laisser tomber. Ça ne fera qu'exciter encore plus les médias.

Je l'ignore. L'heure n'est pas aux arguments logiques.

– Je vais demander à Terauchi de l'écrire. Tu m'as bien dit qu'on était un peu pareils, non ? Elle est intelligente et efficace. Je vais en faire mon nègre. Je vais l'intégrer à mon équipe. Comme chef de la propagande.

– C'est une idée à la con.

Elle s'écroule de rire, mais je suis parfaitement sérieux. Je sors le téléphone que j'ai reréquisitionné de ma poche et le lui tends.

– Appelle Terauchi !

– Appelle-la toi-même.

– Ma batterie est presque morte.

– La mienne aussi, dit-elle en grommelant, mais elle me tend quand même son portable. C'est le numéro cinq dans mes raccourcis.

– Quoi de neuf? fait une voix blasée de fille dans la seconde, comme si elle attendait qu'on l'appelle.

– C'est moi. Le lombric.

La ligne est silencieuse un instant, puis elle répond sèchement :

– C'est une blague, non ? Pourquoi est-ce que tu m'appelles ? Laisse-moi tranquille.

Elle parle d'une voix grave et rapide qui montre à quel point elle est intelligente. C'est le genre de fille qui me donne le plus de fil à retordre. Totalement différente du simple soldat d'infanterie qu'est Kirarin.

– J'ai quelque chose pour toi.

– C'est vraiment étrange que tu utilises toi-même ce surnom. C'est Toshi qui t'a appelé comme ça.

– Je m'en fiche. Ce n'est pas le sujet.

Je commence à m'énerver et m'aperçois que je suis en train de me calquer sur son tempo.

– Kirarin est vraiment avec toi ? Passe-la-moi.

Pendant que je dormais, Kirarin a dû appeler tout le monde. Mais je ne peux pas leur donner l'impression que je le sais.

– C'est top secret, je ne peux rien dire.

– Ne t'en fais pas pour ça, me renvoie-t-elle d'une voix solennelle, contente-toi de me la passer. C'est son téléphone que tu as dans les mains, non ? Est-ce qu'elle est en vie ? Dis-moi au moins ça.

Il n'y a pas moyen d'y couper, je tends donc le téléphone à Kirarin. Elle répond de la voix mièvre et chaleureuse qu'elle réserve aux coups de fil.

– Tout va bien, Terauchi. Je suis désolée de t'avoir inquiétée. Je viens de vivre des moments vraiment bizarres, ça c'est sûr. J'ai appelé mes parents pour leur dire que je dormais chez toi, donc tu joues le jeu, d'accord ? Je vais quitter le lombric au bout d'un moment, alors pas d'inquiétude. Il n'est pas du tout dangereux, même s'il est un peu louche. Attends une seconde, je te le repasse. Il dit qu'il a besoin de tes conseils pour un truc.

– Mes conseils ?!

Elle est furieuse et me lance :

– Écoute, tu retiens Kirarin par la menace, pas vrai ? C'est une fille bien, alors ne t'avise pas de la balader.

– C'est vous qui vous êtes fait balader. Tu sais quoi ? Elle est plutôt bonne.

– Qu'est-ce que tu veux dire ?

Merde. Je n'en ai rien à cirer, des relations de pouvoir entre elles, de leur amitié, du genre de personnes qu'elles sont vraiment.

– Oublie ça. Je veux que tu deviennes mon nègre. Qu'est-ce que tu en dis ?

– Quoi ? Tu veux que je te cire les pompes ? Ou que je te fasse un topo sur l'Afrique ? dit-elle en essayant de s'en tirer par une blague minable.

– Arrête un peu. Je veux que tu te mettes dans la peau d'un garçon qui a tué sa mère et que tu écrives une nouvelle là-dessus. Ça n'a pas besoin d'être long, mais il faut un truc qui soit mieux que ce qu'a écrit l'assassin Sakakibara. Mélanges-y un peu de Dostoïevski, Nietzsche ou autre. Mais applique-toi en insérant les citations pour que personne ne puisse retrouver la source. Ensuite, tu termines tout ça un peu à la sauce « Evangelion ». Ou peut-être… ça pourrait être mieux de faire dans le super avant-gardisme, tu vois ce que je veux dire ? Philosophie de la vie, cris et lamentations sur l'absurdité de toute chose, ce genre de trucs. Je compte sur toi. Si tu n'arrives pas à pondre une nouvelle, un poème, ça m'irait. Si tu peux écrire un truc un peu incompréhensible mais qui a l'air branché, alors un poème devrait faire l'affaire. Un poème qu'on pourra prendre comme support pour une évaluation psychiatrique, ce genre de trucs. Quelque chose qui dissimule mes vraies intentions et embrouille le lecteur.

La voix de Terauchi trahit son étonnement.

– Tu veux que je fasse ça, moi ? Pourquoi moi ? Tu comptes me payer ? Ça ne vaut pas le coup, même si c'est le cas. Je veux dire… si on t'attrape, ce que j'aurai écrit sera publié. Si les gens trouvent que c'est bien fichu, je n'y gagnerai rien. C'est toi qui en tireras tout le mérite. Et s'ils n'aiment pas et qu'on découvre que je suis ton nègre, c'est moi qui aurai des problèmes. De gros problèmes. Bref, quel que soit le résultat, je suis forcément perdante.

– Mais si on ne découvre pas que tu l'as écrit et que les gens trouvent ça nul, c'est moi qui serai perdant.

– Alors pourquoi tu ne l'écris pas toi-même ?

Elle a un petit rire nasillard.

– Idiote ! Si je pouvais, je ne serais pas obligé de te demander de l'aide.

– Tu es incapable de l'écrire tout seul, je me trompe ? Quel minable ! Tu fais partie de ces élèves de K. qui errent en bas du classement, pas vrai ? Tu t'en es sorti pour l'admission, mais tu t'es cramé en cours de route. Eh bien oublie-moi, j'ai trop à faire. J'ai pris trois matières à mon cours d'été… anglais, littérature classique et géo. L'été est une période décisive pour moi, alors pourquoi faudrait-il que je t'écrive ton manifeste à la noix ? Il ne me reste plus que cinq mois avant les concours. Ils vont te mettre en centre fermé de toute façon, alors qu'est-ce que ça change ? Yuzan m'a raconté que tu disais encore des trucs idiots, comme quoi tu allais devoir renoncer à passer tes concours d'admission à l'université de Tokyo. Tu essaies seulement de te faire mousser.

Les grands malades dans ton genre qui tuent leur mère sont vraiment la lie de l'humanité, tu es au courant ? Tu es encore un gosse, mais tu ne t'en rends pas compte. Tuer ta mère, fuir la justice... qu'est-ce que ça a de sympa ?

– Ça n'a rien de sympa.

– Alors pourquoi tu me demandes de t'écrire un roman ? Tu devrais écrire un texte tout seul. Ce serait bien plus intéressant du point de vue de la psychiatrie criminelle.

Elle ne semble pas vouloir se taire de sitôt. Je veux lui expliquer comment je me suis transformé en roulant sur ce vélo brûlant, mais je ne pense pas que ça change quoi que ce soit. Du coup, je décide de passer à l'attaque.

– Si tu n'écris pas ça pour moi, tu peux dire adieu à ta copine. Je viens de m'acheter un couteau de boucher, il y a quelques heures. Tuer une personne ou deux, pour moi c'est du pareil au même. Je verrai ce que ça fait de poignarder quelqu'un.

Tuer une personne ou deux, pour moi c'est du pareil au même. Ce vieux cliché d'assassin de cinéma ne voulait pas me sortir de la tête. *La mort est plus légère que la plume.*

– Tu es sérieux ? dit-elle en poussant un hurlement auquel je ne m'attendais pas.

Derrière moi, Kirarin dit :

– Il ment ! Il essaie juste de te faire peur !

Je la repousse violemment. Elle s'étale derrière moi, mais rit toujours de ce rire étrange, comme si toute cette histoire était désopilante. Elle me fait le coup de l'hystérie. Je couvre le téléphone du mieux que je peux pour que Terauchi ne l'entende pas. Mais l'autre n'arrête pas de rire et je lui plaque une main sur la bouche.

– Il se pourrait que je la tue vraiment. J'ai déjà l'esprit détraqué. Et si tu racontes un mot de tout ça à la police, c'est terminé pour elle. Pigé ?

– Ouais, j'ai compris. Je vais te l'écrire, ton truc, ne t'en fais pas, soupire-t-elle en rendant les armes. Tu le veux pour quand ?

– C'est censé être quelque chose que j'ai écrit pendant que j'étais en cavale, alors essaie de faire ça vite. En trois jours. Si tu peux, envoie-le par mail sur le portable de Kirarin. Je le recopierai et le trimballerai sur moi. Comme ça, si je me fais choper, je pourrai leur montrer.

– Je peux rédiger ça comme un ensemble de notes ?

– Je te l'ai déjà dit. Il faut que ce soit une nouvelle ou un poème. Un truc inventif.

– Donc, ce serait plus branché si ce n'était pas un récit introspectif ?

Terauchi est sacrément intelligente, et je repense à ce qu'elle vient de dire. Un récit introspectif irait contre le principe même de mon combat. Je lui donne une instruction :

– Bats-toi jusqu'à la mort !

– Pigé. Je serai un vrai petit kamikaze.

Elle a dit ça très posément et raccroche sans prévenir. Le clic résonne dans mes oreilles comme le mépris infini qu'elle a pour moi. Pour ça, je suis en colère. Mais j'ai à mon actif une tâche réglée et terminée, ce qui me réjouit. Je baisse les yeux sur Kirarin, qui est encore par terre. Sa crise terminée, elle se détourne de moi avec un air boudeur.

– Extinction des feux. Demain, nous allons dévaliser un taxi pour nous constituer un trésor.

Je m'allonge sur le lit, mais Kirarin reste où elle est, étalée sur la moquette crasseuse. Ça me met hors de moi, et je lui crie :

– Qu'est-ce qu'il y a ? Tu as l'intention de dormir là ? C'est quoi, ton problème ?

– Rien, me renvoie une voix de fille crispée qui semble sortir du plancher.

Je suis trop affamé pour m'en préoccuper. Je n'ai mangé qu'un muffin dans la matinée, et rien depuis. Aucun sergent d'intendance dans les parages. Je coince un oreiller sous mon ventre vide et tente de m'endormir. À ce moment précis, j'entends des sanglots qui montent d'en dessous.

– Arrête de pleurer. Ça me dérange.

– Tu veux dire que tu ne me vois pas comme une femme ?

Peut-être que je devrais la tuer. Sérieusement. Je tente de contenir ma colère tandis qu'elle continue son laïus.

– C'est moi qui devrais être en colère. Enfin quoi, quel intérêt pour moi d'être ici ? Tu as réduit ma fierté en miettes. Personne ne m'a jamais traitée comme ça avant toi. Je savais que tu étais bizarre, et j'ai pris un énorme risque en venant ici pour être avec toi. Passer la nuit avec un criminel, un mec qui a tué sa mère… ma réputation est complètement foutue. Je ne pourrai plus jamais me marier maintenant. Fini la jolie Kirarin… à partir de maintenant c'est la sinistre Kirarin. Alors, comment ça se fait que tu sois si sympa avec Terauchi et que tu lui laisses faire tout le travail intellectuel, quand moi je ne suis qu'un otage ? Après m'avoir appelée ta nouvelle recrue et avoir été si dur avec moi… C'est pas juste !

– Elle, c'est une cadette, voilà pourquoi.

– Comment ça « une cadette » ?

– C'est de la graine d'officier.

Tout à coup, je la sens se lever dans le noir. Même que ça me fait peur. Je veux éradiquer toutes les femmes bruyantes, toutes les salopes du monde, mais là, j'en ai une en face de moi et c'est une vraie plaie. Je me prépare à tout en pensant qu'elle va essayer de saboter l'accord secret que je me suis échiné à conclure avec Terauchi.

– Qu'est-ce que je fous ici, de toute façon ? hurle Kirarin.

Des postillons m'ont fusé au visage, mais je reste muet. À toi de le découvrir, pensé-je. J'ai assez à faire avec mes propres batailles, et survivre ne serait-ce que jusqu'à demain suffit largement à m'occuper.

– Réponds-moi ! Pourquoi je suis là ?

– C'est toi qui as décidé de venir, pas moi.

– C'est faux, dit-elle en s'asseyant sur le lit. C'est un mensonge ! C'est toi qui m'as dit : « Je vais t'emmener dans un monde différent. » C'est pour ça que je suis venue. Tu te rappelles ? Tu m'as dit : « Pourquoi ne pas changer ensemble ? Je peux faire de toi quelqu'un de nouveau. Et on va lui faire ravaler son sourire prétentieux, à ton ex-petit copain. » Tu t'amuses bien à jouer les soldats, mais tu ne t'intéresses pas du tout à moi. Tu m'as abandonnée. Tu as demandé à Terauchi d'écrire ton poème ou je ne sais quoi à ta place et pourquoi tu ne me l'as pas demandé à moi ? Je peux écrire un poème s'il le faut. Il suffit de coller quelques phrases ensemble. Tout le monde en est capable. Terauchi est peut-être une cadette ou je ne sais quoi, mais je suis un soldat, alors tu ferais mieux de ne pas me sous-estimer. Ou me discriminer. Tu es vraiment hypocrite à mort. Si c'est ça le genre de bataille que tu veux, ne compte pas sur moi ! Ce n'est qu'un truc horrible après l'autre.

Je n'avais pas dit ces phrases toutes faites à Kirarin pour la recruter dans l'armée ni rien. C'est simplement ce que je ressentais à ce moment-là. Et maintenant je ne ressens plus du tout la même chose. C'est la vérité, non ? Bien sûr, il y a une contradiction, mais… et alors ? Je suis fatigué, j'ai faim et il faut encore que je me creuse la tête pour tenter de mater cette insurrection. Mais, tout à coup, elle me saute dessus et m'enfourche. Elle est lourde et j'en ai le souffle coupé.

– Descends de là, espèce d'idiote !

Elle me coince les deux bras au-dessus de la tête et me chuchote à l'oreille :

– Peut-être que c'est moi qui devrais t'emmener dans un autre monde… Tu joues les mecs cool, mais tu n'es qu'un puceau. Reviens donc dans dix ans !

Une salope. Une vraie traînée. Les hanches fines de Kirarin frottent contre mon ventre et même si je suis en pétard, je me mets tout de suite à bander. Je n'ai aucune idée de ce qu'il faut faire. Personne ne m'a jamais expliqué comment le faire avec une femme. Je veux dire… je ne suis pas en présence d'une « petite sœur » qui enlève sa culotte sur commande. Les filles ne sont les jouets des hommes que dans les mangas. Je repousse brutalement ses bras et l'attire vers moi. Sa peau est douce et agréable au toucher. Son corps menu, ses cheveux avec un soupçon d'odeur de transpiration… Je vais donc enfin m'en serrer une ! Peut-être que ce sera comme dans « Patriotisme », la nouvelle de Mishima, chaud et intense. Je repense à la photo de lui vêtu seulement d'un *fundoshi*, brandissant son sabre, et soudain je me fige. Ne suis-je pas censé avoir dépassé tout besoin des femmes ? Comment puis-je faire en sorte d'accorder mon esprit et mon corps pour la tâche présente ? J'ai baissé la garde, Kirarin m'envoie bouler et je me cogne la tête à celle du lit.

– Aïe ! Qu'est-ce que tu fous ?

– Tu es minable. Un soldat qui est nul à l'amour est nul à la guerre.

Merde. Je l'attrape fermement. Il faut que je lui grimpe dessus, que je lui arrache ses vêtements, que je lui écarte les jambes et que je la lui mette. Mais comment ? Si je lui donne l'ordre de me sucer, va-t-elle pour de vrai prendre ma queue dans sa bouche sans se faire prier ? Est-ce que c'est comme un viol en temps de guerre ? Des idées fusent dans ma tête, mais les simulations qui m'arrivent ne me sont d'aucun secours. Quelle plaie ! Peut-être que je devrais me lancer et la buter. Mon cerveau court-circuite et tout ce que j'arrive à imaginer est cette solution simpliste. Je n'y tiens plus. C'est la guerre. La guerre ! À mort ! Dans la pénombre, je vois que Kirarin me regarde fixement. Puis elle me dit d'une voix froide comme la glace :

– Ça suffit. Ne me touche pas. Je n'ai pas envie de coucher avec un assassin.

Je la lâche. J'ai peur de ce véritable ennemi à présent, de Kirarin. Les ennemis contre qui je devrais lutter – la police, la société – ne se sont toujours pas montrés. Mais juste en face de moi, il y en a un d'un autre genre. Un mur que je ne peux pas escalader. À mort ! *À mort !* Désactivation des neurones.

– J'étais juste tellement embarquée dans toute cette histoire de vengeance contre Wataru, dit-elle, que quand tu m'as dit que tu allais me faire découvrir un autre monde, ça m'a complètement excitée. Mais rester avec toi ne m'apportera rien qui vaille. Je le vois bien à présent. (Elle sort du lit et se passe les doigts dans les cheveux.) Tu ne m'intéresses plus. Je rentre chez moi.

C'est une blague ? Je suis soudain ramené à la réalité.

– Donne-moi l'argent pour la chambre.

– Pas question. Ça ferait de moi une complice.

Mes neurones font *pouf !* et court-circuitent à nouveau. La fumée qui sort et tout le toutim. Je me mets en action. J'attrape la boîte dans mon sac à dos, celle avec le couteau de boucher. Quand Kirarin voit ça, elle pousse un petit cri.

– Mets-toi à genoux, lui ordonné-je.

Elle s'agenouille par terre et s'incline à mes pieds. Je piétine ses longs cheveux. Je la sens trembler dans ma jambe. Voilà… c'est comme ça qu'on se rend.

– Je m'excuse, dit-elle. Vraiment. Si tu as besoin d'argent, je te le donne.

– L'argent, je le réquisitionne. Tu restes ici. C'est un ordre.

Je reste éveillé et surveille la prisonnière pour éviter qu'elle ne s'échappe. Elle a sangloté, mais a fini par s'endormir. J'occupe le sofa et fais l'inventaire des possessions que je lui ai confisquées. Un portefeuille avec dix-huit mille cinq cents yens. Un badge du lycée. Le portefeuille est plein de cartes de fidélité de divers magasins, plus une carte de bibliothèque, une carte de transports, etc. J'étudie la photo de son badge. Dans son uniforme d'écolière, elle ressemble plus à une « petite sœur ». Cheveux longs, yeux légèrement tombants et regard perplexe. La moue aux lèvres, elle feint la douceur et l'innocence. Exactement le genre de fille à faire baver les pervers de ma classe. Une petite trousse à maquillage bourrée de choses – mouchoir en tissu, papier toilette, rouge à lèvres, déodorant, papier de soie. Son téléphone portable. Au fond de son sac, je trouve le talon d'un billet de cinéma. Trois jours plus tôt, je discutais encore cinéma avec ma prisonnière. On dirait plutôt que ça fait trente ans.

J'étais terriblement seul à ce moment-là ; je retournais vers la piscine où j'étais allé nager en famille et, bouleversé, je me demandais s'il y avait un moyen de renverser le cours du temps. La voix de la prisonnière m'avait réjoui. Mais plus maintenant : elle me hérisse à un point que c'est pas imaginable. Et pas seulement la prisonnière, mais tout le monde me fout la haine : mon vieux, ma famille étendue, ma maison. Et j'en passe. Tout et tout le monde me fait obstacle à présent, et tout ce que je veux, c'est aller quelque part, n'importe où, du moment que ce serait loin d'eux.

J'approche de la véritable essence de mon être. Une révélation est en train de sourdre au fond de moi. Ce qu'est cette essence, je n'en ai aucune idée, mais je suis de plus en plus perturbé, et mon existence plus absurde de minute en minute. Est-ce là ce que je suis ? Et c'est tout ? Je deviens affreusement triste et les larmes commencent à rouler sur mes joues. Je les essuie avec le mouchoir de la prisonnière, qui sent le parfum et la lessive. Comme ça, de nulle part, je sens que la réalité est sur le point de m'écraser. La réalité du meurtre de ma mère. Continue à te battre ! Encore ! Je m'acharne comme un malade à refouler mes larmes. À ce moment précis, le téléphone de la prisonnière se met à sonner. C'est Toshi. Je me sens sauvé.

– Salut. Excuse-moi de te rappeler si tard. Je n'avais pas vu que j'avais un message.

– C'est moi, dis-je.

– Oh, je vois. Et Kirarin ? (Toshi n'est pas du tout surprise.) Elle est là ?

– Elle dort.

– Tout se passe bien ? Et toi, ça va ? (Je ne sais pas quoi répondre.) Il est déjà une heure. Pourquoi tu ne dors pas ? Tu n'arrives pas à dormir ?

J'ai horreur des filles gentilles. Elles sont dangereuses. Une alarme se déclenche au fond de moi. *Danger ! Danger !* Je ne sais absolument pas pourquoi.

– Hé ho, tu m'entends ?

– Je t'écoute, dis-je.

– Yuzan m'a dit que Kirarin l'avait contactée. Quand elle m'a dit qu'elle était avec toi, je n'ai pas pu y croire. Je ne devais pas croire que tu l'intéresserais.

Tu ne m'intéresses plus. La réflexion de ma prisonnière me revint en mémoire.

– Ton père est passé chez nous aujourd'hui.

– Pour quoi faire ?

– Simplement pour s'excuser pour tout le dérangement.

Apparemment, il fait le tour des voisins. Il nous a dit qu'il ne dormait plus la nuit à force de se demander où est son fils, quelque part dans la nature. Il est désespéré d'avoir perdu sa femme, mais nous a dit que tout ce qui le préoccupait, c'était sauver l'âme de son fils. La nuit, quand il est seul dans la maison, il n'arrête pas de ressasser ce qui est arrivé et se sent responsable. Il nous a dit que parfois il voulait mourir. Et quand il se sent mal, il tient le coup en fixant des lignes droites de toutes ses forces.

– Des lignes droites ? répété-je à voix haute. Comment ça ?

– Des objets qui sont droits. Comme le cadre d'un *shōji* ou un pilier. D'après lui, fixer des choses rectilignes lui fait sentir qu'il y a un monde qui est encore stable et solide. Il dit arriver à être plus objectif grâce à ça. À pouvoir objectivement se remettre sur pied et attendre que son fils rentre à la maison.

Quel ramassis de conneries ! Mon vieux est un tel baratineur que je ne sais pas quoi dire. Un monde stable à ce stade du jeu ? Le monde a craqué et les morceaux se sont envolés depuis longtemps. L'imbécile. *Objectif*... c'est quoi, ces conneries ? C'est pour ça que tu n'arrives à voir qu'un monde totalement plat. Je me décide sur-le-champ : je suis peut-être perturbé, mais je vais pousser de l'avant. Vers des fronts encore plus chaotiques et incompréhensibles. La confusion. Si le père fixe des lignes droites pour tenir le coup, je vais observer des lignes courbes et partir en vrille. Mes yeux virevoltent à travers la pièce en quête de lignes courbes. Mur, sol, plafond, porte, téléviseur. Des lignes droites partout.

Puis je tourne mon regard vers le corps de ma prisonnière étendue sur le lit.

– Hé, le lombric. Tu m'entends ?

J'éteins le téléphone.

5

TERAUCHI

Il existe bel et bien des choses irréparables. J'ai toujours envie de dire ça aux gens. À qui ? Peu importe. Ça peut se produire un jour de pluie, en attendant un train rapide en retard sur le quai de la ligne de Keio. Ou bien quand je fais la queue dans une supérette, où une nouvelle recrue peine à faire fonctionner la caisse. Dans l'un ou l'autre cas, je m'entends marmonner cette phrase sans réfléchir. C'est comme si elle s'était si bien infiltrée dans mon inconscient que, quand je suis énervée, je ne peux pas m'empêcher de la lâcher.

Par contre, je ne pense pas pouvoir sortir ça à Yuzan ou Kirarin. Elles me répondraient juste : « Ouais, t'as peut-être raison », en regardant quelques instants dans le vague, et en oublieraient tout dès qu'on changerait de sujet. Elles laisseraient tomber si vite que je me sentirais cruche, gênée. J'aurais horreur de ça et ne mets donc jamais le sujet sur le tapis avec elles. C'est comme un phare : le faisceau lumineux tourne et illumine quelque chose pendant une fraction de seconde. Mais dès que la lumière disparaît, tout se fond à nouveau dans l'obscurité. Elles s'en foutent. Si on n'a jamais fait l'expérience d'un truc qui ne peut être défait, on ne peut pas comprendre. Les gens de ce genre-là croient que c'est juste une phrase quelconque et l'interprètent de travers. Pour eux, ce n'est qu'un vieux cliché débile.

Seule Toshi réagirait peut-être différemment. En façade, elle joue les désinvoltes, mais c'est quelqu'un de sensible et de très intuitif. Je suis sûre qu'elle me regarderait droit dans les yeux pour tenter de déceler ce que je veux dire. Mais sans trouver de réponse. Toshi, elle aussi, serait vite déçue et changerait de sujet.

Quand je dis « des choses irréparables », je ne parle pas de choses comme le meurtre de sa mère par le lombric. Ce n'est pas si simple. Et ce n'est pas non plus comme la culpabilité que ressent Yuzan pour s'être tenue à l'écart quand sa mère est morte. En fait, c'est le contraire. Comment dire ? Quand on meurt, on ne peut pas revenir à la vie. C'est définitif. Mais pour moi, il y a des événements qui ne sont pas tout à fait irréparables, parce qu'ils constituent la solution de facilité. Je veux dire… la mort étant une chose dont tout le monde fait l'expérience tôt ou tard, la fin que le lombric a choisie pour sa mère est facile à comprendre et, en ce sens-là, ressemble à une défaite. Tuer quelqu'un, ce n'est qu'une réponse provoquée par la colère, l'humiliation et le désir, et comme ça ne résout pas les problèmes, ça ne rentre pas dans la catégorie des actions irréparables. Une action vraiment irréparable ressemblerait plutôt à ceci : un sentiment terriblement effrayant qui monte en soi jusqu'à ce que le cœur en soit complètement dévoré. Les gens qui portent le fardeau d'une chose qui ne peut être défaite finissent un jour ou l'autre par être détruits.

Mes idées sont trop compliquées ? Je suis du genre à penser plus que d'autres aux choses difficiles. C'est pourquoi, à la maison comme à l'école, je suis toujours en train de faire le clown. C'est très simple : même si je montrais la vraie Terauchi, on ne comprendrait pas. Toshi pourrait finir par se faire une idée, mais je n'ai encore rencontré personne – enfant ou adulte – qui me comprenne vraiment.

Je sens une immense différence entre moi et les autres – une différence de capacités, d'expérience et de sentiments. Je suis très émotive, et intelligente. Quand je dis intelligente, je ne veux pas dire bonne en classe. Je veux dire que je suis capable de raisonner abstraitement. Certains adultes pensent qu'une lycéenne en est incapable, mais ils se trompent.

Je me sens au-dessus des relations humaines, et me contrôle donc constamment. Me contenir comme ça me bouffant toute mon énergie, j'ai arrêté de faire des efforts pour les études, je ne prends plus ça au sérieux. Il y a déjà longtemps que j'ai compris qu'étudier pour les examens se résume à savoir manipuler le système.

Au début de ma dernière année de lycée, on a toutes passé un test psychologique. C'était un QCM avec deux cents questions complètement débiles, où il fallait choisir des réponses du genre : « J'ai tendance à être d'accord avec l'opinion des autres. » Pour voir jusqu'à quel point j'étais capable de tromper les gens, j'ai décidé de répondre n'importe comment. Toshi, Yuzan et Kirarin – les plus intelligentes de la classe – ont fait la même chose, mais j'ai été la seule à être convoquée dans le placard qui servait de bureau à la conseillère d'orientation. Apparemment, ma prof principale avait discrètement contacté mes parents.

Je m'y suis donc rendue avec un mélange de curiosité et de dégoût et, évidemment, la bonne femme d'un certain âge, vêtue d'un tailleur bleu marine et sans maquillage, m'attendait de pied ferme. Elle m'a dit son nom – Suzuki, Sato, un nom banal comme ça – et je l'ai oublié tout de suite.

– Vous devez être Kazuko Terauchi ? J'aimerais prendre plusieurs rendez-vous avec vous pour parler de choses et d'autres.

– Quel genre de choses ? lui ai-je demandé.

– Ce à quoi vous pensez... des soucis que vous pourriez avoir.

Qu'est-ce que ça va m'apporter de discuter avec des gens comme toi ? Pourquoi faut-il que je fasse ça ? En m'efforçant de contenir la colère qui montait en moi, j'ai ricané bêtement, comme d'habitude. Mon arme secrète, c'est ma capacité à cacher mes sentiments et à dire quelque chose de bête, justement pour les dissimuler. L'arme secrète de Toshi, c'est son nom d'emprunt, Ninna Hori. Pour Kirarin, c'est de se montrer gaie en permanence. La seule qui s'expose péniblement au monde, c'est Yuzan.

– Je n'ai pas de soucis autres que les concours d'admission à l'université, lui ai-je répondu.

Concours, a-t-elle noté sur une feuille blanche. Je rigolais sous cape. J'ai subi trois entretiens de ce genre. Je lui ai raconté des histoires comme quoi mes copines risquaient de m'exclure de leur cercle, ce qui a paru la satisfaire : après ça, je n'ai plus jamais été convoquée chez elle.

À chacun de nos entretiens, ma peur des adultes augmentait. Un sourire aux lèvres, elle écoutait sans broncher mes histoires créées de toutes pièces. J'étais effrayée par l'optimisme des adultes, par leur confiance en la science pour apaiser un cœur tourmenté. J'avais peur de leur obsession de devoir *absolument* s'occuper des ados « à problèmes ». Tout ce que je voulais, c'était qu'ils me laissent tranquille, comment pouvaient-ils ne pas le comprendre ? Mais c'est toujours comme ça que ça se passe.

Je dois quand même leur reconnaître une chose. Aux adultes, s'entend. Ils ont créé une société où les mensonges sont découverts. D'un ton on ne peut plus fier, cette bonne femme m'annonça que ces tests psychologiques étaient conçus pour déceler tous les mensonges que l'on pouvait proférer. À ce test-là, j'avais réalisé le score le plus élevé. Plus élevé que quiconque dans l'école, et même dans l'Académie. Ce qui veut dire qu'ils m'avaient tout de suite percée à jour et savaient que j'étais quelqu'un qui voulait cacher plein de choses. Pour ça, ils avaient été forts. Mais je ne crois pas qu'ils aient mis le doigt sur ce que je voulais cacher. Il est hors de question que je me fasse soigner par l'école, ou par une vieille peau de conseillère avec une tête de madame Je-sais-tout. Franchement, ça fait cinq ans que je suis la seule à réfléchir à tout ça. Et la seule personne à me comprendre, c'est évidemment moi-même.

Comme avec la conseillère, je dis toujours des conneries pour rester vague et évasive. Par contre, pour Toshi, mes tentatives d'esquiver les autres sont tout à fait transparentes, et il me semble que ça la gêne. Un jour, je ne sais plus quand, elle et moi, on parlait de l'avenir, chose qui ne nous arrive presque jamais, et tout d'un coup elle a pété un plomb.

– Toi, tu ris, mais tes yeux ne rient pas, m'a-t-elle dit.

J'ai pris l'air joyeux et j'ai fait semblant de sourire. J'avais tout un éventail de trucs idiots dont je savais me servir. Ça dégoûtait les gens, tous.

– Mais si, je ris ! lui ai-je renvoyé.

– Tu mens. Tu ne m'auras pas comme ça avec tes plaisanteries à la noix.

– Cousine, je suis comme ça, c'est tout. Je vais me trouver un de ces mecs de la fac de Tokyo ou de Hitotsubashi, me marier et être femme au foyer à plein temps.

– Comment tu peux baisser les bras comme ça ?

Toshi savait toujours deviner comment je me sentais vraiment. J'ai tenté de lui chuchoter à l'oreille : *L'Amour !* Mais elle m'a fixée du regard quelques instants et m'a lâché d'un ton catégorique :

– Terauchi, tu es vraiment une énigme.

– Pourquoi tu dis ça ?

– Non, mais arrête, tu veux ? Je sais très bien que tu caches quelque chose. Tout le monde le sait.

– Je ne cache rien, cousine, je te promets.

– Laisse tomber, a-t-elle dit, l'air offensé.

Elle venait de me parler de tous ses malheurs classiques de lycéenne : même si elle entrait en fac, elle n'avait aucune idée de ce qu'elle voulait faire. Elle a ajouté qu'elle disait rarement ce genre de choses aux gens. Et elle était énervée parce que manifestement ça ne m'intéressait pas et que je ne faisais aucun effort pour la prendre au sérieux. Jusqu'au moment où, tout d'un coup, elle m'a fixée d'un regard inquiet et m'a lancé :

– Dis-moi, est-ce que tu as subi quelque chose d'atroce dans ton enfance ?

– Non, rien.

Une gamine de dix-sept ans me piéger comme ça ? Allons ! Bien sûr, je venais d'avoir dix-huit ans, mais je n'avais pas du tout le sens de mon âge. Étais-je une enfant ? Une adulte ? Une personne du troisième âge ? Toshi est gentille et loin d'être bête, et comme elle a grandi avec des parents comme les siens, elle n'a évidemment pas fini aussi compliquée que moi. Tu veux essayer d'être comme moi ? Vas-y, essaie. C'est drôle comme je peux être comme une lycéenne normale, aller déjeuner avec les filles – Toshi,

Yuzan, Kirarin – et sortir dans des karaokés avec elles. Mais dans ces moments-là je fais semblant, j'essaie de montrer aux gens que je mène une vie de lycéenne sans problème, comme toutes les filles.

De fait, je suis quelqu'un de désagréable qui observe ses amies d'un œil froid et détaché. Pas étonnant que Toshi m'en veuille. Je suis quelqu'un de contradictoire qui croit que les seules personnes qui valent la peine d'être fréquentées sont celles qui s'emportent contre moi, mais dès qu'elles s'emportent, je sais comment me cacher.

Yuzan feint d'être compliquée comme moi, mais elle est plutôt simple. En ce moment elle est perturbée parce qu'elle ne sait pas comment faire pour s'accepter. Une fois qu'elle aura accepté qu'elle est lesbienne, elle devrait pouvoir mener la vie qu'elle veut, comme elle veut. Quant à Kirarin, je pense qu'un de ces jours un mec va la changer. Dans ce sens-là, je pense qu'elles sont plutôt saines et équilibrées toutes les deux. Ce qui est une bonne chose, je ne dis pas le contraire. Pas de sarcasme là-dedans ; c'est vraiment ce que je pense.

« Je veux que tu te mettes dans la peau d'un garçon qui a tué sa mère et que tu écrives une histoire là-dessus. »

Voilà ce que m'a dit le lombric au téléphone. Bien évidemment, il est hors de question que je fasse ce qu'il me demande. Je ne sais pas du tout quel genre de type c'est, et si c'est vrai qu'il a tué sa mère, ça veut dire que son esprit est redevenu infantile. Selon moi, il a choisi une vie à l'opposé de la mienne, puisque, au lieu de faire quelque chose d'irréparable, il a fait quelque chose de paresseux. Il est hors de question que je perde mon temps à créer quelque chose pour un mec comme ça. Les trois autres peuvent le chouchouter si elles veulent. Le jour du jugement arrivera tôt ou tard.

Je ne comprends pas pourquoi Yuzan et Kirarin s'intéressent à ce type. J'aimerais que le lombric se fasse attraper dans pas longtemps et qu'on le traîne devant un conseiller, quelqu'un comme la vieille que j'ai vue, un psychiatre ou autre, qui le bombarderait de questions pendant des journées entières. Entre les mains de la science moderne, avec son idéologie selon laquelle tout le monde peut être sauvé, on verrait si sa façon de penser résiste. Et là, il comprendrait à quel point il est tordu et mesquin.

Le plus intéressant dans tout ça, c'est que la personnalité de chacune d'entre nous se reflète dans nos réactions à cette affaire. Toshi est gentille, donc elle a de la peine pour la mère assassinée du lombric et s'inquiète de savoir ce que l'avenir réserve à ce dernier. Yuzan, elle, se projette sur le lombric et l'aide à fuir. Et Kirarin, qui s'est sauvée avec lui, a une image de lui qui est tout à fait illusoire, mais elle espère que cette escapade en sa compagnie va la changer. Tout le monde sait qu'elle se tape des mecs à Shibuya et qu'elle s'est fait plaquer par l'un d'eux en particulier, mais elle fait comme si c'était un secret d'État.

Ma théorie est que Yuzan et Kirarin se servent du crime du lombric pour le prendre de haut. La réaction de Toshi est plus prévisible : l'attitude classique du badaud. Quant à moi, je prévois de m'attaquer au lombric de front et de lui dire pourquoi il a tort. Pas parce qu'il a tué sa mère. Ce que je veux critiquer – je l'ai déjà dit bien des fois –, c'est sa naïveté, qui lui fait croire que ses actions sont irréparables.

Tout d'un coup la porte de ma chambre s'ouvre sans qu'on ait frappé. Comme d'hab, donc ça ne me surprend pas. C'est Yukinari, mon petit frère.

– Tu as été en ligne ? me demande-t-il. Ils ont posté une photo du type.

La voix de Yukinari, qui n'a pas encore mué, est grinçante et asexuée.

– Quel type ?

– Le type du lycée de K. qui a tué sa mère.

J'étais allongée sur mon lit, je me lève et le rejoins dans sa chambre, à côté. Yukinari est en première année dans un collège d'élite qu'il a intégré au printemps. Depuis cinq ans qu'il fréquente les cours intensifs, c'est comme si sa personnalité avait changé. Il est devenu plus ingénieux, plus rusé que moi. Jamais on ne le surprendrait en train de faire quelque chose d'irréparable ; il est trop futé pour gâcher sa vie comme ça.

L'ordinateur qu'il a eu comme cadeau après avoir été admis au collège trône au milieu de son bureau, son écran LCD reflétant les néons pâles du plafond. À l'écran, une photo du lombric en uniforme scolaire. Elle a du grain, comme si c'était l'agrandissement d'une photo de classe. Mais on distingue bien son apparence un peu spéciale. La petite tête qui dépasse du col de son uniforme, ses yeux étroits. Il tient le menton haut, ce qui fait que son cou a l'air d'autant plus long, et arbore une expression arrogante. Ses sourcils sont très écartés et le coin de ses yeux recourbé vers le haut. Il ressemble à un Japonais d'antan, du genre qu'on voit dans les collections de photos de l'ère Meiji.

– Donc ce lombric a un visage du genre classique, dis-je à mon frère.

– Il ressemble vaguement à Shinsaku Takasugi, le chef de file de la restauration Meiji. (Assis à son bureau, Yukinari me lance un regard méfiant.) Lombric ? C'est comme ça qu'il s'appelle ? Comment tu le sais ?

– C'est Toshi qui me l'a dit.

– C'est parfait. Il paraît qu'il va au lycée de K. Un lycéen de K. qui a tué sa mère. Ça suffit pour faire de lui un héros. Il a l'air assez imbu de lui-même. T'imagines un peu ? Il est en dernière année et suffisamment remonté pour tuer sa mère.

Le ton est sarcastique tandis qu'il fait défiler les pages du site d'un geste bien rodé. L'école où il est inscrit est un établissement privé un cran au-dessous du lycée de K.

– C'est un héros parce qu'il est au lycée de K. ?

Yukinari crache sa réponse :

– Parce que c'est un gosse d'élite déchu.

Sur le forum du site figure un fil de discussion intitulé *Soutien pour A, le garçon qui a tué sa mère.* Il y a une tonne de commentaires à la noix prétendant que leur auteur l'a aperçu : « Je l'ai vu en vélo sur la nationale 18. » « Un mec qui lui ressemble feuilletait des revues pornos dans une supérette à Kochi. » « Je l'ai vu dans des bains publics en train de se laver le dos. » « Il était à Disneyland déguisé en Dingo. » Il y a aussi quelques commentaires irresponsables qui le soutiennent, du genre : « J'espère que tu leur échapperas. Je suis avec toi. »

Je comprends que ces supporters ont exactement les mêmes idées que Yuzan : des sentiments égocentriques doublés d'une compassion complaisante.

De toute façon, je ne pige pas pourquoi tous ces gens l'encouragent.

– Peut-être qu'ils le soutiennent parce qu'il essaie de s'enfuir en vélo ? dis-je à mon frère.

– Peut-être bien. Il est quand même un peu puéril.

Yukinari fait glisser prestement sa souris, des pages entières défilent. Tout à la fin on peut lire ceci : « Question. Pourquoi tu n'as pas tué ton père tant que tu y étais ? Hi, hi, hi… » Tout de suite après, une réponse de quelqu'un prétendant être A, l'intéressé. « Il y a déjà quelqu'un qui a tué ses deux parents avec une batte de base-ball. Étant élève au lycée de K., mon orgueil ne me permet pas de commettre un crime inspiré par un autre. » Yukinari me montre la question du doigt.

– C'est moi qui ai écrit celle-là, dit-il.

– Tu veux dire que tu veux tuer Papa ?

– Un peu de logique, quand même ! dit-il, énervé.

Nous entendons s'ouvrir la porte de la maison ; ça doit être Papa qui rentre. Il ne crie pas : « C'est moi ! », rien. Mais il se racle la gorge et on sait que c'était lui. Il fait ses trucs bruyamment – il met la clim en route, il fait couler son bain, il ouvre la porte du frigo. Papa travaille dans une banque en centre-ville ; tous les jours, il part tôt le matin et rentre tard le soir. Personne ne lui prête attention.

– Le timing est parfait, dis-je. Papa est rentré.

– Et alors ? Dommage qu'il ne se soit pas fait renverser. Un jour, si on a de la chance, il se fera faucher par un taxi, murmure Yukinari.

Je me dis que c'est comme ça qu'il passe toutes ses soirées : à surfer sur le net en marmonnant des jurons.

– Je me demande si les flics surveillent ce site.

– Bien sûr qu'ils le surveillent, réplique-t-il froidement en imprimant la photo du lombric. Tiens, frangine, prends ça. Affiche-la dans ta chambre.

– Pourquoi ?

– C'est un joli souvenir. Ou, si tu veux, tu peux l'offrir à Toshi.

Ça me stupéfie. Yukinari ignore absolument que nous quatre sommes en contact avec le lombric. La photo serait sans aucun doute un souvenir de notre implication dans l'affaire. Et un rappel de ce que nous étions vraiment. Si le lombric se fait prendre, les photos de nous quatre seront en ligne, accompagnées de légendes du genre : « Voici les quatre lycéennes complices du crime. » Kirarin sera sans doute la plus populaire. Je sors la photo du lombric de l'imprimante et retourne dans ma chambre. À ce moment-là, mon portable sonne.

– C'est moi. Alors, ça avance ?

C'est le lombric. Pas de « Salut ! On peut parler, là ? », rien. Rien à cirer des bonnes manières. Je passe en mode ne-pas-s'énerver. Son dernier appel date de la veille au soir. Ça veut dire qu'ils ne l'ont pas encore attrapé, me dis-je en regardant sa photo, là, son cou de poulet.

– Qu'est-ce qui avance ?

– Mon manifeste.

Il doit être dehors parce que, de temps en temps, j'entends passer des voitures.

– Tu ne m'as pas dit que tu voulais que ce soit un roman ?

– Peu importe. Un poème fera l'affaire. Quelques vers sympas, comme dans une pièce de théâtre. Je compte sur toi.

Comme il le fait faire à quelqu'un d'autre, il est évident que si ça ne lui plaît pas il va changer des mots ou tout balancer.

– Pourquoi ne pas piocher quelque chose dans un manga ? lui demandé-je froidement.

– Faut que ce soit original. Je suis lycéen, putain ! Je peux pas perdre face à un gamin de quatorze ans.

– À ce moment-là, vaut mieux laisser tomber. T'as déjà complètement perdu.

– T'es une vraie salope, tu sais? (Il a l'air plus détendu que la veille.) T'es de plus en plus comme ma vieille.

Je décide aussitôt que je n'aurai jamais d'enfants. Plutôt crever que de mettre au monde un crétin comme lui. Je fais semblant d'être blessée.

– Ne me dis pas des choses comme ça.

– Pardon.

– Bon, d'accord. Je me mets au travail, lui dis-je en mentant comme un arracheur de dents, essayant de me faire toute petite et obéissante.

– Alors vas-y. Faut que ce soit fait pour que je puisse aller tuer mon père.

Je ne saisis pas la perche qu'il me tend. Je lui demande simplement où il est.

– À Karuizawa, répond-il, tout à fait insouciant. Il fait bien frais ici. On a cassé la porte d'un chalet de vacances qui était vide. On se repose. Demain on part sur le front.

– Kirarin est avec toi?

– Allô? Terauchi? C'est moi, Kirarin.

À la place du lombric, c'est Kirarin qui me répond, mais elle se tait aussitôt. Je l'entendis dire: «Dégage!», puis le lombric chouine: «Je ne t'écoute pas.»

– Alors cousine, on dirait que l'assassin et toi, vous êtes comme cul et chemise, lui dis-je.

– Arrête. Il ne se passe rien. Je suis avec lui parce qu'il m'a menacée.

Pour quelqu'un de menacé, elle a l'air plutôt guillerette.

– Il paraît que vous êtes à Karuizawa.

– C'est ça. On vient de se faire un bol de *ramen*. Le mont Asama est vraiment bizarre la nuit, dit-elle d'un ton calme. Je retourne à Tokyo demain, alors ne t'inquiète pas pour moi. Mais je voulais te demander quelque chose, Terauchi. Je ne vois rien sur le lombric dans la presse ou à la télé. Tu as une idée de comment on couvre le meurtre?

– Dans les médias, apparemment on n'en parle pas. Mais sa photo est en ligne. Sur Internet, on dirait que les gens en raffolent.

Du bout du pied, je joue avec la photo du lombric. Curieusement émue, je me dis : et donc Kirarin couche avec un mec qui ressemble à Shinsaku Takasugi.

– Tu rigoles ou quoi ? dit-elle. Qu'est-ce qu'on doit faire ? Ils savent à quoi il ressemble.

Kirarin pousse un soupir un peu forcé. Je comprends qu'elle se range maintenant du côté du lombric. Qui lui reprend le portable.

– C'est vrai que ma photo est en ligne ? Ça doit être ces pauv' cons du lycée. Quels enfoirés ! Mais bon, à leur place je ferais sans doute la même chose. Je savais que ça allait arriver tôt ou tard, mais je ne m'y attendais pas aussi vite. Mais comme j'ai une fille avec moi, ils ne vont pas me reconnaître.

Quand il me dit ça, je comprends que Kirarin ne va pas rentrer aussi facilement qu'elle le croit. Pour le lombric, c'est pratique d'avoir Kirarin avec lui, et il est trop futé pour la laisser partir. Kirarin étant une fille mignonne que tout le monde apprécie, je n'aurais peut-être pas dû lui dire que la photo est sur Internet. Mais c'est Kirarin toute seule qui a décidé d'être avec le lombric. Cette Kirarin-là n'est pas du tout comme moi.

– Alors, c'est vrai que tu veux un manifeste ? lui demandé-je.

– Ben oui ! T'as des idées ?

– Qu'est-ce que tu penses de : « Pourquoi tu n'as pas tué ton père tant que tu y étais ? Hi, hi, hi… »

Ce que mon frère avait mis en ligne.

Le lombric réagit immédiatement.

– Ça, c'est pas moi du tout. Ça sert à rien d'écrire les impressions de quelqu'un d'autre. « La mort est plus légère que la plume, et je m'y résigne. » Ça, c'est classe.

– Le Rescrit impérial pour les soldats et les marins. Ça te va comme un gant.

– Je suppose, répond-il en réfléchissant vaguement à ma réaction indifférente.

Puis, comme s'il s'était brusquement réveillé, il ajoute :

– Bon, d'accord, maintenant que j'ai un slogan, est-ce que je dois aller tuer mon père ?

– Qu'est-ce que c'est que ces histoires de slogans ? On n'est pas en Chine, mon vieux.

Et j'ai un doute : est-ce que ces citations à la con feront l'affaire ? Le lombric ne comprend pas le concept d'une chose qui ne peut pas être défaite. À partir de là, il n'est rien pour moi. Moins qu'un corps étranger ou un grain de poison.

– Ce n'est pas à moi qu'il faut poser la question. Comment veux-tu que je sache ? Au fait, vous êtes où exactement à Karuizawa ?

– On vient de quitter un restaurant de *ramen* sur la nationale 18. On va passer à la supérette et on rentre.

– Ben, bon retour, alors.

J'ai lancé ça sans conviction et je raccroche. Je fais tout de suite le numéro de Toshi pour la mettre au courant. Je lui ai déjà raconté pour hier soir et je suis sûre qu'elle voudra des nouvelles toutes fraîches.

– Alors, Kirarin compte rester avec lui ? demande-t-elle. Mais c'est le pire des scénarios !

– Sans doute, mais il ne faut pas oublier que c'est elle qui l'a voulu.

– Tu sais, Terauchi, tu es vachement froide, dit-elle sur son ton habituel.

– On n'y peut rien. Kirarin a dix-sept ans, c'est une adulte.

– Je sais bien, mais qu'est-ce qu'on va faire ?

– Quand ils l'arrêteront, ils vont faire des recherches sur son portable et on sera dans la merde. Mais comment on a pu en arriver là ?

– Je sais bien. Je n'aurais jamais imaginé être impliquée dans une histoire comme ça. Complice d'un meurtre ; et assistance à un fugitif. Ou peut-être juste l'histoire de l'assistance ? Tout ça parce que Yuzan l'a aidé.

– Mais… ça n'aurait pas commencé par ton mensonge ?

Ça lui ferme le caquet. Après un silence, elle pousse un soupir peiné.

– J'imagine, dit-elle. J'ai eu pitié de ce mec. Je ne voulais pas l'aider, mais en même temps je ne voulais pas qu'il se fasse attraper. J'ai laissé les choses suivre leur cours, ce qui veut dire que oui, j'ai ma part de responsabilité.

– Je pense qu'il voulait nous impliquer, lui dis-je, exprimant ainsi un doute que j'ai depuis un certain temps. Je veux dire… c'était louche dès le départ qu'il nous ait toutes appelées depuis ton portable.

– Mais pourquoi voulait-il faire une chose pareille ?

– Aucune idée. Mais je pense comprendre ce que ressentait le lombric. La solitude. Parfois ce sentiment atroce peut pousser à faire des conneries.

– Tu sais, dit Toshi, je ne comprends toujours pas ce qu'a fait Yuzan. Pourquoi elle a foncé comme ça, tête baissée. Tiens, à propos de Yuzan… je n'ai pas de nouvelles. Elle t'a appelée ?

J'ai une idée de la raison pour laquelle elle n'a pas donné signe de vie. Elle a compris que le lombric ne s'intéresse pas à une fille hommasse comme elle et n'a plus eu envie de l'aider dans sa fuite.

Tout de suite après avoir parlé à Toshi, j'entends le bruit d'une voiture qui se gare dans le parking de notre immeuble. J'avais fermé la fenêtre à cause de la clim, je la rouvre pour voir ce qui se passe dans la rue, sept étages plus bas. Dans un coin du parking, un 4x4 fait un créneau pour rentrer dans l'emplacement. Ce n'est pas la voiture de Maman. Elle ne rentre jamais aussi tôt. Je m'allonge sur le lit et contemple la photo du lombric. C'est trop stressant, je la balance sous le lit en faisant voler de la poussière. Je suis dans une déprime que j'ai moi-même provoquée. Bienvenue dans ma Réalité.

Depuis l'école primaire, je prends le train pour aller à l'école. Mes parents tenaient à m'inscrire dans une école privée du centre-ville. On met trente-cinq minutes pour aller de la gare de P. à Fuchu, la ville de la banlieue de Tokyo où nous habitons, jusqu'à la gare de S., dans l'arrondissement de Shibuya. Comme le train va jusqu'en plein centre de Tokyo, il est toujours bondé.

À mon avis, c'est cruel de forcer une petite fille à prendre le train tous les jours comme ça pour aller à l'école. La gare de P. se trouvant en banlieue, le wagon n'est pas bondé quand j'y monte. Ça ne veut pas dire que j'ai toujours une place assise, mais en général il n'y a pas beaucoup de gens debout et on peut se détendre. Quand elle a vu qu'il y avait si peu de voyageurs dans le train, Maman m'a dit qu'elle était sûre que je pouvais faire le trajet toute seule. Au début, Papa m'avait assuré que c'était bon, il allait m'accompagner, mais au bout d'un certain temps il a été muté vers une autre ville où il devait vivre seul. Je me suis donc, moi aussi, retrouvée toute seule. Papa est revenu vivre avec nous quand j'avais neuf ans, mais il ne travaillait plus en centre-ville.

Je me glissais dans un espace près de la porte et j'y restais. À chaque gare, le nombre de passagers augmentait et je commençais à être serrée. Une fois, on m'a poussée, je suis tombée en avant et me suis ouvert la joue sur le fermoir d'un sac à main. Une autre fois, j'ai cogné mon cartable contre une employée de bureau assise au bout d'une rangée de sièges et elle m'a poussée pour m'écarter. Après, j'ai arrêté de me mettre près de la porte.

D'innombrables fois, j'essayais de descendre à la gare de S., où était mon école, mais je me trouvais coincée entre les gens, incapable de dégager mon cartable, et devais descendre à l'arrêt suivant. Une fois, prise d'un malaise, j'ai dû m'appuyer contre des adultes et j'ai fini par aller jusqu'à Shinjuku. Pas une fois un adulte n'a cherché à m'aider.

« Pourquoi une petite écolière prend-elle un train bondé comme ça ? », s'est un jour plaint un vieil employé de bureau auprès de son voisin lorsque je lui ai enfoncé mon cartable dans les côtes, l'obligeant à changer de position. J'ai alors levé la tête pour essayer d'observer la réaction des autres voyageurs. Son voisin, vieux lui aussi, n'a fait qu'esquisser un sourire compatissant.

– La pauvre. Les écoliers devraient aller à leur école de quartier.

– Hé, ma petite, ça doit être dur pour toi, tous les jours, non ? Tu n'es pas épuisée ? m'a dit le premier vieux. C'est toi qui as dit que tu voulais aller à une école privée ? J'en doute.

– Tu as dit à ta mère que c'est dur pour toi de prendre le train ? Et que tu embêtes les autres passagers ? m'a demandé l'autre.

C'étaient mes parents qu'ils accusaient, pas moi, mais la vraie cible de leurs critiques, c'était moi, le maillon faible, la petite gamine qui traînait son gros cartable lourd dans un train bondé. C'était un châtiment divin sur mes parents qui m'avaient imposé ces insupportables trajets quotidiens. Et ce châtiment était cette méchanceté totalement indue, la façon véritablement atroce dont on me traitait. Telle était ma réalité.

Un matin, j'étais enrhumée et ne me sentais pas bien. Comme il pleuvait des cordes, les fenêtres étaient bien fermées, embuées du CO_2 provenant de la respiration des voyageurs. Je me sentais vraiment très mal et tout d'un coup, ça a été plus fort que moi, j'ai vomi mon petit déjeuner sur les genoux de la personne assise en face de moi. C'était une jeune femme, bien habillée, une employée de bureau apparemment, et en voyant les dégâts – le pain grillé à moitié digéré, le yaourt puant sur sa jupe bleue, elle était au bord des larmes.

– C'est pas vrai ! Pourquoi t'as fait ça ? Je vais travailler, moi, comment je vais faire ?

Elle ne pouvait pas faire grand-chose. Les larmes aux yeux, elle a fait de son mieux pour s'essuyer avec un mouchoir. Les autres voyageurs n'ont pas desserré les dents, supportant la puanteur de mon vomi, essayant de s'éloigner discrètement chaque fois que je fronçais les sourcils et qu'ils croyaient que j'allais remettre ça. Personne n'a essayé de me consoler, de me réconforter. Par la suite, j'ai aussi évité de me mettre en face des sièges.

Pendant mes dernières années de primaire, je suis devenue plus forte ; je ne dégueulais plus, je n'avais plus de problèmes pour descendre à la bonne gare. Mais des choses encore moins ragoûtantes ont commencé à se produire. Des pervers m'entouraient dans le train. C'étaient toujours les mêmes. J'ai commencé à les reconnaître, alors j'essayais toutes sortes de ruses pour les éviter : je montais dans une voiture différente, je variais l'heure où je partais de la maison ou de l'école. Mais même si j'arrivais à esquiver ce groupe d'obsédés sexuels, il y en avait toujours d'autres, quel que soit le train.

Régulièrement, des hommes m'entouraient, et quand il était clair que je ne pouvais pas m'échapper ils se mettaient à me tripoter. L'un d'eux aimait caresser mes cuisses nues. Un autre me caressait le cul. Un autre encore palpait mes seins naissants. Si je criais, ils se détournaient vite fait, redevenant, en une fraction de seconde, des employés de bureau et des étudiants tout à fait normaux. Mais après un bref répit, rebelote. J'étais une proie facile pour ces pervers. J'étais jeune, plus faible qu'eux, une cible vulnérable. Je n'en pouvais plus. Même si j'étais encore en primaire, ça m'a appris quelque chose, une rude leçon : les hommes adultes sont sales et ils sont mes ennemis. Je me plaignais à mes parents, leur expliquant que je ne voulais plus aller à l'école, que je ne voulais plus prendre le train. Mais je ne leur avouai jamais la vraie raison. Je craignais qu'ils ne se rendent compte qu'ils m'avaient mise dans une situation qui me faisait autant souffrir. J'ai continué à faire ces trajets, et très vite je me suis comportée plus comme une adulte que mes propres parents.

Un jour, en sentant que les pervers s'approchaient de moi, j'ai ri tout haut, d'un rire bête. Et vous savez quoi ? Les vieux dégueulasses ont eu l'air ahuri, apeuré. Je leur riais au nez, ils m'ont lancé un regard dégoûté avant de s'éloigner discrètement. J'avais enfin trouvé un moyen de les chasser : je changeais quelque chose en moi, je l'échangeais contre autre chose, je me comportais comme une idiote. C'est ça, quelque chose d'irréparable.

En fait, des choses irréparables, il y en a d'autres. L'une d'entre elles avait commencé quand ma mère avait eu une liaison. Il serait peut-être plus juste de dire lorsqu'elle était tombée amoureuse, ce qui dépasse la simple liaison. Si j'abordais le sujet avec Kirarin, elle dirait vraisemblablement quelque chose comme : « Ça n'a rien d'extraordinaire. Ça arrive tous les jours. » Puis elle me donnerait d'autres exemples de gens qui ont des liaisons. Toshi compatirait avec ma mère et dirait : « Même les mères tombent amoureuses au moins une fois. » Seule Yuzan la délicate regarderait ses pieds, ne faisant aucun effort pour trouver les mots justes.

Si le lombric avait découvert que sa mère avait eu une liaison, il l'aurait peut-être quand même détestée, mais je me demande s'il l'aurait tuée. Même s'il était sur la bonne voie pour réaliser quelque chose qui ne peut être défait.

Je pouvais supporter que Maman ait une liaison. Pas pour les raisons de Kirarin – que c'est un événement banal, pas de quoi se faire du souci. Ni pour les raisons de Toshi – que tout le monde devrait être libre de tomber amoureux. Je ne l'acceptais pas à cause d'arguments rationnels comme ceux-là. Plutôt, je pardonnais l'impardonnable parce que j'aimais ma maman plus que tout, donc j'acceptais ce qu'elle faisait. En d'autres termes, je me soumettais à elle, un peu comme j'acceptais de prendre le train tous les jours pour aller à l'école. Si on n'est pas assez fort pour lutter contre le destin, il faut accepter ce qui advient. C'est une chose qui ne peut être défaite.

Quand mon petit frère a commencé l'école, ma mère, qui avait quitté son emploi des années auparavant pour élever ses enfants, a décidé de retourner travailler. Ma mère était productrice free-lance. À l'époque, je ne savais pas ce qu'impliquait ce travail, c'était juste ce qui était marqué sur sa carte de visite. Ce n'est pas comme un producteur de cinéma ou de télé, m'expliquait-elle : elle créait des plans commerciaux, elle mettait des gens en relation les uns avec les autres. Je n'avais jamais connu qu'une seule image de ma mère, et je me souviens que ç'a été un choc de découvrir cette facette complètement différente. À trente-huit ans, elle était encore jeune et belle. C'était une forte personnalité, débordant d'énergie. Comme elle n'hésitait pas à se disputer avec mon père, on peut dire sans exagération que, dans notre famille, c'était elle qui portait la culotte. Mais il faut dire que je n'étais pas encore devenue la personne « compliquée » que je suis maintenant.

Maman n'avait pas travaillé pendant si longtemps parce que Papa ne voulait pas qu'elle retourne au boulot avant que mon petit frère ne commence l'école. Je me souviens, lorsque mon petit frère est allé à l'école publique du quartier, de Maman et de Papa qui se disputaient le jour de la rentrée. Maman voulait inscrire mon frère aux cours du soir, mais Papa avait pitié de lui et disait qu'il était trop jeune. J'écoutais dans la pièce d'à côté et je pensais : Non, mais attends ! Si tu as pitié de lui, pense un peu à moi, qui prends ce train bondé tous les jours de la semaine ! Mais Papa était sûr d'avoir pris la bonne décision en m'envoyant à une école privée coûteuse pour y bénéficier d'une meilleure éducation. Même si je lui avais raconté comment les choses se passaient vraiment pour moi, je pense que son assurance serait restée inébranlable.

Je dois dire tout de suite que ce ne sont que des conjectures. Je ne sais pas exactement ce que pensent mes parents de mes allers-retours et des activités extrascolaires de mon petit frère. Mais je crois que mon père, qui travaille dans une banque, est du genre à avoir des préjugés bien enracinés contre les crèches, les programmes extrascolaires et tout, et pensait, sans le dire, que les enfants dont la mère travaille sont voués à l'échec. Depuis mon enfance, Maman et Papa se disputaient à ce sujet, et elle lui cédait.

Ils ont fini par envoyer mon frère à un cours de boulier, à un club de natation, et à divers autres cours afin de combler son temps libre après l'école. À partir de la deuxième année, on l'a envoyé suivre des cours intensifs, arguant qu'il serait plus efficace de tout consolider dans un même établissement. Depuis, sa vie est faite de cours et d'étude. Pauvre gosse, diraient certains. D'autres pourraient croire qu'il était victime de la vie des adultes. Mais c'était le nouveau style de vie de notre famille.

Je crois néanmoins que ce n'est la faute de personne si mon frère et moi avons mené cette vie sous contrainte. Je comprends que mes parents aient voulu que nous ayons une meilleure éducation, et je comprends très bien que ma mère ait souhaité travailler. Dans une certaine mesure, je comprends même que mon père ait insisté sur le fait que les enfants ont besoin de leur mère à la maison. Tout le monde insistait pour obtenir ce qu'il voulait – c'était le seul moyen. Et notre nouvelle vie, où les désirs de chacun devaient faire l'objet de compromis, a commencé lorsque mon petit frère est entré à l'école.

Je ne peux pas dire avec certitude à quel moment ma mère, qui travaillait désormais, a commencé à changer. Peut-être au début du printemps, juste après ma deuxième année de collège. Brusquement, elle a cessé de rentrer le soir pendant les week-ends (en tant que free-lance, elle avait souvent un emploi du temps irrégulier). Quand je lui posais la question, elle me disait qu'ils étaient charrette et devaient souvent faire des nuits blanches. L'un d'entre nous trouva-t-il jamais le courage d'aller à son bureau pour vérifier son histoire ? Allons donc.

Je m'inquiétais de la manière dont Maman s'était mise à parler et à se comporter, de la façon dont elle regardait dans le vide la moitié du temps. J'avais l'impression que, quand elle était à la maison, elle songeait à une destination lointaine, et ça commençait à nous faire peur. Parce que, comme je l'ai dit, à la maison, c'était Maman qui commandait. Notre vie a peut-être changé à cause de ses désirs à elle, et pas de ceux de Papa. D'ailleurs, elle a beaucoup plus de charme et de caractère que lui.

Chaque fois qu'elle partait en déplacement, j'avais peur qu'elle ne revienne pas et je faisais des cauchemars terribles. Je me souviens encore de l'un d'entre eux, dans lequel elle était morte. Elle était morte, mais elle me parlait encore, répétant sans cesse la même phrase : « Il faut que j'y aille. » Je croyais que je n'allais plus jamais la revoir et j'étais tellement triste que c'était insupportable. Dans le rêve, j'essayais de la retenir et je pleurais. J'avais toujours besoin d'elle.

Maman revenait toujours de ses déplacements, mais elle avait l'air triste – elle avait changé. Je sentais qu'il se passait quelque chose en elle, mais je n'avais pas le courage de lui poser la question directement. Lors de leurs querelles, j'imaginais qu'elle était triste parce qu'elle voulait divorcer, mais je ne comprenais pas pourquoi ce désir de quitter Papa était si fort. Il était têtu, certes, mais sinon c'était un homme bien. Les adultes faisaient des trucs vraiment bêtes, mais pour moi ils restaient des énigmes, ce qui me faisait souffrir. C'est alors que j'ai décidé que si je voulais savoir ce qui se passait vraiment, il fallait que j'enquête.

Un jour – j'étais en deuxième année de collège – j'ai piqué son portable dans son sac à main pendant qu'elle dormait. Il y avait des tonnes d'e-mails d'un type en particulier.

> « Pardon de n'avoir pu t'appeler aujourd'hui. J'étais tellement pris par le travail que je n'ai pas trouvé un instant pour t'appeler. La prochaine fois que je te verrai, j'aurai plein de choses à te raconter. Je ne pense qu'à toi. Bonne nuit. Je t'aime ! »

> « Je pensais à toi, et à ce que tu as dit. Nous deux, nous sommes comme des plantes aériennes. Nos racines ne se développent pas dans la terre. Ce qui me fait penser : qu'est-ce qui nous unit ? L'amour seul suffit-il à nourrir une vie ? Je ne sais pas. Je t'aime. »

Bref, Maman était amoureuse d'un inconnu. Enfin, j'ai soudain compris qu'elle nous avait tous abandonnés : Papa, moi et mon petit frère. Ce n'était plus la mère que j'avais connue. Je m'acharnais comme une folle à trouver en elle des traces de cette mère fantôme, parce que désormais elle vivait dans un monde fait d'elle-même et de ce type. Dès que j'ai tout découvert, j'ai noté le nom et le numéro de portable du type, puis je l'ai appelé.

– C'est la fille de Mme Terauchi à l'appareil, lui dis-je d'entrée de jeu. Quel genre de relation avez-vous avec ma mère ?

Le type ne savait pas quoi dire.

– Je travaille sous la direction de Mme Terauchi, finit-il par répondre. Je suis heureux d'avoir la possibilité de collaborer avec elle et j'ai beaucoup de respect pour elle. C'est la seule relation que nous ayons.

C'était donc un type plus jeune qui bossait à son bureau. Je me souviens que Maman avait parlé d'un mec sympa qui avait une fille du même âge que Yukinari. Soudain, j'ai eu comme une sensation de vide.

– Je comprends, ai-je répondu. Très bien.

Je n'ai posé aucune question à Maman, mais le type avait dû l'appeler parce qu'elle est venue me voir dans ma chambre peu après.

– Ce n'est pas ce que tu penses. Ne t'inquiète pas, il n'y a rien entre nous.

Ses yeux la trahissaient, mais je lui ai fait un signe de tête. J'avais toutes les preuves qu'il me fallait. Les e-mails. Le fait qu'elle ne rentrait pas. Les conversations en cachette sur son portable. Le ton abrupt et cassant qu'elle et Papa prenaient quand ils se parlaient.

Mais les choses ne sont pas allées plus loin. Je ne voulais pas perdre ma mère, malgré la peine et l'humiliation que ça impliquait, je ne pouvais que céder. J'ai opté pour l'humiliation.

– C'est bon, je comprends, lui ai-je dit.

– Ça me fait plaisir de l'entendre.

Elle semblait mal à l'aise, mais quand elle a compris qu'on n'avait plus rien à se dire, elle est sortie de ma chambre.

Maintenant, un an après, Maman rentre toujours très tard. Maman qui ment, et moi qui fais semblant de ne rien remarquer. Je suis peut-être puérile. Non, ce n'est pas ça. Je ne veux certainement pas entendre le bruit de notre relation – celle que j'ai avec ma mère – qui s'effondre. Je ne peux pas lui faire confiance, mais il le faut si je veux tenir le coup. Je vais peut-être devoir repenser toute cette histoire de confiance.

Je me suis mise à éviter Papa. La haine que j'avais pour Maman avait déteint sur lui. Je ne pouvais pas exprimer directement la haine que je ressentais pour elle parce que je ne voulais pas la perdre. Toujours égal à lui-même, Papa orientait vraisemblablement sa propre haine pour ma mère vers mon frère et moi pour les mêmes raisons. Un coup oui, un coup non, cette haine, tordue et mal dirigée, ça m'étouffe.

Je cache ma méfiance vis-à-vis de ma mère et fais de mon mieux pour lui faire confiance et l'aimer. Mais ça ne mènera peut-être à rien. Comme j'aime quelqu'un à qui je ne peux plus faire confiance, je n'ai plus confiance en moi. Je suis sûre que c'est comme ça quand les parents abusent de leurs enfants. Les gamins ne font plus confiance aux parents qu'ils aiment, mais ils les acceptent et finissent donc par ne plus avoir confiance en eux. Tu vois, le lombric ? Voilà ce que c'est, l'irréparable. Ce n'est pas simplement tuer sa mère.

Je regarde ma montre. Vingt-trois heures. L'air est pollué, le ciel autour du croissant de lune déformé. Maman n'est toujours pas rentrée. Je prends une carte téléphonique dans le tiroir du bureau. Depuis que j'ai un portable, je ne les utilise plus beaucoup. Celle-ci n'a jamais servi ; elle contient encore cent unités. Je fourre dans ma poche les clés de la maison, mon portable et la carte téléphonique, file dans l'entrée et écoute ce qui se passe dans le reste de l'appartement. Mon petit frère est dans sa chambre en train de surfer sur Internet, comme d'habitude, tandis que Papa ronfle dans le salon – le bruit est solitaire.

Vêtue d'un T-shirt et d'un short, j'ouvre la porte de l'appartement. L'air est lourd, pas le moindre souffle de vent. Tout le monde dans le quartier doit être couché, car il n'y a pas un chat. Mais, à Karuizawa, le lombric et Kirarin veillent encore : ils planifient le meurtre du père du lombric. Dans mon cœur, j'ai déjà tué ma mère il y a bien longtemps et à de nombreuses reprises.

J'arpente la rue à la recherche d'une cabine téléphonique ; mes sandales claquent sur le bitume chaud. Le revêtement du trottoir n'a pas encore eu le temps de refroidir. Il y a deux cabines, l'une à côté de l'autre, devant la gare. Elles sont éclairées par une rampe de néons pâles ; trois taxis sont alignés devant, a attendre des courses. Est-ce qu'on pourra établir que l'appel venait de là ? Je me retourne, cherche du regard une cabine dans un coin un peu plus sombre, en repère une à côté d'une supérette. À travers la vitrine, je vois plusieurs clients qui traînent dans les allées. Je respire à fond et sors la carte.

– Ici police secours. Quelle est la nature de votre urgence ?

La voix nasillarde d'un vieux, pleine de méfiance. Je me jette à l'eau et lui parle.

– J'ai quelque chose à vous dire concernant le garçon qui a tué sa mère avec une batte de base-ball.

– Qu'est-ce que vous voulez signaler ?

Je remarque, non sans une pointe de plaisir, que le ton de sa voix est devenu sérieux.

– Je sais où se trouve le garçon. J'ai appris qu'il se cachait dans un chalet de vacances vide à Karuizawa.

– Et quel est votre nom ?

– Je ne peux pas vous le dire.

Je raccroche vite. Il faut que je parte, sinon ils localiseront l'origine de l'appel. J'hésite à cause des empreintes digitales sur le combiné, puis je me dis que ça n'a aucune importance ; quand le lombric et Kirarin se feront prendre, ils consulteront le journal des appels et trouveront mon nom de toute façon. Par contre, je n'ai pas donné à la police le nom de Kirarin, dans l'espoir qu'elle arrive à s'échapper avant que le lombric se fasse arrêter.

Quand j'arrive à notre immeuble, quelqu'un attend devant l'ascenseur. Maman. Pull noir sans manches et pantalon blanc. En m'approchant d'elle je sens un parfum qui n'est pas celui du savon qu'on utilise à la maison. Je détourne le regard.

– Qu'est-ce que tu fais dehors à cette heure-ci ?

– J'ai passé un coup de fil et j'ai balancé quelqu'un.

Ma mère devient toute blême en entendant ça.

– Qui as-tu appelé ?

– Quelle importance ?

Je glisse mon bras dans celui, tout raide, de ma mère. Je me dis que je ne dois pas la blesser.

7

KIRARIN, 2e PARTIE

Vers neuf heures du soir, nous entrons dans une baraque à nouilles le long de la nationale 18. Je voulais manger dans un restaurant ordinaire, familial, mais les endroits de ce genre, trop bien éclairés, n'auraient fait que montrer à quel point le lombric était crade et mal habillé, et je n'avais pas envie d'y aller en sa compagnie. Il faut croire que je commence à être plutôt rosse avec lui. À mes yeux, c'est une idole déchue.

La clim tournant à plein régime dans la salle, il fait tellement froid que j'en ai la chair de poule. Mes bras nus sont gelés. Mais le froid ne me dérange pas autant que la faim qui me torture et me fait déglutir ma salive. Le lombric s'assoit, inerte, et boit un verre d'eau, mais je crève de faim et commande deux *ramen* au porc.

Depuis hier soir, le lombric passe son temps à se morfondre alors que je suis d'excellente humeur.

On nous tend nos *ramen* par-dessus le comptoir. Comme le font les mecs, je saupoudre généreusement le mien d'ail en flocons et de piment rouge, puis je ramène vers moi le ramequin avec les poireaux émincés et le gingembre mariné et en vide aussi un peu dans ma soupe. J'y rajoute tout ce qu'il y a de comestible en vue et touille l'ensemble avec mes baguettes. Du bouillon rose clair je démêle quelques nouilles. Avant même de pouvoir les engloutir, j'en ai tellement l'eau à la bouche que des gouttes de salive tombent dans mon bol. Je n'ai jamais eu aussi faim de ma vie. Je suis impatiente de bâfrer tout ça, mais je garde le contrôle et bois quelques lampées de bouillon. Je commence à transpirer et, tout en m'essuyant le front de la main, j'avale mes nouilles sans les mâcher. J'ai tellement les crocs qu'il me faut un moment avant de m'apercevoir que le *ramen* est délicieux.

Comme je suis partie de chez moi la veille dans l'après-midi, c'est la première fois depuis plus de trente heures que je mange quelque chose. Pas étonnant que je trouve ça si bon. Normalement, je ne touche jamais au gras des tranches de porc, mais là j'engloutis tout. Je ne laisse rien – du gingembre mariné et son rouge contre nature au bouillon plein de glutamate et brillant de gras sous les néons. Assis à côté de moi, le lombric ne bouge pas et regarde fixement son bol, ses baguettes jetables encore soudées l'une à l'autre.

– Qu'est-ce qui ne va pas ?

Je n'ai pas posé ma question par gentillesse, mais parce que je me dis que si l'appétit lui manque, je pourrai peut-être taper dans son *ramen*. Il ne répond pas.

– Si tu ne comptes pas manger ça, donne-le-moi.

Jusqu'ici perdu dans ses pensées, le lombric me dévisage. Me regarde comme pour dire : « Tu es encore là ? » Bien sûr que je suis là. Tu m'as kidnappée, tu te rappelles ? C'est toi qui m'as agressée dans le *love hotel*, alors qu'est-ce que tu viens me chanter ? Il n'a aucune confiance en lui ; gauche et long à la détente, il n'a pas eu le courage de me séduire, embrassait comme un pied et n'a même pas réussi à me déshabiller. Un loser de première. Un empoté, maladroit comme pas deux. Non mais ! Pourquoi je perdrais mon temps avec un type pareil, d'abord ? Je le méprise et m'en désintéresse – déjà. Le lombric visiblement cool qui s'en allait pédalant sous un soleil de plomb a disparu depuis longtemps.

Hier soir, toutes ses menaces et ses moqueries lui sont un peu montées à la tête. Il a réussi à s'allonger sur moi, mais quand je me suis raidie et qu'il a compris qu'il n'arriverait à rien, tout à coup, il s'est mis à crier :

– Pourquoi rien ne se passe jamais comme je veux ?

– Évidemment que ça ne se passe pas comme tu veux. Tu espérais quoi ?

J'étais en colère. Je veux dire, non mais quoi, sans déconner ! Est-ce que les choses se passent jamais comme je le veux dans ma vie ? Les mecs qui essaient de me draguer sont tous des connards, et ceux qui me plaisent vraiment ne m'auraient même pas donné l'heure. C'est comme ça pour tout le monde – on court sans cesse entre désir et réalité, ballottés par la vie. Tout d'un coup, ça m'a mis vraiment en rogne qu'un type comme le lombric se moque de moi, qu'un minable comme lui puisse me rabaisser.

– Je ne coucherais pas avec toi, même si tu me menaçais avec ton couteau de boucher. Plutôt crever. Tu es le pire loser que j'aie jamais vu. Dépêche-toi de me tuer, qu'on en finisse !

J'étais sûre que j'allais me faire poignarder, mais au lieu de ça c'est une voix piteuse qui m'a répondu.

– Mais pourquoi ?

En une seconde les rôles s'étaient inversés. Je me suis assise et je l'ai envoyé promener. Il est tombé la tête la première sur la moquette crasseuse et tachée. J'ai ricané de mépris tellement il avait l'air idiot. Gonflée de pouvoir et de courage, j'ai crié encore un coup.

– T'as cru que tu faisais quoi, espèce de puceau ! Je ne couche qu'avec des mecs cool. Et toi, tu es un crétin dégueulasse. Si tu veux me tuer comme ta mère, faut pas te gêner. Si c'est ce que tu dois faire, fonce. C'est facile. Le sang va gicler, je vais souffrir, puis je vais mourir, point. Je vais mourir en te détestant. Alors vas-y… je m'en tape. C'est moi qui ai décidé de venir voir un connard comme toi, donc je suis responsable. Ce qui me distingue de Terauchi.

Il est resté silencieux, accroupi dans le noir. Puis très vite j'ai entendu des sanglots. Quelle mauviette, me suis-je dit. Vas-y, chiale. J'ai sorti de son sac à dos la boîte plate qui contenait le couteau de boucher. La source de son assurance déplacée. Le principe directeur de ses rêves idiots. J'ai glissé la boîte, avec le couteau encore à l'intérieur, dans l'interstice entre le lit et le mur. Pas moyen que je le laisse remonter sur le lit. Ou remettre la main sur le couteau.

– T'es vraiment un minable. Tu as tué ta mère et tu m'as persuadée de te rejoindre, tu as fait le beau gosse avec Terauchi et dit que tu allais tuer ton père. Tu prends un peu les filles pour des connes, hein, tu te crois tellement plus intelligent. Tu te prends pour le centre du monde. Vraiment, quelle enflure tu fais !

– Ne… ne fais pas l'idiote, a-t-il gémi. (Puis il a levé son menton pointu vers moi.) Soit… que veux-tu que je fasse ?

– Je vais appeler mon ex et je veux que tu le menaces. Si tu t'en sors bien, je te rendrai ton couteau. Et je paierai l'hôtel.

– Mais je lui dis quoi ?

Il s'était transformé en un automate bon à rien. J'étais folle de joie d'être aux manettes. C'est agréable de voir un mec à l'ego surdimensionné se faire remettre à sa place. J'avais le sentiment de pouvoir tout faire – même les pires idioties, bassesses et méchancetés. J'ai décroché le combiné du vieux téléphone filaire à côté du lit. Il était d'un rose nacré immonde. J'ai pressé la touche pour obtenir une ligne extérieure et martelé sur le clavier le numéro que je connaissais encore par cœur. Le portable de Wataru.

– Quand tu auras ce type qui s'appelle Wataru au bout du fil, dis-lui ça : « Enfoiré. Si tu continues, je vais te tuer. Tu ferais mieux d'aller voir si ta grande sœur est bien à l'abri à la maison. Et ta meuf… elle, on va se la faire tourner. Alors t'as intérêt à faire gaffe. »

Je n'avais même pas pris le temps de vérifier que le lombric avait tout retenu parce que j'avais trop hâte d'entendre la voix de Wataru. Cette voix que j'aimais encore.

– Allô. Qui est à l'appareil ? Allô ? Quel numéro demandez-vous ?

J'ai réprimé le désir d'entendre plus longtemps sa voix et j'ai fourré le combiné dans les mains du lombric. Il a d'abord hésité, mais, comme je le poussais, il s'est mis à débiter son truc à voix basse :

– C'est Wataru ? Moi, je suis un assassin. Sans déconner. J'ai buté ma vieille. C'est vrai. Je l'ai défoncée à coups de batte. Je lui ai éclaté la tête bien comme il faut. Tu ne peux pas dire que tu n'en as pas entendu parler. C'est dans le journal… t'as qu'à vérifier. Et toi ? Tu as déjà tué quelqu'un ? Ça m'étonnerait. Moi, je suis en train de baiser ton ex, là. Tu ne sais pas avec qui je suis ? Elle te déteste à mort. D'ailleurs, elle veut te tuer. Toi et toute ta famille… ton père, ta mère, ta sœur, ta jolie petite meuf et tous tes potes… elle dit qu'elle veut exterminer tout ce monde-là. Comme tu l'as trahie, elle dit qu'elle veut vous faire disparaître de la face du monde. C'est sa seule ambition dans la vie. Et elle veut que je le fasse pour elle. Tu m'écoutes, Wataru ?… Tu parles si je suis sérieux ! Je parie que tu ne savais même pas que quelqu'un voulait tellement que tu meures. Tu croyais que tu étais comme n'importe quel autre mec, hein ? Tu me fais marrer, tiens. Maintenant que je sais ce que tu as fait, tu m'étonnes que je vais tous vous tuer. Alors tu ferais mieux de te préparer, enfoiré.

Au début, je me suis dit : Bien fait pour lui, en écoutant ça, mais le lombric en a tellement rajouté que ça a commencé à me filer la trouille. Je lui ai fait signe qu'il valait mieux raccrocher, je lui ai pris le téléphone des mains et là, je me suis aperçue que Wataru avait raccroché depuis longtemps. Quelle andouille !

– Il a raccroché. Refais le numéro.

Je me suis exécutée. À ce stade, je me fichais de savoir si l'appel serait localisé, s'il nous dénoncerait à la police, ou que sais-je encore. Mais j'ai eu beau laisser sonner, Wataru n'a pas décroché. Merde… je commençais à être vraiment en pétard et je me suis défoulée sur le lombric.

– Tout ça, c'est de ta faute. Tu m'as mêlé à tes histoires et ça m'a rendue méchante. C'est toi, la source de tous les maux, tu sais ? Tu es la cause de toutes ces emmerdes. J'en ai ras le bol. Je rentre à la maison. Retrouver le monde ordinaire où tu ne pourras jamais revenir.

– Le monde où je ne pourrai jamais revenir. Tu veux dire qu'on m'a exclu ?

Il a levé la tête et posé sur moi un regard dur. Dans le noir, ses yeux scintillaient.

– Mais c'est toi qui as décidé de le quitter.

Il a poussé un soupir.

– Je… j'ai peur. Je t'en prie… j'ai besoin que tu restes avec moi.

C'était la deuxième fois qu'il rendait les armes. Quelle mauviette ! Comment aurais-je pu ne pas me sentir supérieure ? Il était faible, j'étais forte, c'était aussi simple que ça. Cette nuit-là représente un tournant qui m'a vraiment transformée. Je me suis sentie victorieuse, comme si j'avais terrassé un ennemi. Et pourtant, j'étais un peu mal à l'aise. Peut-être que j'étais entrée dans son monde, finalement. Peut-être que c'est pour ça que j'avais passé ce coup de fil menaçant à Wataru. Mais… est-ce que c'est vraiment moi ? Suis-je vraiment devenue quelqu'un d'aussi abominable ?

J'ai quasiment fini de manger, mais le lombric est encore affalé au-dessus de son bol de nouilles.

– Je viens de me rendre compte que je n'avais aucun appétit, me dit-il.

– Je parie que c'est parce que tu penses à ta mère, lui renvoyé-je à mi-voix d'un ton sarcastique. Tu regrettes ce que tu as fait et ça te fait peur.

Il est face à moi, mais ses yeux regardent ailleurs.

– Je me demande. Je… je ne sais pas.

– Quoi qu'il en soit, ça m'est vraiment égal et… où est passé tout ton baratin militaire ?

– Trop de boulot.

Je sens une montée d'adrénaline.

– Je prends ça.

J'échange mon bol vide contre le sien. C'est la première fois de ma vie que je vole la nourriture de quelqu'un d'autre. Mes parents ayant toujours mené une vie plutôt confortable, bien se tenir à table est une sorte de devoir qu'on m'a inculqué. *Mange ta viande, finis toutes tes carottes.* Vous connaissez la chanson. Maman retirait toujours le gras du porc ou du bœuf et enlevait la peau du poulet. Pour les petites faims, on avait des petits gâteaux faits maison ou du riz au lait, et elle me préparait toujours elle-même le déjeuner que j'emportais à l'école. Je n'aime pas le jaune d'œuf, alors elle me faisait toujours des œufs au plat spéciaux, où elle ne mettait que les blancs. Mais maintenant, je suis une vraie chipie. Je m'accroche au bol de *ramen* que le lombric n'a pas touché en pensant : *Yes !* Il me vient alors une drôle d'idée : est-ce vraiment le genre de fille que je suis ? Et cela englobe ce qui est arrivé la veille.

Sans rien d'autre pour l'occuper, le lombric est impassible, absorbé par la télévision. À l'émission qui passe, on a invité les NaiNai. Ensuite il y a une pub pour Geos, avec Okamura qui parle anglais, mais le lombric regarde toujours fixement l'écran comme si ça le fascinait. Je comprends ce qu'il peut ressentir. C'est comme s'il regardait un monde avec lequel il n'a plus aucun rapport. Le poste graisseux est lui-même posé sur un petit meuble kitsch et coloré, le genre qu'on peut trouver dans un supermarché. Les étagères débordent de magazines de mangas écornés que les autres clients – des jeunes types, des routiers à en croire leur dégaine, et un monsieur plus âgé habillé comme un randonneur et qui a l'air du gérant du motel du coin – vont chercher et ramènent à leurs tables.

– Il y a quelque chose qui cloche chez toi, tu sais ?

– Qu'est-ce que tu veux dire ?

– C'est comme si tu avais perdu toute ta confiance en toi.

– Genre…

Il joue les durs, mais quand il a été question d'entrer par effraction dans un chalet de vacances, il s'est complètement planté. C'est lui qui avait suggéré qu'on s'y introduise et qu'on y reste quelque temps, mais c'est moi qui l'avais choisi. J'en avais repéré un beau, avec un joli toit rouge. Mais au moment même où il cassait la fenêtre de la salle de bains avec une pierre, une sirène stridente s'est déclenchée et un gardien s'est pointé dans un 4 × 4. Comment j'étais censée savoir, moi, que les chalets ont des systèmes d'alarme ?

On a dévalé la route de montagne dans le noir. Finalement,

on est revenus sur la nationale, mais on n'avait nulle part où aller. Il ne nous restait qu'une dizaine de milliers de yens que je ne voulais pas les dépenser dans un autre *love hotel*, et le coup du chalet vide n'avait pas fonctionné. C'est là que le lombric a commencé à se conduire comme si ses batteries étaient complètement à plat. Il a laissé tomber son numéro débile de petit soldat, et ses yeux sont devenus vides. Il faut que tu manges quelque chose, lui ai-je dit, et j'ai essayé de le réconforter en proposant de l'inviter à dîner. Peu importe ce que je pourrais me raconter, la raison véritable qui m'a empêchée de rentrer à la maison sur-le-champ est bien que je trouvais plus intéressant d'assister au déclin progressif du lombric. Ou peut-être devrais-je dire que ça me plaisait de le mener par le bout du nez. Je n'avais jamais eu conscience de ce côté cruel chez moi. Peut-être que la chose que je regrettais vraiment de ma relation avec Wataru était que lui ne m'obéissait pas au doigt et à l'œil, il y avait ce pan de ma personnalité que je n'avais jamais remarqué avant. Et je commençais à penser que, peut-être, il me plaisait bien. Une Kirarin plus forte que n'importe qui d'autre ? Plus forte que Toshi, que Yuzan, que Terauchi ? Une femme méchante ? Peut-être que j'avais enfin découvert ma véritable identité.

– Dès que tu auras fini, on se barre d'ici.

Le lombric me donne un petit coup dans les côtes. Son coude effleure ma poitrine et je fais la grimace.

– Arrête ça, espèce de pervers ! Je ne veux rien avoir à faire avec toi.

– Pardon, dit-il timidement.

– On va où en sortant ?

– Dans une supérette. J'aime bien.

Il promène un regard inquiet à l'intérieur de la salle. On paie l'addition et lorsqu'on ressort, le ciel est plein d'étoiles. On ne l'avait pas remarqué avant, peut-être parce qu'il faisait encore un peu jour. Je lève la tête vers le ciel assombri, il y a une montagne dans ma vision périphérique. Le mont Asama. Je ne le vois pas en entier, on dirait un monstre immense accroupi au loin et qui se fond dans l'obscurité. De nuit, une montagne comme celle-ci est effrayante. Ça me rappelle le lombric, hier, accroupi au bord du lit, et ses yeux qui scintillent dans le noir. Je me dis que c'est vraiment un type bizarre et je frissonne. Au fond de moi, j'ai envie de le fuir.

– Tu penses que je devrais tuer mon père ?

Il me demande ça alors qu'on avance d'un pas lourd le long de la nationale, en direction d'une supérette qu'on voit éclairée au loin.

– Si tu as envie de le tuer, pourquoi pas ? Je n'ai rien à voir là-dedans. Il faut que tu le fasses, sinon tu n'auras pas l'impression de t'être vengé de lui, pas vrai ?

– J'imagine. Ouais, je crois que tu as raison. Mais je ne comprends pas pourquoi il faut que je tue pour régler mes comptes. À ton avis, pourquoi ?

Il est devenu totalement introspectif et maussade. Et moi arrogante. Allez comprendre.

– Ne me demande pas. C'est quelque chose que tu dois comprendre tout seul. Donc, pourquoi as-tu tué ta mère ? Pour ne plus être l'enfant de quelqu'un ?

Il s'arrête et pousse un grand soupir. Sa solitude m'atteint comme une vibration dans l'air, mais je me détourne de lui pour lui montrer que je ne marche pas. Le lombric dans son monde. Tous les autres sont encore dans le mien. Tout le monde, sauf Wataru. Hier soir, j'étais persuadée d'être dans son monde, mais je me trompais. Je n'ai tué personne. Je me sens un peu soulagée. Dans le noir, je l'entends marmonner.

– Tu as parfaitement raison, Kirarin. Peut-être que je cherche à couper les ponts avec tout le monde. Le fil ou autre chose qui me relie encore au monde, la preuve inutile que j'existe.

Au moment où je l'entends dire mon nom, j'ai une drôle d'impression. Un sentiment de gêne. *Ce monde-ci – l'autre monde.* De quel côté suis-je donc ? À le suivre dans l'obscurité de ce plateau encadré par les montagnes, je n'en suis pas sûre.

Tout à coup, mon téléphone se met à sonner. L'écran orange s'éclaire du nom de mon correspondant : Wataru. Peut-être a-t-il compris que c'est moi qui l'appelais hier soir. Le lombric, qui marche devant, se retourne et me jette un regard soupçonneux. J'essaie d'éviter que mon cœur ne s'emballe et je décroche.

– C'est moi. Wataru. Ça va?

Il m'a tellement manqué que je suis à deux doigts de fondre en larmes.

– Oui, je vais bien. Ça fait tellement longtemps! Un an et demi?

Ma voix est naturellement montée de quelques tons. Le lombric attend un peu à l'écart, tourné vers moi.

– Oui, je crois que c'est à peu près juste. Tes concours d'admission approchent, c'est pour l'année prochaine, non?

Wataru est déjà entré à la fac de droit de Waseda. Ce qui explique qu'à l'origine je pensais essayer d'intégrer là-bas, mais qu'ensuite j'ai laissé tomber et décidé de me contenter d'une école spécialisée. Ma mauvaise conscience est telle que j'ai du mal à m'exprimer.

– C'est ça.

– Tu t'y prépares?

– Si on veut…

– Eh bien, bonne chance. Tu sais quoi? Hier soir, j'ai reçu un appel étrange. J'ai pensé que ça avait peut-être quelque chose à voir avec toi, du coup j'ai commencé à me faire du souci pour toi.

– Quel genre d'appel?

– Laisse tomber. Je ne veux pas en parler. Ce n'était qu'une blague, mais ça m'a inquiété et j'espère qu'il ne t'est rien arrivé de grave.

– Tu t'es inquiété pour moi? Ça me fait très plaisir.

Les larmes m'en montent aux yeux. Je t'apprécie toujours, Wataru. Je t'aime. Je me sens tellement seule et triste que ça me fait mal. Je me sens coupable aussi, pour cette chose horrible que j'ai faite par jalousie. La chose que j'ai faite et qui a sali Wataru, le prince charmant.

– Mais pourquoi tu t'inquiétais? Il ne m'est rien arrivé.

– Le type qui m'a appelé m'a parlé d'une fille avec qui j'étais sorti, or tu es la seule. Il l'a dit très clairement… *ton ex.* Alors je me suis dit qu'il devait te connaître. J'ai cru que tu fréquentais peut-être un gars un peu louche. Mais si tu vas bien, c'est parfait.

C'est alors que j'ai cette révélation : j'ai perdu Wataru à jamais. C'est lui qui m'a dit qu'il m'aimait plus que tout ; pourquoi ai-je refusé de lui faire encore confiance ? Je veux parler plus longtemps avec lui et je suis en train de chercher les mots justes quand il me dit : « Bon, salut », et raccroche. Je fixe l'écran, anéantie. L'appel tout entier n'a duré que trois minutes et vingt secondes.

– Qui c'était ? me demande le lombric.

– Ça ne te regarde pas.

Ça l'agace et, de dépit, il appelle Terauchi. C'est bon, me dis-je. J'ai compris. On ne sort pas ensemble ni rien, du coup, quand on n'est que tous les deux, c'est comme si j'étouffais. Il faut que je respire. Je sais que c'est idiot, mais je ne peux pas me débarrasser de cette tristesse et suis de plus en plus déprimée. Je suis là, à marcher dans le noir, dans cet endroit où je ne suis jamais venue, avec un type que je viens de rencontrer. Enfin quoi, qu'est-ce qui ne va pas chez moi ?

Le lombric prend des airs ravis tandis qu'il parle à Terauchi. L'imbécile. « Je veux vraiment que ça soit original », lui dit-il. Il est découragé, mais tente de faire bonne figure. Tandis qu'il bavasse, je réussis à avoir Toshi. Elle me dit qu'elle a vu le lombric sur Internet. Dans l'autre monde. Le monde où se trouvent Wataru, Toshi et Tarauchi… Le monde des concours, des sorties avec les garçons, de Shibuya, de mes amies. Je ne peux plus revenir, (&idem) Terauchi. C'est ce que je ressens, mais je me force à paraître tout enjouée et sautillante tandis que je lui parle en essayant de résister à la douleur d'avoir perdu Wataru et d'être bannie à jamais de leur monde radieux.

Après, on s'arrête dans une supérette pour acheter des plateaux-repas et des boissons, et on reste un moment à feuilleter les magazines. Le lombric a pris un bain la veille dans le *love hotel*, mais il commence à cocotter. J'ai peur de me mettre à sentir, moi aussi. Je n'ai peut-être aucune part dans sa culpabilité, mais je commence à croire que nous avons certains points communs. Alors qu'on est en train de sortir du magasin, j'attrape une bombe de déodorant et je m'en asperge les aisselles pendant que tout le monde a le dos tourné. Pile à ce moment-là, je reçois un message de Teru.

> Qu'est-ce qui t'arrive ? Tu commences à m'inquiéter. Appelle-moi.

Il est trop difficile de dire la vérité, alors je mens :

> Je suis de retour à la maison. Je te raconterai plus tard. N'oublie pas le concert la semaine prochaine. Pas de souci… je vais bien.

Pourquoi est-ce que je commence à trouver que Teru m'enquiquine ? J'ai toujours été fière d'avoir un gentil copain gay à qui je peux tout raconter. Mais je n'ai fait que me servir de son amitié à mes propres fins. Quand j'étais avec lui, j'avais l'air d'être avec un mec, sauf que c'était parfaitement inoffensif et assez amusant. Qui sait ? Peut-être qu'avoir une amie lycéenne était quelque chose dont il était fier, lui aussi. Moi qui étais le type même de la fille noceuse et libérée. Ç'a toujours été une relation assez frivole où on ne se racontait pas du tout nos peines ou nos souffrances. Si Teru avait vraiment été mon ami, j'aurais pu lui répondre quelque chose comme : « À force de traîner avec le lombric, je ne sais plus du tout où j'en suis. J'ai toujours cru que j'étais quelqu'un de bien, mais peut-être qu'en vrai, je suis méchante. Peut-être même pire que lui. Hé, tu peux me prêter de l'argent ? »

– Je veux que tu rentres chez toi.

Je suis en train de regarder fixement le portable quand le lombric, qui est juste derrière moi, me grommelle ça. Je me retourne.

– Pourquoi ?

– Ça ne sert à rien que tu restes avec moi. En plus, je suis un criminel.

Le blanc de ses yeux se découpe dans l'obscurité tandis qu'il me parle. Et tout à coup, comme si ça sortait de nulle part, je me rends compte que rentrer chez moi est la dernière chose dont j'ai envie. Le sentiment est étrange – comme si d'un côté je voulais revenir dans l'autre monde, mais qu'en même temps ça m'était égal que les liens qui m'y rattachent soient à jamais rompus. Ce n'est pas un sentiment de liberté, ni rien de ce genre. C'est juste que je ne veux pas rentrer. Je veux continuer à flotter quelque part entre les deux.

– Mais, hier soir, tu m'as dit que tu voulais que je reste avec toi !

– Donc, tu as envie d'être avec moi ?

– Pas particulièrement.

Il continue son chemin, le sac plastique de la supérette bruissant à chaque enjambée. Je lui emboîte le pas.

Je commence à me rendre compte qu'il y a pas mal de flics dans les parages tandis que nous marchons le long d'une route de montagne, encore une fois vers des chalets et dans l'intention d'en investir un autre. Deux voitures de patrouille nous dépassent, l'une derrière l'autre ; elles viennent des collines en contrebas. La seconde s'arrête devant le chalet le plus proche, un policier en descend et sonne à l'interphone. Le lombric et moi nous cachons dans un buisson de bambous nains et il me pousse du coude.

– C'est pas bon. Ils n'ont pas l'air de rechercher un simple escroc. Quelqu'un a dû nous balancer.

– Mais qui ferait une chose pareille ?

– Tes copines. Elles savent toutes où je suis. Peut-être Yuzan. Je ne l'aime pas beaucoup et je n'ai pas été très sympa avec elle.

Tout à coup, le ton détaché de Terauchi me revient en mémoire. Chaque fois qu'elle parle aussi posément, c'est qu'elle manigance quelque chose. C'est seulement quand elle cherche à cacher ses véritables intentions qu'elle raconte des blagues vaseuses et joue les demeurées.

Alors, cousine, on dirait que l'assassin et toi, vous êtes comme cul et chemise.

Il paraît que vous êtes à Karuizawa ?

– C'est forcément Terauchi ! J'en suis sûre. Toshi et Yuzan t'ont toutes les deux aidé à t'enfuir. Elles ne t'auraient pas dénoncé. Terauchi est la seule à ne pas t'avoir aidé.

– Alors, c'est le genre de fille qu'elle est?

Il semble abattu. Peut-être qu'il regrette de lui avoir donné l'ordre puéril de lui écrire un manifeste.

– Je ne sais pas. Les autres, j'arrive à les cerner, mais pas elle. C'est la seule qui soit imprévisible.

Ce qui veut dire que je ne lui fais pas confiance, j'imagine. Pour la première fois de ma vie, j'ai l'impression de comprendre la relation entre Terauchi et moi.

– Merde. On est mal barrés, maintenant.

J'essaie d'appeler Terauchi, mais son téléphone est éteint. C'est la preuve. Il faut que je me tire de là. Je panique. Il faut que je m'échappe, quoi qu'il en coûte. Je veux dire, si on m'arrête maintenant, je resterai coincée dans ce monde-ci à jamais. Flotter, d'accord, mais pas question de rester piégée. Avant qu'on comprenne ce qui m'arrive, je ne pourrai plus retourner dans l'autre monde – celui où vivait Wataru. Le monde où le soleil brille. Mais pourquoi Terauchi essaie-t-elle de me faire enfermer? Il y a toujours un moment avec elle où une sorte de mimique sévère passe sur ses traits harmonieux, comme une grimace qui laisse tout le monde à la porte. J'y crois pas, Terauchi! Je n'oublierai pas ce que tu m'as fait! La haine me consume.

– Qu'est-ce qu'on doit faire? demande le lombric.

Je le regarde. Il a posé son sac à dos dans les buissons et se tient la tête penchée de côté, perdu dans ses cogitations. On n'a pas le temps pour ça, me dis-je, et je le prends par le bras.

– Il faut décider tout de suite. Si on ne fait pas quelque chose maintenant, on va se faire attraper.

– Je sais, je sais. Mais rien ne me vient à l'esprit.

– On n'a qu'à passer la nuit dans un *love hotel* pas cher et prendre un train pour Tokyo demain matin. Si c'est une ligne locale, on devrait avoir assez.

– Mais où va-t-on aller quand on sera rentrés? (Il jette son plateau-repas par terre.) J'ai tué ma vieille, tu te rappelles? Je n'ai nulle part où aller.

– Alors, allons tuer ton père aussi.

Je me raccroche au plan insensé du lombric. Au lieu de débattre de ce qui est bien ou mal. Je veux me mettre en mouvement, faire quelque chose. Ce n'est que ça.

– Tu m'aiderais à tuer mon père ?

Je hoche la tête.

– Non. Je ne le déteste pas.

Mon esprit ne fonctionne plus. Je reste plantée là avec le sentiment d'avoir tout perdu. Un moustique se pose sur ma jambe nue, mais le chasser me demanderait trop d'effort. Je reste assise, hébétée, et le lombric m'attire brusquement dans ses bras.

– Tu pues, espèce d'idiot ! lui lancé-je.

J'essaie de le repousser, mais il me serre fort et ne veut pas me lâcher. On s'affale dans les buissons. Les jeunes pousses des bambous me rentrent dans le dos. Ça me fait mal. Je m'apprête à le dire, mais avant de m'en laisser l'occasion le lombric plaque ses lèvres sur les miennes, subitement et avec force. Je suis sur le dos et il se jette sur mes seins. Du moment où je décide qu'il peut faire de moi ce qu'il veut, la douleur se change en plaisir. Je relève mon T-shirt et me déshabille de moi-même. Je suis en feu, c'est la première fois que je ressens ça. Comment pouvons-nous faire une chose pareille alors que nous sommes acculés dans une impasse ? On étend nos fringues par terre pour pouvoir s'allonger et on fait l'amour sauvagement, éperdument.

– J'ai faim.

Le lombric, nu, cherche des yeux le plateau-repas qu'il a jeté un peu plus tôt. Il finit par le trouver et revient vers moi. Il est soudain devenu tendre et gentil, et ça me rend heureuse. Tout nus, on mange nos déjeuners ensemble, en se relayant pour boire de l'eau à la bouteille. Après, on refait l'amour, debout, cette fois, avec moi adossée à un tronc d'arbre. J'ai l'impression de le faire avec lui pendant une éternité.

Soudain le faisceau d'une lampe torche passe au-dessus de nous et on entend des voix d'hommes. Peut-être que les flics nous ont entendus parler et repérés. Ils seraient en train de passer les collines au peigne fin pour nous retrouver ? On s'aplatit par terre pour éviter le faisceau. Qu'est-ce qu'on ferait s'ils nous trouvaient là ? Je suis folle de peur. Pas d'être poursuivie par des adultes, d'être découverte comme ça dans les collines, toute nue, en train de faire l'amour et d'être houspillée, accusée. C'est un sentiment proche du péché originel. Comme Adam et Ève.

– Foutons le camp d'ici, dit le lombric dans un murmure.

J'enfile mes fringues à toute vitesse, il me prend par la main et nous dévalons le chemin. Chaque fois qu'une voiture ou un véhicule de patrouille passe à proximité, on se cache dans les buissons. Quand enfin on rejoint la nationale 18, il y a une voiture de flics devant la supérette où on s'est arrêtés.

À ce moment précis, un taxi libre arrive. Je me dis que si je le laisse partir sans nous, je ne pourrai plus jamais m'échapper de ce monde.

– On n'a qu'à rentrer à Tokyo en taxi.

– On n'a pas assez d'argent.

Je regarde droit dans les yeux.

– Ce n'est pas toi qui disais que tu allais prendre un chauffeur en otage ?

Je cours sur la chaussée pour faire signe au taxi. Il ralentit puis s'arrête, et je vois l'air étonné du chauffeur tandis que le lombric me pousse dans le dos.

– C'est parti.

On monte à l'arrière. L'habitacle est saturé de fumée de cigarette et rafraîchi par la clim. Le conducteur, avec sa casquette typique tendue de tissu blanc, est manifestement du coin et se retourne lentement. Un vieux, la quarantaine bien tapée. Une bouteille en plastique de thé est couchée sur le siège à côté de lui.

– Quand je n'ai vu que la fille, j'ai cru à un fantôme ! dit-il. Comme ça, vous sortez ensemble, hein ?

– C'est dépassé, ce mot. On est en couple. (Ma voix chevrote et je ris pour essayer de le cacher.) Je m'excuse, mais nous voudrions aller à Tokyo. Nous devons rentrer à Tokyo tout de suite.

– À Tokyo, à cette heure ?

– Il n'y a plus de trains et on a quelqu'un de très malade ; il faut qu'on rentre. Si vous pouviez nous déposer à Chofu, à la sortie…

Le chauffeur examine le lombric dans son rétroviseur et me paraît surpris l'espace d'un instant. Sait-il qui on est? Inquiète, je me tourne vers le lombric, qui regarde fixement ses pieds, le visage blême. Imbécile. Ressaisis-toi. Je lui donne un coup dans le pied.

– C'est son père, expliqué-je. Il est sur son lit de mort. Alors, s'il vous plaît, emmenez-nous

– Je vois, dit le chauffeur, dont l'expression s'est radoucie. (Mais sa question suivante est tout sauf amicale:) Je m'excuse de vous demander ça dans un moment pareil, mais vous pensez avoir assez d'argent? Je suis passé en tarif de nuit et, pour aller à Tokyo, ça devrait vous coûter dans les cinquante mille yens, facile.

– Ne vous inquiétez pas. Nous avons du liquide.

L'air encore un peu dubitatif, il démarre lentement.

– Je suis content de vous l'entendre dire. J'étais seulement un peu préoccupé parce que vous êtes tellement jeunes!

– S'il vous plaît, emmenez-nous vite. Ne vous en faites pas, on vous paiera.

Il se range lentement sur le bord de la route.

– Désolé, mais... ça ne vous ennuie pas de me montrer votre argent?

L'entêtement du chauffeur m'a vraiment mise en rogne. Je n'ai que dix mille yens, comment vais-je bien pouvoir le payer? Tout d'un coup le lombric se met à crier:

– Si nous n'avons pas assez, mes parents paieront le reste! Alors je vous en prie... mon père est en train de mourir!

Les cris du lombric ont clairement énervé le chauffeur. Il me dévisage avec insistance pour voir de quoi j'ai l'air. Mon T-shirt est tout crotté et couvert de feuilles. Je les balaie vite fait de la main.

– Mademoiselle, s'il vous plaît, ne faites pas ça. Vous allez salir mon taxi.

Ne sachant pas quoi faire, je jette un regard au lombric. D'une main, il fouille dans le sac à dos posé entre ses pieds. Il a récupéré le couteau de boucher. Je retiens son bras et dis d'un ton appuyé:

– Je vais appeler chez moi.

Je n'ai pas le choix, je fais le numéro de la maison. Comme prévu, ma mère, la voix ensommeillée, répond et commence à ronchonner.

– Où diable étais-tu passée ? Tu ne m'as pas appelée, alors j'étais inquiète. Que fais-tu debout si tard ?

– Je suis en route vers la maison, mais apparemment, je n'ai pas assez pour le taxi. Quand j'arriverai, tu pourras payer la course ?

Elle se lance dans une nouvelle tirade et je raccroche précipitamment.

– Elle a dit qu'elle paierait.

Le chauffeur, qui a dû entendre la voix de ma mère, hoche la tête avec réticence et se met en route. Très bien, au moins, on va rentrer à Tokyo. Je suis optimiste – du moment qu'on arrive là-bas, on s'en sortira d'une manière ou d'une autre. Puis le morceau d'*enka* qui passe à la radio s'interrompt brusquement et une voix le remplace, entrecoupée de parasites.

« Un client a oublié quelque chose dans un des taxis. Quelque chose de très volumineux. Ce client est un jeune homme. Je répète, un client a oublié quelque chose dans un des taxis. Un jeune homme. Quiconque retrouve cet objet de grande taille est prié de nous contacter immédiatement. »

Le chauffeur lève les yeux vers son rétroviseur. Je me sens mal à l'aise.

– C'était le canal de la police, non ? demandé-je.

– Non, c'était la compagnie de taxis.

Le chauffeur ne regarde plus par-dessus son épaule. Il roule tranquillement. Je bois ce qui reste d'eau dans notre bouteille en plastique. Il y a de la boue au fond, je l'essuie sur le siège. C'est vraiment l'aventure ! La confusion que j'ai ressentie plus tôt parce que j'ai couché avec le lombric dans les bois s'est envolée et je suis heureuse de l'audace dont nous avons fait preuve. Je regarde les feux arrière de la voiture devant nous, le sommeil me gagne et je pique du nez.

– Ho, ça va pas, la tête, qu'est-ce que vous foutez ?

En entendant la voix du lombric, je me réveille en sursaut. Le couteau de boucher est juste sous mes yeux, pointé sur le cou du chauffeur.

– Qu'est-ce qui s'est passé ?

– Cet enfoiré a essayé de s'arrêter dans un commissariat.

Furieuse, je regarde dehors et vois un commissariat passer sur notre gauche. Le chauffeur, visiblement ébranlé, regarde droit devant lui.

– Vous feriez mieux d'arrêter ça, marmonne-t-il. Braquer un taxi est un crime. Vous devez penser à votre avenir.

Pour toute réponse, le lombric lui rit au nez.

– Je n'ai pas d'avenir, mon vieux. J'ai assassiné ma mère.

La gorge du chauffeur se contracte. Le couteau de boucher scintille au rythme des voitures qui passent en nous éclairant de leurs phares. On approche de l'entrée de l'autoroute. Plusieurs voitures sont à la file, parmi lesquelles une voiture de police à l'entrée de la bretelle.

– Ils ont installé un barrage routier !

– Prenez la route secondaire, ordonne le lombric.

À contrecœur, le chauffeur dévie vers une petite route de campagne où s'alignent des drive-in.

– Vous ne pourrez pas fuir éternellement, dit le chauffeur d'une voix piteuse. Je n'essaie pas de vous piéger ni rien, mais je pense que vous devriez arrêter. Je vous donnerai tout mon argent, mais sortez de mon taxi, d'accord ? Vous êtes encore jeunes.

– Tais-toi et roule, répond le lombric.

– Vers où ?

– Je te l'ai déjà dit cent fois, abruti… Tokyo !

Le chauffeur se tait et continue sa route sur la chaussée étroite. Tout à coup son portable sonne et je suis étonnée par la mélodie : la fanfare qui donne le départ des courses de chevaux.

– Ne réponds pas, lui ordonne le lombric, et le chauffeur hoche la tête, résigné.

Le téléphone sonne une deuxième fois, mais il l'ignore. Au bout d'une quinzaine de minutes, le lombric me dit :

– Tiens-moi ça un moment. Je commence à fatiguer.

Il me tend le couteau de boucher et s'affale, épuisé, sur la banquette. D'une main tremblante, je saisis le manche. Le lombric devait être sacrément tendu parce que le revêtement antidérapant est trempé de sueur. Le chauffeur jette un coup d'œil à la lame, puis me regarde droit dans les yeux.

– Mademoiselle, ne faites pas ça.

Il me supplie du regard. Je prends le couteau à deux mains et le pointe vers son cou. Un vieux cou infâme avec des veines qui ressortent. Je me rappelle comment, à l'époque où j'étais en première année de lycée, les hommes mûrs de Shibuya m'accostaient pour essayer de m'emballer.

Hé, ça vous dirait, une tasse de thé ?

Ils étaient tellement vieux et miteux que je me demandais comment ils auraient pu réussir à lever une nana. Haleine de tabac froid, costumes éculés, tout au plus dix ou vingt mille yens sur eux. Ils osaient tenter le coup avec nous qui avions le même âge que leurs filles, parce qu'ils étaient persuadés qu'on était nunuches. Pour eux, leurs mômes évoluaient dans un univers tout rose, mais les filles dans mon genre vivaient dans un monde déchu. Ils faisaient une distinction bien nette entre les deux. Soudain méchamment remontée, je colle la pointe du couteau, qui jusqu'ici n'a pas effleuré le chauffeur, en plein sur son cou fripé.

– Éloignez un peu votre couteau, mademoiselle. Vous me faites peur, dit-il d'un ton suppliant.

– Pas moyen. N'essayez pas de m'embobiner.

– Je n'en ai pas l'intention. Je vous le demande parce que c'est difficile de conduire comme ça. Si on a un accident par ici, c'est vous qui allez le regretter. Je ne sais pas ce que vous avez fait, tous les deux, mais vous allez au devant de sérieux ennuis.

Je suis folle de rage. Il n'a pas l'air d'avoir peur, même avec le couteau sur la nuque. Il n'a vraiment pas peur. À côté de moi, le lombric se redresse.

– J'étais sur le point de finir mon service, alors quand vous m'avez demandé d'aller jusqu'à Tokyo, je n'étais pas vraiment emballé. Mais en même temps, je me suis dit que si vous étiez vraiment dans le pétrin, je devais vous aider. Les chauffeurs de taxi sont souvent de bonnes pâtes, vous savez ? Mais ça les emmerde vraiment de se faire menacer par des petits vauriens dans votre genre. Et moi aussi. Je pensais essayer ça, tant pis si je me fais mal.

Tout à coup, il se met à zigzaguer. Je bascule sur les genoux du lombric et le couteau tombe par terre. Le chauffeur continue de slalomer. Le lombric et moi sommes projetés d'un côté à l'autre et nos corps se heurtent violemment. Un camion qui arrivait en face klaxonne et nous évite d'un cheveu.

– Qu'est-ce que tu fous, bordel !

Le lombric ramasse le couteau de boucher et le passe sur la gorge du chauffeur. Du sang se met à gicler, je n'arrête pas de crier : « Arrête ! Arrête ! », mais je n'ai aucune idée de ce que je veux vraiment voir cesser. Probablement pas le lombric en train d'égorger le chauffeur ; en fait, je suis furieuse que le taxi fasse des embardées dans tous les sens. Espèce d'abruti ! Arrête de te foutre de moi ! Bande de vieux dégueulasses ! Et Terauchi, hein ? Et Wataru !

– Je ne m'arrêterai pas. Je vous ai dit que je me fichais de ce qui pouvait m'arriver.

Il détache sa ceinture. Le taxi continue de foncer en se déportant vers la voie d'en face. On croise une moto et la voiture s'engage à toute vitesse sur une route qui grimpe dans les collines.

– Je t'ai dit d'arrêter ça, hurle le lombric.

J'empoigne par-derrière la tignasse du chauffeur pour le forcer à s'arrêter, mais la séparation en Plexiglas me gêne. Sa casquette tendue de tissu blanc s'envole. Au même moment, un flot de sang rouge éclabousse le pare-brise. Je suis couverte de sang chaud… du sang infâme et répugnant d'un vieil homme. Et puis nous percutons quelque chose et je me sens propulsée dans les airs. Je vole dans le ciel. Quelle sensation merveilleuse, vraiment merveilleuse !

8

NINNA HORI, 2e PARTIE

« Ma chère Ninna Hori,

Ou peut-être devrais-je dire : “Chère mademoiselle Toshiko Yamanaka ?” Ou bien : “Chère Toshi-chan, je t’adore” ?

Toshi, c’est à toi que j’écris ces lignes car tu es la seule à qui je puisse raconter ce qui suit. Je sais que tu risques de t’emporter et de dire : “Mais quelle idée !” Mais je sais aussi que tu compatiras et te diras que Terauchi doit être une fille très seule. Et c’est bien comme ça. Les deux sont vrais, donc, s’il te plaît, écoute ce que j’ai à te dire.

Quand cette lettre te parviendra, demain matin, je ne serai plus de ce monde. Je sais que commencer une lettre comme ça lui donne des airs de manga noir, ou de roman à la noix, et je suis sûre que ça te décevra. Mais c’est vrai. Je prévois de mourir dès que j’aurai posté cette lettre. Je mourrai tout de suite, franchement ce serait nul que tu entendes parler de ma mort avant de recevoir cette lettre et je veux éviter ça à tout prix. Au fait, j’ai déjà essayé d’écrire un roman à la con dont la première phrase était à peu près celle-là, mais finalement c’était un torchon sans nom, donc je l’ai froissé, déchiré en mille morceaux et balancé dans les chiottes avant de faire pipi dessus et de tirer la chasse.

C’est la première et la dernière lettre sérieuse que je t’écris, Toshi, et je voudrais bien arrêter de me cacher, mais j’ai l’impression que maintenant c’est tout ce que je sais faire. En même temps, je m’apitoie sur mon sort et ça me fait de la peine de disparaître de cette vie et j’écris cette lettre pour me motiver dans ma démarche, pour me dire que j'ai le cran de le faire – je ne sais pas comment te décrire la lutte dans laquelle je suis engagée. Les mots sont tellement pénibles, tellement longs à venir que j'ai envie de m'arracher la langue. En y réfléchissant, écrire cette lettre met tout ça en mots, mais comme je ne te le raconte pas directement, de vive voix, ma lutte tourne moins autour des mots que de *moi-même*. Tu l'auras compris, j'ai encore peur d'être totalement honnête. J'ai plus peur de ça que de mourir. Alors pourquoi suis-je soudain toute timorée quand il s'agit juste d'écrire un truc, hein ?

Bon, d'accord, je me suis un peu calmée. Tu pourrais dire que je cache les choses parce que je suis timide, mais ça ne peut pas être vrai. J'ai enfin compris que c'est pour une raison tout à fait différente : je ne veux pas voir la noirceur qui habite mon cœur. Et tout ce tourment que je subis en essayant de trouver exactement ce que je veux te dire dans cette lettre, Toshi… Je comprends enfin la raison pour laquelle je t'écris. Je suis vraiment une pauvre loque. Mais je suis tendue, troublée, et espère seulement être capable de t'expliquer quel genre de personne je suis.

Je sais que je tourne autour du pot, mais c'est comme ça que mes pensées fonctionnent ; elles suivent une spirale sans fin. Tout mon esprit fonctionne comme ça aussi, mais la conclusion est étonnamment simple : tout ce que je souhaite, c'est que quelqu'un me comprenne avant que je meure. La mort me regardant droit dans les yeux, je comprends enfin pourquoi les romanciers écrivent : avant de mourir, ils veulent que quelqu'un, quelque part, les comprenne. Dans mon cas, ce n'est pas ma mère, ce n'est pas mon père, ce n'est pas Yukinari, ce n'est pas Yuzan. Il n'y a que toi, Toshi-chan.

Je sais que tu trouveras sans doute ça pénible, mais je veux mettre les choses à plat avant de mourir. Donc, s'il te plaît, lis cette lettre. Si tu ne veux pas, mieux vaut t'arrêter ici. Si tu ne veux pas la lire toi-même, ça va, mais quoi qu'il en soit, ne la montre pas à ma mère, d'accord ? Garde ce que tu auras lu dans ton cœur, et mets cette lettre à la poubelle.

Si c'est un fardeau pour toi, j'en suis désolée, mais… je suis si heureuse de t'avoir connue, Toshi. Sans toi, je serais morte sans révéler à personne cette noirceur qui m'habitait. Ça te semblera peut-être un peu trop pur et vertueux, mais ce n'est pas le cas. La raison est très simple : j'ai besoin de mourir, mais avant, je dois m'observer avec lucidité pour voir quel genre de personne je suis. Tu vois ce que je veux dire ? Et pour faire ça, il faut que le regard de quelqu'un d'autre se porte sur moi. Alors, s'il te plaît, Toshi, scrute la vraie Terauchi. Sois courageuse et ris ! Dis-toi : "Qu'est-ce qu'elle était nulle, cette Terauchi ! Une fille comme ça qui quitte ce monde ? Ben finalement, bon débarras !" Est-ce trop demander ?

Si on inversait nos positions et que tu étais à ma place, c'est ce que je ferais, c'est sûr. Je te le promets. Tu te diras peut-être que c'est une idée hypocrite de parler de quelque chose d'impossible, de te promettre quelque chose alors que je vais mourir avant. Mais ça n'a rien d'hypocrite. Je révèle des choses que j'ai découvertes sans que tu t'en rendes compte. Petit à petit, tu m'as changée, Toshi. On est donc toutes les deux dans la même galère. Je veux dire que tu devras toi aussi faire face à ma mort.

Tu ne comprends sans doute pas du tout pourquoi je vais mourir, donc laisse-moi t'expliquer un peu. C'est la moindre des choses. Il y a plusieurs raisons pour lesquelles je ne peux plus continuer à vivre.

Premièrement, ma personnalité difficile. Ça, je crois que tu es au courant. Je suis quelqu'un de super philosophe. Je suis coincée dans une prison faite d'idées abstraites et d'émotions qui me submergent et, du fait de ma personnalité, il m'est très difficile de survivre. En plus, je vis dans une période de transformation familiale, pourrait-on dire, un phénomène que l'humanité n'a jamais vécu auparavant ; le rôle de la famille est chamboulé plus qu'on ne peut l'imaginer et change d'un jour à l'autre ; elle devient de plus en plus compliquée et si individualiste que personne ne comprend plus rien, et tous ces rôles, je dois les jouer tous les jours. Sinon je ne peux pas survivre. Ça me lessive. Dans la réalité du quotidien, j'ai dû me soumettre aux autres afin de ne pas les perdre.

Pour moi, ce n'est pas la soumission en elle-même qui me gêne, c'est plutôt le fait qu'elle rend ma vie affligeante. Et que se passera-t-il si je ne peux pas me pardonner d'avoir fait ce choix ? Et si, afin de continuer à vivre, je dois continuer à m'accepter ? Qu'est-ce que je suis censée faire ? Conclusion : le mieux, c'est que je sois détruite. Le mieux pour moi, c'est de disparaître, tout simplement.

Au fait, la personne qui m'a fait tant de peine, c'est quelqu'un que tu connais : ma mère. Un complexe par rapport à ma mère ? Désolée, ce n'est pas ça. J'ai dépassé ce stade-là. Je l'aime bien en tant que personne. Je ne veux pas la faire souffrir, mais je suis devenue une vieille qui ne doit pas lui survivre.

Il y a une autre raison importante pour laquelle je ne veux pas – et ne peux pas – continuer à vivre. Je dois en assumer la responsabilité. L'accident de Kirarin. L'accident où Kirarin et le chauffeur de taxi sont morts, et où le lombric a été grièvement blessé. C'est de ma faute.

Quand je serai morte, personne ne pourra découvrir la vérité, c'est pourquoi je veux la coucher sur le papier maintenant. Le soir où le lombric et Kirarin m'ont appelée, j'ai dit à la police où ils se trouvaient. J'ai passé un coup de fil anonyme d'une cabine téléphonique à côté d'une supérette devant la gare, et j'ai dit aux flics qu'ils étaient dans un chalet de vacances vide à Karuizawa. C'est pour ça qu'ils ont tenté d'échapper aux filets tendus par la police en braquant le taxi, ce qui a provoqué l'accident. Cela signifie que quelque chose qui n'aurait jamais dû arriver est arrivé, et ce à cause de mes pensées et de mes actions. Bel exemple de relation de cause à effet. Cet accident, c'est moi qui l'ai provoqué, et je mérite sans doute d'être condamnée à la peine de mort. Ou bien, il serait peut-être plus juste de dire que je me suis condamnée à mort *moi-même.*

Je t'entends dire que je ne devrais pas me sentir responsable. Mais, comme un malfaiteur qui est convaincu de bien agir, j'ai coincé Kirarin et le lombric et essayé de les punir. C'est un fait. Je méprisais le lombric parce qu'il avait fui quelque chose *qui ne peut être défait* et opté pour la solution de facilité en faisant quelque chose *qui peut être défait*. Pour lui, c'était le meurtre de sa mère. Il a choisi la solution de facilité et s'est sauvé ; c'est pour ça que je le méprisais.

Aimant trop ma mère, je lui ai pardonné, mais me détestais de l'avoir fait ; je me suis mise à me détester à un tel point que je ne voulais plus être de ce monde. En même temps, j'étais dévorée de haine envers le lombric à cause de l'hostilité qu'il nourrissait contre sa mère. Parce que son acte n'était pas le fruit d'une réflexion profonde. En fait, il lui évitait toute réflexion. C'était trop facile. J'étais en colère parce qu'il avait réduit ses problèmes à une réponse simpliste. Je crois que j'ai commencé à appliquer cette drôle de logique à Kirarin. Toshi, il va sans dire que je t'en voulais aussi d'avoir hésité à le dénoncer aux flics, et à Yuzan de lui avoir prêté son vélo. Moi, comme d'habitude, j'ai fait semblant d'aider le lombric et Kirarin comme si de rien n'était. Je me demande pourquoi. Si ça se trouve, je suis mauvaise, après tout.

Après avoir appelé la police, je m'en suis voulu à mort. J'avais comme un goût amer dans la bouche ; j'avais beau déglutir, ça ne partait pas. Maintenant je comprends que ce goût m'est venu à l'instant même où j'ai franchi ce cap. Ce soir-là, j'ai essayé de ne pas penser à tout ça, je me suis couchée et me suis forcée à fermer les yeux, mais j'ai fait des tas de cauchemars. Dans l'un d'eux, Kirarin était transportée dans un camion et allait être vendue quelque part. Dans un autre, je dénonçais ma mère à la police. Je me demande ce qu'en dirait Freud.

Le lendemain, en début de matinée, tu m'as appelée. Dès que je t'ai entendu crier dans le portable que Kirarin était morte, j'ai su. J'ai su que mes actes avaient provoqué une tragédie qui ne pourrait jamais être défaite. Pour moi, l'idée d'une chose qui ne peut pas être défaite m'apparaissait comme une émotion interne gravée dans le cœur des vivants. Mais quand j'ai compris que j'avais perdu Kirarin, que c'était un fait *réel* qui était, lui, vraiment irréparable, ça m'a donné la chair de poule. J'étais terrifiée. La terreur est plus dangereuse que l'idée de la mise à nu ; je voyais toute ma philosophie de la vie tomber en miettes.

Le monde que je croyais réel s'effondrait et des décombres émergeait une autre réalité. Une métaréalité. Je m'interrogeais depuis longtemps sur ce que j'étais vraiment et j'avais bien failli aboutir à une conclusion mais là, c'était le retour à la case départ. Je me demande si j'ai eu tort.

Voyant la drôle de façon dont je me comportais, ma mère m'a demandé ce que j'avais. « Kirarin est morte à Karuizawa, lui ai-je répondu, dans un accident. » Ma mère, choquée, m'a dit : « Comment ça se fait ? Oh ! sa pauvre mère ! » À ton avis, qu'est-ce que je lui ai répondu ? C'est une réplique qui me fait rougir encore maintenant. C'est une réplique tellement bête que ça ferait de la fille hyper philosophe que je suis quelqu'un de ridicule. Peu importe que ce soit ma lettre d'adieu, pour moi c'est trop gênant d'écrire ce que j'ai dit à Maman. Vu notre amitié, j'espère que tu me pardonneras.

Quoi qu'il en soit, j'ai honte. Et je suis très, très lasse. Il me semble que le moment est venu de mourir. Je suis triste pour ma mère, mais comme elle a dans sa vie quelqu'un de plus important que moi, elle survivra certainement. Désolée, mais je ne pense pas à mon père ni à mon frère. Je suis sûre, Toshi, que recevoir cette lettre sachant que je suis morte sera dur, très dur. Mais tu es quelqu'un de bien, tu as l'âme solide et honnête ; je sais que tu t'en sortiras. Pas moi, par contre. Pour moi, c'est foutu. Je veux dire au revoir à tout le monde. Ha ! On dirait du Dazai Osamu, non ? Ça servait à quoi, d'écrire toutes ces fiches pour l'école ? Adieu. Je m'embarque pour le vrai monde. Car au sein de cette métaréalité, une chose est bien vraie : ma mort. Tiens bon, d'accord ? À plus, cousine.

Kazuko Terauchi »

Aucun doute, c'était la lettre d'une suicidée. Je n'avais jamais lu, ni eu entre les mains, une lettre d'adieu de ma vie. Quand j'ai compris que c'était là les derniers mots de Terauchi, bizarrement, je n'ai pas réussi à savoir ce que tout ça voulait dire.

En fin de compte, elle n'avait pas posté la lettre. Celle-ci était restée dans une enveloppe cachetée, avec mon nom dessus, sur son bureau. Il n'y avait pas de timbre, elle n'avait donc sûrement pas voulu se donner la peine d'en acheter un. Puis elle avait sauté du toit d'un immeuble tout proche. Même si elle avait lourdement insisté pour que sa lettre me parvienne avant l'annonce de sa mort. Quelle impatience ! Ce simple fait montre bien à lui seul toute la confusion qui régnait dans son esprit. Ça me donnait envie de rire, mais j'avais le visage tout plissé de douleur. *Alors, andouille !* avais-je envie de lui dire. *Il faut choisir !*

La mort de la mère du lombric, la mort de Kirarin, du chauffeur de taxi, le lombric à l'hôpital, Terauchi suicidée. Trop de choses bouleversantes sont arrivées coup sur coup, et les larmes ne me viennent plus. Je ne peux pas y réfléchir en détail. Comme une coquille vide, j'ai ouvert la dernière lettre de Terauchi que j'ai dû lire avec ses parents et ma mère qui regardaient par-dessus mon épaule.

– Que dit-elle ?

La mère de Terauchi m'a demandé ça à la seconde même où j'en finissais la lecture. En une demi-journée à peine, son visage était devenu sec et apathique, et ses traits comme vidés de leur substance. Elle semblait vouloir à tout prix savoir pourquoi sa fille s'était suicidée. Seul le père de Terauchi sanglotait – sa mère se forçait à tenir bon. Yukinari, son frère cadet, s'était enfermé dans sa chambre et refusait d'en sortir.

Ma mère a alors posé une main sur mon épaule comme pour me protéger, mais je l'ai trouvée pesante. La mère de Terauchi nous avait téléphoné pour nous dire : « Il y a une lettre sur son bureau adressée à Toshiko et j'aimerais que vous passiez l'ouvrir. » Dès qu'on a entendu ça, on a tout laissé tomber pour foncer là-bas.

Jamais je n'aurais imaginé qu'on viendrait m'annoncer la mort de Terauchi ; c'était tellement soudain et incroyable que c'en était presque drôle. C'est pour ça que je n'arrivais pas à pleurer. Mon cœur me semblait vide. Pour commencer, ce matin-là, on nous avait rapporté la nouvelle ahurissante de la mort accidentelle de Kirarin et ça s'est terminé en un gigantesque scandale, pas seulement chez moi et dans le quartier, mais avec des appels qui arrivaient de l'école, aussi.

L'inspectrice qui m'avait entendue quelques jours plus tôt m'annonçait qu'un accident avait coûté la vie à Kirarin. Puis, une demi-journée plus tard, ce coup de fil pour nous dire que Terauchi s'était suicidée. En commençant à lire sa lettre, je n'avais pas la moindre idée de ce que tout ça signifiait. J'étais totalement déboussolée et faisais de mon mieux pour rester calme.

Voici comment tout cela s'est passé :

Tôt le matin du 10 août, le téléphone a sonné à la maison. C'était forcément soit un démarcheur, soit un membre de la famille. Les autres nous appellent tous sur nos portables respectifs ; ça rend tout coup de fil matinal d'autant plus inquiétant. Personne d'autre n'étant levé, j'ai compté les sonneries du téléphone qui retentissaient dans la maison endormie – une… deux… Six heures trente à mon réveil. C'est forcément une mauvaise nouvelle, me suis-je dit en ramenant la couette sous mon menton. À la cinquième sonnerie, il m'a semblé que mon père décrochait au rez-de-chaussée. Pas ça. Non, pas ça ! Le combiné dans ma chambre a sonné et c'était la voix de mon père.

– C'est la police. Ils veulent te parler.

J'étais assez déprimée ; je pensais qu'ils avaient fini par attraper le lombric et apprendre que je l'avais aidé à s'enfuir. Je suppose que déprimée n'est pas le mot juste. C'était plutôt une envie de tout envoyer promener. Me cherchant à toute vitesse des excuses, j'ai pris la ligne à contrecœur.

– Bonjour. Je suis vraiment désolée de vous appeler de si bon matin… (C'était l'inspectrice à qui j'avais parlé plus tôt, et elle était tellement polie que l'espace d'un instant j'en ai été encore plus perplexe.) Toshiko ? Excusez-moi si je vous réveille… Mais il vient de se produire quelque chose de terrible et je dois vous en avertir. Vous allez être choquée, mais, je vous en prie, essayez de rester calme. Il m'est pénible de passer cet appel, mais… Les services de police de la préfecture de Nagano nous ont contactés pour nous informer qu'une Mlle Higashiyama Kirari, lycéenne, est décédée il y a peu dans un hôpital de Karuizawa. Elle était en compagnie du garçon qui habite à côté de chez vous ; cela m'a beaucoup étonnée et je me suis demandé comment une telle chose avait pu se produire. Elle était dans le même lycée que vous… vous la connaissiez ? Je me demande si elle fréquentait votre voisin avant cette histoire. Je vous serais reconnaissante de bien vouloir me dire tout ce que vous savez.

Kirarin était morte. J'étais complètement abasourdie, et persuadée que le lombric l'avait tuée.

– Kirarin a été assassinée ?

– Vous voulez dire… Mlle Higashiyama ? m'a demandé calmement l'inspectrice. Je n'ai pas tous les détails, mais nous savons que votre voisin a braqué un taxi hier en fin de soirée. La voiture faisait des embardées sur la route et a fini par percuter un véhicule arrivant en sens inverse, ce qui l'a gravement endommagée. Mlle Higashiyama est passée au travers du pare-brise et est retombée sur la chaussée. On m'a dit qu'elle a perdu connaissance. Elle souffrait de traumatismes sur l'ensemble du corps et a succombé à ses blessures. On ne sait pas exactement pourquoi elle était avec le jeune homme, mais des témoins nous ont affirmé qu'ils semblaient proches. Je vous en prie, expliquez-moi ce qui se passe.

L'inspectrice, à ma grande surprise, était au bord des larmes. Une image inattendue m'a traversé l'esprit : la lourde broche épinglée à son chemisier. Je n'arrivais tout bonnement pas à intégrer le fait que Kirarin était morte.

– Je n'en ai aucune idée.

Et c'était vrai, je n'en avais aucune idée. Je savais sans doute que Kirarin avait rejoint le lombric, mais pourquoi avait-il fallu qu'elle meure ? Ça n'avait aucun sens. C'est comme si une chose absolument ahurissante était soudain tombée du ciel et avait plongé mon monde dans le chaos.

– Vous êtes sûre ? Bien, je suppose que nous pourrons en reparler.

Elle semblait désabusée.

– Comment savez-vous qu'ils ont attaqué un taxi ?

– Le chauffeur a été lacéré au couteau et il est mort d'hémorragie.

Apparemment, il a été égorgé. Ils l'ont probablement tué par-derrière. Votre voisin l'a confirmé lors de sa déposition à l'hôpital.

Ça alors ! C'était affreux. Comment le lombric avait-il pu entraîner Kirarin dans un truc pareil ? Je n'arrivais pas à y croire. Mes genoux se sont mis à flageoler, je ne tenais plus debout. Je me suis effondrée sur mon lit. Quelqu'un m'a tapoté l'épaule. Je levai la tête et c'était Papa qui tenait le journal déplié devant moi. Un gros titre disait : « Collision mortelle – le fugitif à l'origine de l'accident ». La nouvelle avait réussi à passer dans le journal du matin. Le lombric et Kirarin n'étaient pas cités nommément, mais l'article décrivait une « lycéenne qui l'accompagnait », et laissait entendre qu'elle était sa complice.

– Qu'est-il arrivé au lombric… je veux dire, au garçon d'à côté ?

– Il souffre de blessures au bras droit et à la tête ainsi que de quelques côtes cassées ; il a été conduit à l'hôpital. (C'était peut-être mon imagination, mais la voix de l'inspectrice me paraissait glaçante.) Les médecins soupçonnent également des lésions internes, mais je n'ai pas eu de nouvelles depuis. Nous allons nous rendre sur place pour apprécier la situation.

Dès qu'elle a raccroché, j'ai fait le numéro de Kirarin, mais suis tombée sur son répondeur. Qu'était-il arrivé à son téléphone ? J'ai imaginé son petit portable rose abandonné sur un bord de route et ça m'a fait de la peine. J'ai appelé sur son fixe, mais là encore – répondeur.

J'ai regardé mes rideaux. Je devinais, dehors, le ciel bleu du matin. Une autre chaude journée d'été s'annonçait. Étais-je en train de rêver ? Je n'arrivais pas à y croire et mon esprit était dans un chaos total.

Mon père était apparemment en train de dire quelque chose, mais je ne pouvais pas l'assimiler. Tout à coup, je me suis dit qu'il fallait que j'appelle Terauchi. Je me suis relevée d'un bond pour attraper mon portable et, quand il m'a vue faire, mon père a quitté la pièce.

Si je ne l'avais pas appelée, Terauchi ne serait peut-être pas morte ce jour-là.

– Terauchi, Kirarin est morte.

Elle n'a rien dit.

– Tu m'entends ? Kirarin est morte.

– Je t'ai entendue.

Sa voix était si frêle et basse qu'elle semblait remonter du centre de la Terre. Comment peut-elle être aussi détendue ? me suis-je demandé.

– Ce n'est pas une blague. La police vient de m'appeler. Le lombric a agressé un chauffeur de taxi et ils ont eu un accident. Kirarin était inconsciente et elle est morte. Le lombric n'a eu que quelques fractures et a survécu. Le chauffeur est mort, lui aussi. Les flics disent qu'on l'a égorgé. Ils ont agressé le chauffeur tous les deux. Comment c'est arrivé, à ton avis ? Peut-être qu'ils essayaient de lui piquer sa caisse ? Qu'est-ce que je dois faire ? Qu'est-ce qu'on est censé faire dans ce genre de situation ? (J'ai sorti tout ça dans un torrent de paroles avant de remarquer le silence de Terauchi.) Qu'est-ce qui ne va pas ? Tu as entendu ce que je viens de te dire ?

Elle m'a répondu d'une voix lente et détachée :

– C'est horrible… Que ça se soit fini comme ça.

– Ben oui, c'est horrible. Mais ils sont morts, et on ne peut rien y faire. Ça m'a vraiment fait un choc quand je l'ai appris. Tout est de ma faute. Qu'est-ce que tu en penses ?

J'étais bouleversée parce que je croyais fermement être responsable de tout ce qui s'était passé. Je n'avais jamais parlé à la police du portable et du vélo qu'on m'avait volés. J'avais discuté avec le lombric plusieurs fois après ça, et j'avais même encouragé sa fuite. On avait toutes été idiotes. Criminelles, même. Terauchi a essayé de me remonter le moral.

– Ce n'est pas la peine de te ronger les sangs, Toshi. Tu n'as rien fait de très grave. C'est moi qui ai fait quelque chose de mal.

– Comment ça ?

– C'est moi qui ai changé le destin, enfin… je crois.

Murmurée, cette phrase déroutante. Puis j'ai entendu un bruit sec, comme si elle faisait craquer son cou.

– C'est quoi, ce bruit ?

– Je suis en train de régler mon réveil.

– Tu retournes te coucher ?

Je n'arrivais pas à croire qu'elle soit aussi culottée. Ce qu'elle pensait de tout ça, ce qui lui passait par la tête, je n'essayais même pas de l'imaginer. Ni même d'y penser. Je n'arrivais plus à penser qu'à moi. À moi et aux adultes qui allaient dire que c'était ma faute. Maintenant que j'y repense, je sais qu'en réglant son réveil elle se fixait une limite pour le temps qu'il lui restait à vivre.

– C'est ça. Je retourne me coucher. À plus tard, Toshi. Tiens le coup.

Comment ça, « tiens le coup » ? Je suis donc la seule à devoir tenir le coup ? La désinvolture de Terauchi m'ennuyait et je n'ai pas pu m'empêcher de me mettre en colère contre elle. C'était comme si elle ne se sentait pas concernée parce qu'elle n'avait joué qu'un rôle d'observateur dans l'histoire. J'ai appuyé, et sans ménagement, sur la touche Fin de mon portable. C'est le dernier contact que j'ai eu avec elle – celui où j'ai enfoncé violemment la touche pour raccrocher. La sensation s'est attardée un moment dans la pulpe de mon pouce. Mais quand, ensuite, j'ai appelé Yuzan, sa réaction m'a rassurée – et dans le même temps, agacée encore plus.

– Kirarin est morte ?! a-t-elle dit, puis elle a fondu en larmes. Comment ça a pu arriver ? Je ne vais pas laisser passer ça. Je vais le tuer de mes mains, ce lombric !

– Euh… soit, mais… Yuzan… je me sens responsable de sa mort. J'ai fait une énorme connerie.

– Mais c'est moi qui suis la plus coupable. J'ai apporté mon vélo au lombric, je lui ai donné le portable, tout ça, c'est de ma faute. Il ne faut pas te sentir coupable, Toshi. Souviens-toi que Kirarin a décidé toute seule d'aller le rencontrer ; en un sens, elle l'a un peu cherché. On a toutes plus ou moins profité de la fuite du lombric. C'est terrible que Kirarin soit morte, mais il ne faut pas que ça te travaille trop. On va toutes en assumer la responsabilité. Tu n'as pas besoin de souffrir toute seule.

En l'écoutant parler, j'ai soudain pris conscience que le bruit de verre cassé que j'avais entendu chez les voisins était le début de la fin du monde. Depuis ce jour-là, les choses avaient changé peu à peu et là, c'était le coup de grâce. La situation ne pouvait décemment plus s'aggraver. Je me suis alors rappelé la voix d'outre-tombe de Terauchi. Mais la mort de Kirarin était un choc trop important pour que je m'attarde sur quoi que ce soit. Je suis retombée sur mon lit. Kirarin… tu es vraiment morte? Tout m'est revenu en mémoire : ses dents qui se chevauchaient et que son sourire découvrait, l'air plein d'entrain qu'elle avait toujours quand elle était surprise. Je me suis mise à pleurer. Elle était vraiment morte, en fin de compte. Je n'arrivais pas à croire que je ne la reverrais jamais.

– Toshi, ça va ?

La voix inquiète de Yuzan montait du portable que je serrais encore dans ma main. Je hochais la tête encore et encore sans parvenir à arrêter mes larmes. Je me suis brusquement aperçue que la porte de ma chambre était encore ouverte et que ma mère se tenait dans l'embrasure, le visage blafard.

– Ne crois-tu pas que tu devrais rendre visite aux parents de Mlle Higashiyama ?

– Je te rappelle, dis-je à Yuzan, puis j'ai raccroché.

En larmes aussi, elle n'a pas pu me répondre.

J'ai réessayé chez Kirarin, mais n'ai réussi à parler qu'à une inconnue qui m'a répété d'une voix éteinte qu'elle n'était au courant de rien et que la date des obsèques n'était pas encore fixée. Je ne savais pas quoi faire et tournais dans ma chambre comme un lion en cage.

Quand, vers dix heures, des journalistes ont commencé à nous appeler, j'ai soigneusement fermé mes rideaux. Ensuite, le père du lombric est passé nous voir. Il m'a dit qu'avant d'aller retrouver son fils à l'hôpital à Nagano, il voulait que je lui raconte ce qui s'était passé entre Kirarin et lui. Il avait les traits creusés, comme un vieil homme triste – c'en était fini du dandy en nœud papillon. La grimace arrogante qu'il faisait en passant devant chez nous s'était volatilisée.

– Quel genre de relation mon fils et Mlle Higashiyama entretenaient-ils ?

– Je n'en sais vraiment rien, lui ai-je menti.

– Je vois, a-t-il dit avant de tomber subitement à genoux sur le carrelage sale de notre vestibule. Je suis vraiment, vraiment désolé pour tous les ennuis que je vous ai causés. Je ne sais vraiment pas comment je pourrais me faire pardonner pour la mort de votre amie. Je vous en prie, pardonnez-nous. Je sais que mon fils passera le reste de sa vie à tenter de se racheter pour ce qu'il vous a fait, à vous toutes. J'aurais dû le surveiller plus attentivement, c'est parce que je ne l'ai pas fait que cette affreuse tragédie a eu lieu, et maintenant je ne peux plus que le remettre aux mains de la justice. Je suis tellement mortifié que je ne veux pas continuer à vivre.

Cet homme d'âge mûr me faisait des excuses à moi, une lycéenne, pour le compte de son fils. Vous ne comprenez donc pas ? avais-je envie de lui dire. C'était comme un jeu entre le lombric et nous. Et le meurtre de votre femme faisait partie de ce jeu auquel nous nous sommes amusées. Je suis restée plantée là, silencieuse, sans savoir ce que je devais faire. Rien de tout cela n'avait guère d'importance depuis que j'avais appris la mort de Terauchi.

– Pourquoi tu ne mangerais pas un morceau ? Tu n'as touché à rien depuis ce matin.

C'était presque le soir quand ma mère est montée me voir et m'a trouvée sur mon lit en train de pleurer. Au moment où je commençais à descendre l'escalier, le téléphone a sonné. J'ai fait signe à ma mère de me laisser répondre. Je sentais que c'était pour moi. Le téléphone a continué de sonner comme s'il attendait que j'arrive au rez-de-chaussée.

– Toshiko ? J'ai bien peur d'avoir une terrible nouvelle à t'annoncer. Kazuko vient de se suicider. Elle a laissé une lettre qui t'est adressée. Peux-tu venir l'ouvrir tout de suite ?

Mon cerveau a tout bonnement cessé de fonctionner. J'avais entendu des gens parler de ça, et c'est exactement ce qui s'est passé : le blanc total. J'étais tellement abasourdie que j'en oubliais la manière de bouger mes bras et mes jambes.

Le croque-mort, avec son air affligé, a déposé le plateau destiné aux offrandes d'encens. Après une rapide autopsie, le corps de Terauchi était rentré à la maison. Elle était là, allongée dans un cercueil. Son visage était couvert d'un tissu blanc. Je ne pouvais pas détacher mon regard de ses doigts, les dernières phalanges noircies croisées sur sa poitrine. Elle avait dû faire une hémorragie interne en tombant. Peut-être qu'on ne montrait pas son visage parce qu'il était abîmé. Son beau visage… qu'était-il devenu à présent ? Ma pauvre andouille, sauter du haut d'un immeuble comme ça ! Maintenant, on ne peut pas te voir. Comment vais-je pouvoir te dire adieu si je ne peux pas voir ton visage ?

– Que dit-elle dans sa lettre ? me redemande la mère de Terauchi.

– Elle m'a écrit de ne la montrer à personne, alors je pense que je ne devrais pas, dis-je, enfin en mesure de répondre.

À côté de moi, ma mère se tortille sur sa chaise comme si ça la dérangeait. Je sais exactement ce qu'elle veut me dire : Tu sais que ce n'est pas bien, Toshiko. C'est la mère de Terauchi à qui tu parles. Montre-lui la lettre. Dis-lui ce qu'elle veut savoir.

– Je comprends. C'est juste que, comme je suis sa mère, j'aimerais savoir ce qu'elle a écrit.

Les épaules de la mère de Terauchi s'affaissent tandis qu'elle marmonne. Je me dis que je pourrais peut-être lui exposer les points principaux de la lettre et la relis rapidement ; mais je suis nulle pour résumer les choses et rien dans la lettre ne m'est resté en tête. Si ç'avait été Terauchi, elle s'en serait brillamment tirée, elle aurait tout expliqué en soulignant exactement les points importants. Mais tu sais quoi, Terauchi, avais-je envie de lui dire – c'est vraiment mal écrit, ton truc. Tu n'as jamais été douée pour écrire. Pour vraiment comprendre ça, il faudrait le lire cent fois. Malgré tout, je me lance et tente d'expliquer ce qu'il y a dans la lettre.

– Principalement, elle dit qu'elle est quelqu'un de très philosophique et que la vie l'épuisait. Il y avait des choses qui faisaient que le monde et elle étaient incompatibles. Elle dit aussi que, parce que je suis son amie, je suis la seule à pouvoir le comprendre et que je ne dois par conséquent montrer sa lettre à personne.

– Est-ce que c'était à cause de la préparation des concours ?

– Peut-être, je ne suis pas vraiment sûre.

– Je comprends. Cela a dû être un tel choc pour toi aussi, Toshiko. Que je te pose la question doit sûrement te bouleverser.

Elle esquisse un rapide sourire. Je ne peux pas imaginer quels étaient les problèmes entre elle et Terauchi, mais ce sourire me montre qu'elle a compris ce que ressentait sa fille.

– Kazuko m'en avait parlé. Quand elle a appris ce qui était arrivé à Mlle Higashiyama, elle m'a dit : « Tout ça, c'est de ta faute ! » Je ne sais pas ce qu'elle voulait dire par là.

Je retrouve le passage de la lettre. *C'est trop gênant pour que je l'écrive.* C'était trop gênant pour le dire, même à moi. Ma mère me secoue l'épaule.

– S'il te plaît, Toshiko, montre-lui la lettre. Kazuko t'a demandé de ne pas le faire, mais ses parents ont le droit de la voir. Elle t'est peut-être adressée, mais je ne vois pas comment tu pourrais la garder pour toi.

« Le droit. » Je me demande si c'est vrai. Si elle m'est adressée à moi, est-ce que ça ne signifie pas qu'elle n'est que pour moi ? Mon cerveau ne fonctionne plus et je reste hébétée, malgré ma mère qui me secoue. Elle a beau me secouer et secouer encore, je continue à me cramponner à la lettre. Terauchi y raconte des choses sur sa mère et explique qu'avoir dénoncé le lombric et Kirarin à la police lui donne envie de mourir. La dernière chose que je veux, c'est bien de laisser quiconque découvrir ça. Surtout pas sa mère.

– Ce n'est pas grave, dit le père de Terauchi. Pas besoin de te forcer à nous la montrer. Si ce sont les dernières volontés de Terauchi, il faut les respecter. Parce que je crois qu'elle est encore ici et qu'elle nous regarde.

Là, tout le monde se tourne vers le cercueil de bois blanc. Je suis sûre qu'elle sourit là-dedans, pensé-je, un rictus sur son visage éclaté. Je repense à ses traits agréables. Quand je me dis que je ne la reverrai jamais, la conversation que nous avons eue le matin même me fait l'effet d'une illusion. La réalité commence à s'estomper.

– Terauchi ! Espèce d'idiote !

Une voix s'élève derrière nous. C'est Yuzan, les épaules carrées, vêtue de ses T-shirt et pantalon habituels. Dès l'instant où elle voit le cercueil, elle s'effondre en pleurs.

– Comment c'est possible ? Dis-le-moi ! Ils disent que Kirarin est morte, elle aussi. Qu'est-ce que je vais devenir ?

Tu as bien raison, pensé-je. Et moi, qu'est-ce que je vais devenir ? Je n'ai jamais été aussi désemparée de toute ma vie. Je remarque que Yuzan, qui se servait normalement du pronom *ore*, très familier, lorsqu'elle parlait d'elle-même, est passée au féminin *atashi*. C'est bizarre, mais une partie étrangement calme de moi-même réussit encore à remarquer ce genre de choses.

Après, il va falloir que j'aille chez les parents de Kirarin à Chofu. Je suis sûre que je ne pourrai pas voir son visage non plus. Elles ont toutes les deux été écrabouillées. Complètement désintégrées, toutes les deux. Pourquoi ? Je n'arrive toujours pas à m'expliquer comment toutes ces choses sont arrivées. Suis-je responsable de tout ça ? Tout cela est-il arrivé parce que je n'ai pas dénoncé le lombric à la police ? Ces questions n'arrêtent pas de tourbillonner dans ma tête. Le lombric s'est servi de mon portable pour nous appeler toutes les trois, Yuzan lui a prêté un vélo, Kirarin, croyant que ce serait marrant, est allée le voir et Terauchi les a dénoncés à la police. C'est dingue. Il n'y avait pas un dessin animé comme ça ? *Rinbu-Rondo* ou quelque chose ? Un peu passé de mode, j'imagine. Je commence à défaillir, mais contrairement à ce qui se passe dans les films, je ne tombe pas dans les pommes. Mon esprit est, chose étrange, totalement lucide.

Pendant le troisième trimestre de ma dernière année de lycée, tout m'a semblé triste et lointain. Je n'avais pas revu mes camarades de classe depuis le début des vacances d'été, et toutes étaient trop occupées pour s'asseoir et parler de mes deux amies mortes. Ma classe était divisée en toutes sortes de cliques. Les rats de bibliothèque étaient les plus nombreux, après venaient les sportives, les clubbeuses de Shibuya, les Barbies, les grosses têtes et j'en passe, bref, la mort de ces deux filles – Kirarin et Terauchi, qui appartenaient toutes les deux au groupe le plus difficile à classer – semblait n'avoir eu de véritable impact sur personne d'autre. La mort de Kirarin ayant été traitée à longueur d'hebdomadaires et de débats télévisés, les commères habituelles me jetaient parfois des regards en coin comme si elles voulaient m'interroger, mais je faisais semblant de ne rien savoir. Rapporté à la romance tapageuse entre elle et le lombric, le suicide de Terauchi n'avait pas fait beaucoup de vagues, même si l'un de ces hebdomadaires d'actualité un peu austère avait sorti un article sur une camarade de classe de Kirarin qui l'avait suivie dans la mort en mettant fin à ses jours.

– Toshi-chan, tu es maigre comme un clou !

Haru, qui avait maintenant les cheveux coupés au bol, vient de se dresser en travers de mon chemin. Son nouveau petit ami lui ayant apparemment dit qu'il n'aimait pas son style Barbie, elle s'était complètement relookée en mod. Mais, à force de se tartiner de maquillage, ses sourcils et ses cils s'étaient raréfiés, et son nouveau look ne lui allait pas.

– Vraiment ? (Je me touche la joue.) Je n'avais pas remarqué.

– Ce n'est pas très étonnant. Quand j'ai appris ce qui est arrivé à Kirarin et Terauchi, j'ai été, genre, totalement estomaquée. C'est à cause de ça que j'ai eu l'idée de changer de look et que je me suis coupé les cheveux. Mon copain n'a rien à voir là-dedans. J'ai juste eu envie de devenir le genre de filles un peu cradingue dont je me moquais tout le temps avant.

– Alors, le monde a changé pour toi ?

– Oui. Au moins, le genre de mecs qui essaient de me draguer. (Elle hausse ses sourcils minces en souriant.) Les gars qui me prennent pour une créature bizarre n'arrêtent pas de vouloir me draguer. Aux cours intensifs, c'est de la folie. Mais ce n'est pas important... aucun de ces mecs n'en vaut la peine, de toute façon. Dis-moi, Toshi, on ne t'a pas du tout vue en cours cet été. Tu t'es inscrite à la session d'hiver ?

Ne sachant pas trop comment réagir, je regarde dans le vide. Cours intensifs. Concours d'admission. Avant que tout ça n'arrive, c'était tout ce qui me préoccupait, l'inquiétude des concours qui approchaient à grands pas. Mais maintenant, tout ça me paraît bien loin.

– Je ne sais pas encore.

– Ouais, je te comprends. Tu étais assez proche de Kirarin et Terauchi, alors ça a dû être un choc. Tu sais, à la vérité, je n'ai jamais vraiment trop aimé Kirarin. Elle se la jouait trop petite fille modèle. Elle passait son temps à sortir et à faire la fête, mais quand elle était avec vous elle faisait semblant d'être super sérieuse. Je sais que je ne devrais pas dire ça maintenant qu'elle est morte, mais sa mort ne m'a pas touchée comme celle de Terauchi.

Il faut croire que les morts prennent vraiment des importances différentes selon les gens. Tout le monde avait plus ou moins oublié la mère du lombric et, de mon côté, la mort de Kirarin me rendait juste triste. Bien sûr, ça me faisait de la peine quand je pensais que je ne la reverrais jamais, quand je me rappelais toutes les fois où elle avait été sympa avec moi, ou qu'elle m'avait raconté des trucs drôles. Pleurer pour elle était comme un réflexe conditionné. Mais la mort de Terauchi, c'était totalement différent. Son suicide avait eu un impact énorme sur moi – il m'avait complètement endurci le cœur, et épuisée. Il m'avait plongée dans un état d'hébétude et de totale confusion. Et je n'ai toujours pas réussi à savoir comment vivre avec. C'est triste, bien sûr, mais je ne me sens pas complètement vide ni rien, c'est plutôt comme si mon esprit n'arrivait toujours pas à intégrer ce qui s'est passé. Comme si ce sentiment irréel avait émoussé ma personnalité. Les gens m'adressent sans cesse des regards étranges et des marques de compassion malvenues.

– Et Yuzan, elle devient quoi ? me demande Haru.

Après les funérailles de Terauchi, Yuzan a disparu de la circulation. Un jour, elle m'a appelée d'un bar du Ni-chōme, dans Shinjuku, pour me dire qu'elle s'était trouvé une nouvelle copine et ne rentrerait pas de sitôt à la maison ; il ne fallait donc pas que je m'inquiète si je ne la voyais pas pendant un moment. Elle comptait s'appuyer sur sa nouvelle amoureuse pour se rétablir. Elle avait aussi manifestement décidé de faire son coming out. Après les obsèques de Terauchi, j'avais bien vu que Yuzan était profondément blessée d'apprendre que sa lettre d'adieu n'était adressée qu'à moi.

– Toshi, c'est vrai que Terauchi t'a laissé une lettre d'adieu ?

Juste après la mise en terre, Yuzan était venue me trouver. Elle avait mis sa jupe d'uniforme, qu'elle n'avait pas l'habitude de porter. Ça lui remontait un peu sur les jambes. Elle semblait légèrement perplexe. J'étais sûre qu'elle aimait beaucoup Terauchi, et le fait qu'elle soit morte sans lui dire un seul mot l'avait manifestement ébranlée. Je ne pouvais pas lui mentir. Vous comprenez pourquoi, non ? Si je lui avais menti, il aurait fallu que j'invente une autre histoire plausible, et la dernière chose dont j'avais besoin était d'un fardeau de plus à porter. Garder le secret de Terauchi était un poids suffisant, et ça me donnait l'impression que j'allais m'effondrer.

– C'est vrai, dis-je.

Je baissai les yeux vers le plancher du funérarium, qui reflétait la lumière brillante du lustre au-dessus de nos têtes. La cérémonie funéraire de Kirarin avait été célébrée dans l'intimité, mais celle de Terauchi, ouverte à tous, se tenait dans un établissement flambant neuf. Nous étions – la famille de ses parents et les belles-familles, des gens de l'école, des camarades de classe – tous réunis dans une cour, bruyante du chant des cigales, venus assister à la levée du cercueil. J'entendis une femme d'un certain âge protester que pour les suicides on organisait normalement une cérémonie discrète, en privé, mais pour moi, ce genre de funérailles cadrait parfaitement avec Terauchi. Une conclusion inattendue. Si elle avait été là, elle aurait pu le dire et rigoler.

– Elle disait quoi, cette lettre ?

Je lui donnai illico le même genre de réponse sommaire que j'avais faite à la mère de Terauchi. Yuzan s'en mordit la lèvre de frustration.

– Vraiment. Donc elle n'a pas dit un mot sur moi ?

– Elle n'a parlé de personne d'autre. Seulement de sa propre personnalité.

– Alors pourquoi te l'avoir adressée à toi ? Et pas à sa mère ?

Elle avait l'air sidérée. Je hochai la tête.

– Aucune idée. Personne n'a jamais su ce qu'elle avait dans le crâne.

– Je me demande... dit Yuzan, puis elle se tut.

Mais moi, je crois que je la comprenais, devait-elle avoir envie d'ajouter. Si Kirarin avait survécu, elle aurait probablement dit la même chose. Terauchi avait peut-être essayé de nous berner, mais on avait souvent admiré son esprit tordu et son humour décalé. Et parfois, on les ressentait presque douloureusement comme étant les nôtres.

– Ah... c'est vraiment... tellement dur. La vache... toutes parties.

Elle essuya ses larmes du dos de la main comme le font les mecs. Je suis encore là, moi, voulais-je lui dire, mais je n'ai pas pu. C'était comme si Yuzan et moi étions en train de nous dire adieu, chacune sur une rive et la lettre de Terauchi dressée entre nous.

– Je me sens tellement seule !

– Tu ne devrais pas, Toshi. Tu devrais être heureuse que ta famille soit encore au complet.

Je me sentis alors repoussée encore plus loin de Yuzan. Étais-je vraiment heureuse ? me demandai-je. Celle à qui la dernière lettre de Terauchi était confiée ? Celle où elle écrivait avoir *révélé la noirceur qui l'habitait*. Elle aurait dû aussi me révéler à moi-même. Mais au lieu de ça, elle avait tiré sa révérence. Comme je restais pétrifiée et hagarde, Yuzan me tapa doucement sur l'épaule.

– Au fait, pour le portable, tu n'as rien à craindre. Il était à mon nom, donc tu n'as rien à voir dans l'histoire. Ça m'étonnerait que les flics t'interrogent là-dessus.

C'était quand même assez bizarre. D'après son père, lorsqu'il nous avait parlé trois jours après la mort de Kirarin et Terauchi, le lombric s'en était tiré miraculeusement avec de simples blessures externes, rien à l'intérieur. Il pouvait parler et les inspecteurs l'avaient interrogé. Et pourtant, ils ne m'avaient pas encore donné de nouvelles.

– Bon, à plus.

Yuzan s'éloigna de sa démarche de canard, son uniforme scolaire d'été visiblement mal ajusté. Elle portait en bandoulière son sac à dos habituel et là, en la regardant partir, je remarquai un porte-clés attaché à l'une des fermetures Éclair. Dessus, il y avait une photo de nous quatre prise dans un *purikura* un jour où on s'était bien amusées pendant les vacances du début mai.

– Mademoiselle Yamanaka, je me demandais si nous pouvions discuter un instant.

Dans les ombres à l'entrée du funérarium, l'inspectrice m'attendait. Sur le côté, un peu à l'écart, se tenait son partenaire, l'homme d'âge mûr. Elle portait un chapeau blanc à large bord et une écharpe autour du cou, peut-être pour éviter de prendre un coup de soleil. On dirait vraiment Candy, pensai-je, et je m'immobilisai dans l'attente du jugement.

– Je suis absolument navrée de tous ces événements tragiques qui vous ont frappés coup sur coup. Je m'excuse de venir vous voir à l'enterrement. Pourquoi n'irions-nous pas nous mettre là-bas où il fait un peu plus frais ?

Et tous deux de m'inviter d'un geste à gagner l'ombre des quelques arbres d'un petit jardin public qui jouxte le funérarium. Les gens qui venaient d'assister à la cérémonie défilaient discrètement devant nous, la tête basse.

– Je n'arrive toujours pas à comprendre ce qui a conduit votre voisin et Mlle Higashiyama à se rencontrer. Ses parents m'ont assuré qu'ils n'en savent rien, et le père du garçon nous a dit la même chose. Le nom de ce jeune homme ne figurait même pas dans le répertoire téléphonique de Mlle Higashiyama.

Je trouvai le courage de leur demander ceci :

– Mon voisin n'avait pas de téléphone portable ?

– Il n'en avait pas, dit l'inspectrice en jetant un coup d'œil à son calepin.

Parfait. Le lombric s'en était débarrassé. J'avais envie de sauter de joie, mais très vite j'eus honte de ne penser qu'à sauver ma tête.

– Moi aussi, ça m'a étonnée, dis-je. Peut-être qu'ils se sont croisés par hasard.

– J'ai mes doutes là-dessus.

L'inspectrice leva le nez et me jeta un regard plein de scepticisme. Son collègue intervint.

– Le garçon nous a dit la même chose, mais Mlle Higashiyama et vous étiez amies, et la seule explication qui me vient à l'esprit est que vous avez joué un rôle dans leur rencontre.

– Je ne sais absolument pas comment c'est arrivé.

– Mais vous avez parlé à Mlle Higashiyama au téléphone la veille de sa mort, renchérit l'inspectrice.

Tout à coup, je fus frappée par la ressemblance avec une situation que j'avais déjà vécue. Ces démarcheurs collants et agressifs qui rôdent devant la gare… Les types avec leurs questionnaires, les femmes agrippées à leurs chemises à pince… Les jeunes filles qui s'entraînent à la voyance. *Tu n'as qu'à mentir.* Allez, Ninna Hori, tu peux y arriver ! Jouer la comédie, c'est ton fort. Tu es la seule à pouvoir te protéger. J'entendais Terauchi me murmurer ça à l'oreille.

– J'avais juste une question à lui poser. Je n'avais aucune idée de l'endroit où elle était. On a parlé de films et d'autres trucs, comme toujours, et puis j'ai raccroché.

Des gouttes de sueur froide me coulaient sous les bras. Je faisais tout mon possible pour dissimuler quelque chose, mais je sais que ce n'était pas seulement ma propre culpabilité.

– C'est bien vrai ? dit la femme avec un air déçu. Je me demandais aussi si le suicide de Mlle Terauchi n'aurait pas un rapport avec cette affaire. Nous savons qu'elle a parlé avec Mlle Higashiyama et tout ce qui me vient à l'idée, c'est qu'elles se sont disputées à propos de sa présence aux côtés du garçon.

– Ce n'était vraiment pas son genre. Je veux dire que Terauchi n'était pas le genre de personne à mourir pour quelqu'un d'autre. Elle n'était pas idiote. Elle était beaucoup plus intelligente que ça, et très sensible, au point qu'on ne savait pas bien si elle était complètement insignifiante ou exactement le contraire. Mais ce n'était pas le genre de fille à se tuer pour un truc aussi crétin.

En lui parlant, je me mis à pleurer. Le plus bizarre, c'est que c'était la première fois que je pleurais pour Terauchi. L'inspectrice, visiblement préoccupée, plissa le front.

– Je suis vraiment confuse. Nous reviendrons vous interroger un autre jour. Mais quand même… tout cela est très surprenant, dit-elle en coulant un regard à son partenaire. (Celui-ci hocha la tête et chassa un moustique.) Nous avons entendu dire que Mlle Terauchi a laissé une lettre d'adieu. Je me demande ce qu'elle contenait. En réalité, c'est un appel anonyme qui nous a mis sur la piste de ces deux-là, et j'ai l'impression que c'est Mlle Terauchi qui a passé ce coup de fil. Mon intuition me dit que, étant donné que vous étiez toutes très amies, quand vous avez appris que votre voisin était en fuite, vous vous êtes mises d'accord pour lui venir en aide. J'imagine que Mlle Terauchi l'a appris et s'est mise en colère, a appelé la police, et lorsque Mlle Higashiyama a trouvé la mort dans ce regrettable accident, elle s'est sentie responsable et a mis fin à ses jours.

J'en restai interloquée. Ça paraissait complètement idiot dans la bouche de quelqu'un d'autre. C'est exactement pour ça que je devais mentir. Moins pour me protéger moi que pour nous protéger, nous, de la vérité sur ce que nous avions toutes ressenti en apprenant pour le lombric. Ou pour protéger ce que le lombric avait ressenti au moment où il tuait sa mère. Parce que c'était quelque chose que personne d'autre ne devait savoir.

– Vous ne trouvez pas que c'est un peu tiré par les cheveux ?

J'essuyai mes larmes, abasourdie.

– C'est un peu fort, n'est-ce pas ? Même vous, je doute que vous auriez fait quelque chose d'aussi bête.

Le ton de l'inspectrice était sarcastique, mais ça ne me gêna pas. Je la vis refermer son calepin, et je sus qu'elle ne chercherait pas à creuser plus loin.

– Bon, nous repartons interroger le garçon.

Et ce fut la dernière fois que la police me rendit visite.

Je suis figée sur place, le regard vide, en train de repenser à tout ce qui m'est arrivé aux obsèques de Terauchi. Haru agite sa main juste devant mes yeux.

– Hé, ça va ? Tu as l'air complètement à côté de la plaque.

– Je vais bien. C'est juste qu'il s'est passé tellement de choses !

– Quand tout sera revenu dans l'ordre, reviens nous voir à l'institut, d'accord ?

Haru m'a dit ça d'une voix douce en remontant ses chaussettes lâches qui lui étaient tombées sur les chevilles.

– Bye-bye, lui dis-je, et je me rappelle ensuite avec un demi-sourire que ce sont les derniers mots de Terauchi.

Je rentre à la maison et vois qu'une lettre m'attend sur la table – une lettre d'un garçon que je ne connais pas. Qu'est-ce que c'est ? me dis-je. Je m'assois à mon bureau, rassemble mes esprits et décachette l'enveloppe. Aujourd'hui encore, chaque fois que je vois une enveloppe scellée, ça me donne la chair de poule.

« Chère Mlle Yamanaka,

Je suis sûr que vous êtes très étonnée de recevoir cette lettre pour le moins inattendue de quelqu'un que vous ne connaissez pas. Je m'appelle Wataru Sakatani et j'étudie à l'université de Waseda. Je sortais avec Kirari Higashiyama, et j'ai eu votre adresse en passant par sa mère. Je n'avais pas repris contact avec Kirari depuis longtemps et j'ai été bouleversé en apprenant la nouvelle de ce terrible accident. Encore maintenant, j'ai du mal à croire qu'elle nous ait vraiment quittés. C'est tellement triste.

J'ai appris sa mort quand des policiers sont venus me trouver chez moi. Ils sont venus parce que, la veille de sa mort, j'avais reçu un appel du suspect. Et le lendemain, comme je me faisais du souci pour elle, je l'ai appelée sur son portable. Le premier appel, le sien, figurait dans les registres de l'hôtel, et ils ont trouvé celui que j'ai passé le jour où elle est morte dans l'historique de son téléphone.

Je ne sais que peu de choses sur ce qui lui est arrivé, mais j'ai le sentiment d'en être responsable. Je ne m'en suis ouvert à personne d'autre (je doute qu'on me comprendrait, pas que je cherche à cacher mes erreurs), mais j'ai décidé de tout vous raconter.

Pour être plus précis, je ne peux m'empêcher de penser que ce sont nos conversations qui ont conduit Kirari à se trouver là au moment de l'accident. Ou peut-être que tout cela est arrivé parce que notre relation avait mal tourné.

Je l'ai appelée sur son portable simplement parce que j'avais peur qu'il ne lui soit arrivé quelque chose, et au début elle m'a paru heureuse, mais, à la fin de notre conversation, je l'ai sentie abattue. J'avais l'intention de lui proposer qu'on ressorte ensemble, mais ce coup de fil étrange de la veille me faisant craindre qu'elle n'ait trop changé, je n'ai rien dit. J'avais des doutes sur elle. Pendant un instant, j'ai pensé la rappeler, mais je ne l'ai pas fait. Pourtant, si je l'avais rappelée, si je lui avais demandé de me revoir, peut-être qu'elle ne serait pas partie avec ce garçon.

Je ne pense pas que les spéculations de ce genre soient absurdes. Je suis sûr que je continuerai à penser à elle toute ma vie. Tous ces si, et ces si seulement… Quiconque prétend que je devrais arrêter de penser à ce genre de choses n'a pas de poids sur la conscience. Ou bien cette personne n'aura jamais connu de moment décisif dans sa vie. J'ai envisagé toutes sortes de choses et décidé de vivre avec ce fardeau pour le restant de mes jours. Je suis sûr qu'à certains moments, ce sentiment sera très présent, et moins à d'autres.

Lorsque j'ai entendu dire par la mère de Kirari que son amie Terauchi s'était donné la mort le même jour, j'ai eu vraiment beaucoup de peine pour vous, Mlle Yamanaka. J'ai imaginé comment, plus encore que moi, vous deviez souffrir et vous demander : "Et si… ?" Si c'est le cas, alors, véritablement, je suis navré pour vous. Comme je l'ai écrit plus haut, tout ce que nous pouvons faire, c'est vivre avec ce fardeau (mais peut-être n'en est-ce pas un pour vous). Vivre et imaginer. Telle est la tâche qui incombe à ceux d'entre nous qui ont survécu.

J'en ai peut-être trop dit. Mais cela m'aide beaucoup de vous écrire. Merci de m'avoir lu jusqu'au bout.

Bien à vous,

Wataru Sakatani »

Je sors la dernière lettre de Terauchi du tiroir de mon bureau et la pose à côté de celle de Wataru. Il y a quelque chose, sans que je sache vraiment quoi, que les deux ont en commun.

On est donc toutes les deux dans la même galère. Je veux dire que tu devras toi aussi faire face à ma mort.

Je suis déjà en train de le faire, Terauchi. Bye-bye, lui dis-je. Celles d'entre nous qui ont survécu – Yuzan et moi – nous souviendrons de Kirarin et de toi pour le restant de nos jours. Wataru se souviendra de Kirari. Et mon voisin n'oubliera jamais sa femme.

Une pensée soudaine me vient. La prochaine fois que j'irai dans un karaoké, plus question d'utiliser un faux nom. Ninna Hori, c'est terminé. Les larmes me montent aux yeux, et le nom que Terauchi a écrit sur l'enveloppe, « Mlle Toshiko Yamanaka », se brouille.

RÉALISATION : PAO ÉDITIONS DU SEUIL
IMPRESSION : CPI – FIRMIN DIDOT AU MESNIL-SUR-L'ESTRÉE
DÉPÔT LÉGAL : FÉVRIER 2010. N° 98127 (98373)
IMPRIMÉ EN FRANCE